中公文庫

タミーを救え！（上）

川の光２

松浦寿輝

中央公論新社

タミーを救え！（上）川の光2

目次

第一部　旅

タミーを救え！（下）　川の光2　目次

この物語に登場する動物たち

タミー
心優しいゴールデン・レトリーバー。女の子なのに、自分のことを「ぼく」と言う癖がある。悪い人間たちからキッドを救おうとして、一緒に捕まってしまう。

リル
気の強いスズメの娘。赤ん坊のとき、川べりで溺れかけているところをタータに助けてもらったことがある。

ビス丸
ジャーマン・シェパード。わがままでおっちょこちょいだが、タミーを深く愛している。

タータ
タミーの友だちのクマネズミ。以前、金網に閉じこめられてしまったお父さんの窮境をタミーに救われた。タミーの苦難を聞きつけ、チッチとともに川を下って救出に向かう。

チッチ
タータの弟。白に近い薄灰色の毛並みをしている。

ソロモン
年寄りのオオアルマジロ。オオアルマジロはアリクイ目に属する動物で、全身を鱗に覆われ、サバンナに生息する。

キッド

誇り高い、若いクマタカ。ふるさとの森で罠にかかり、悪辣な動物売買業者に捕獲されてしまう。

マクダフ

タミーの友だちで、頭脳明敏な小型の雑種犬。「野良犬」としての誇りを持っている。救出部隊のリーダー。

マルコ

妻子に逃げられ、独りぼっちで教会に住む太ったドブネズミ。酒に目がなく、いつも酔っぱらっている。

ココ&ナッツ

スローロリスの夫婦。スローロリスは熱帯多雨林に棲むサル目・曲鼻猿亜目の動物で、大きな目を特徴とする。

ロック……やくざネズミの組織〈渋竜会〉に囚われの身になっている、正義漢のドブネズミ。

地下鉄サム……東京の広大で複雑な地下鉄路線網を知り尽くしている謎の動物。

ペテル……老ハヤブサ。森の王であるキッドの父に仕える重臣。

カアスケ

カラスの若衆。かつてグレかけていた頃、マクダフの世話で立ち直り、以来マクダフに恩義を感じている。

『タミーを救え！』物語地図

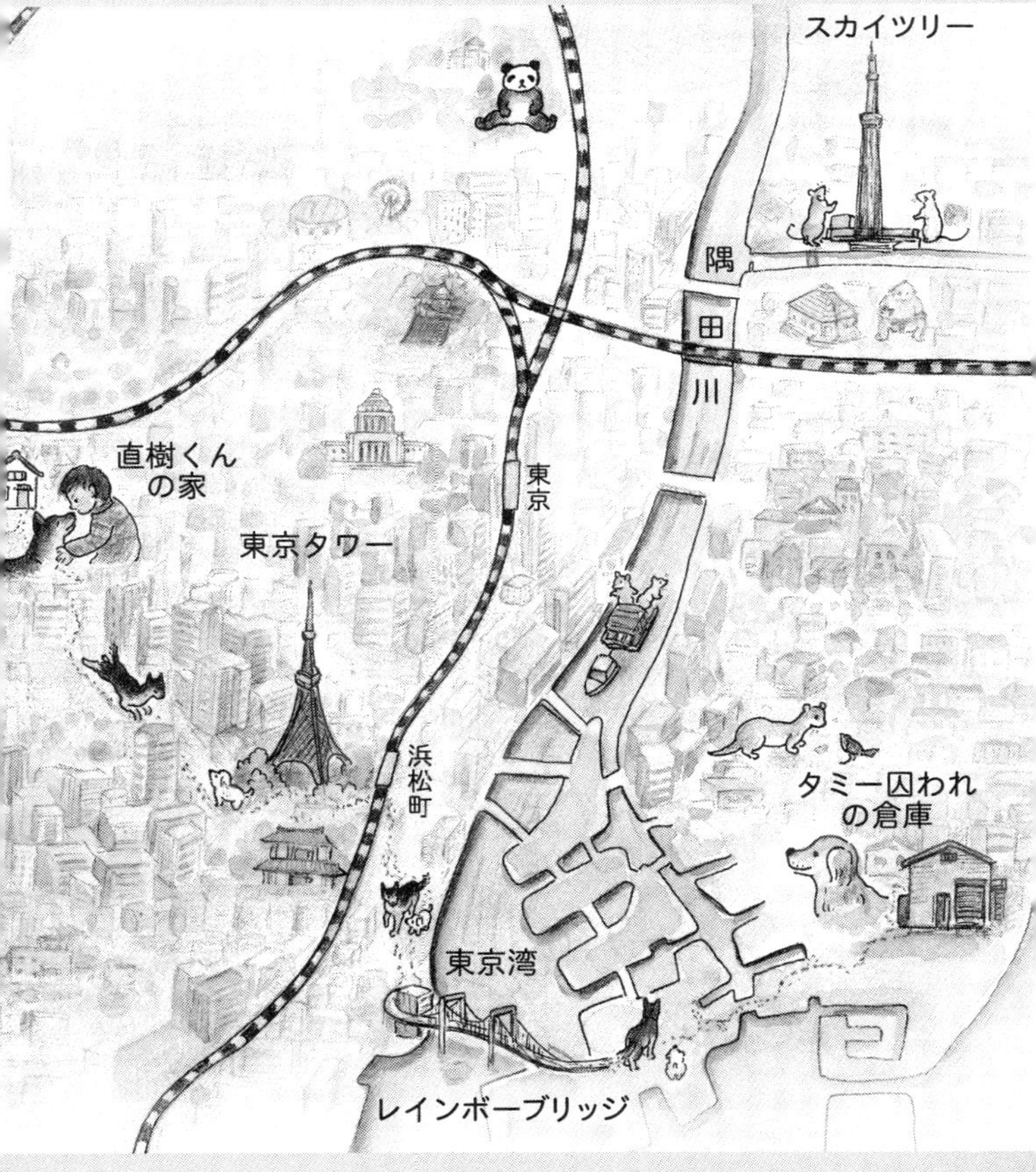

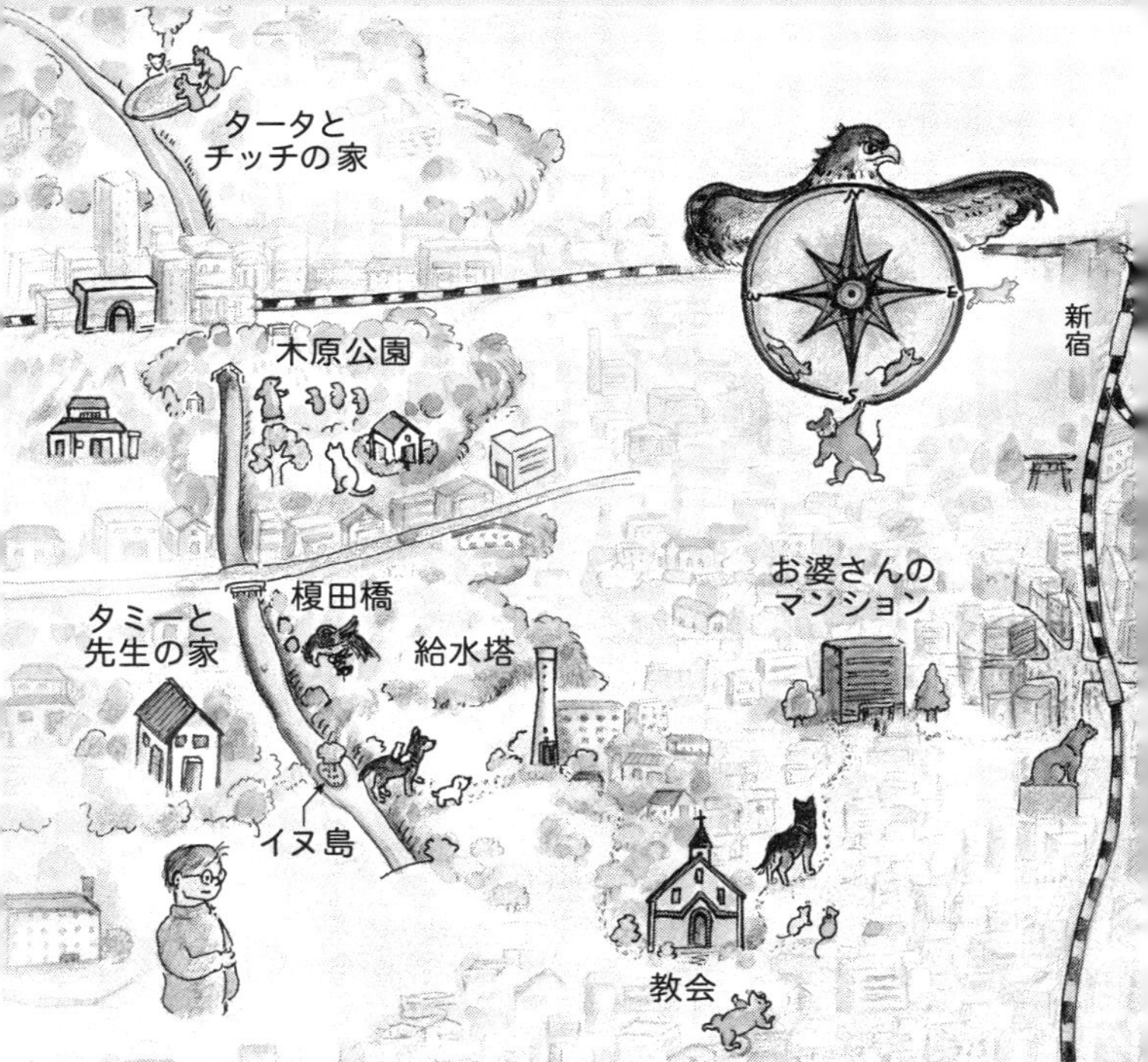
タータと
チッチの家
木原公園
新宿
榎田橋
タミーと
先生の家
給水塔
お婆さんの
マンション
イヌ島
教会

挿画　島津和子

タミーを救え！（上）　川の光2

とても賢くて、とても優しかった黒白柄の猫、
ハナちゃん（二〇〇三－二〇一三）の思い出に、
本書を捧げる。

第一部　旅

脱出

　三月半ばのまだ寒い、しかし春の訪れの予感が漲《みなぎ》るどこか甘い空気をついて、クマタカのキッドは思いっきり翼を広げ、風に乗ってゆるやかな弧《こ》を描きながら、悠々と滑空《かっくう》していた。何にさまたげられることもなく、誰に邪魔されることもなく、どこまでもどこまでも前に進んでゆく。何て素敵なんだろう。何て気持ちが良いんだろう。こんなふうに自由に大空を飛ぶのは何ヶ月ぶりのことだろう。

　夜が明けたばかりで、あたりはまだ薄暗い。見下ろすと、街が、通りが、行き交う自動車が、穀粒《こくつぶ》のように小さく見える。世界はこんなに広くて、こんなに高くて、こんなに大きかったのか。ぐるりと輪を描くと、正面はいきなり海だった。見渡すかぎりの、果てしない水の広がり……。キッドは浮き立つような高揚感に包まれ、水平線めざしてどんどん突き進んでいった。

陸と海のさかいを越え、水上に出たとたんに気流が変わって、ちょっと体勢がくずれ、一瞬、焦っておたおたしているところへ、斜めからごうと突風が吹きつけてきた。キッドは平衡を失い、風でもみくちゃになった体から突然、いっさいの揚力が消えた。くるくる回りながら落ちてゆく……落ちてゆく……どんどん海面が迫ってくる。だがキッドは慌てなかった。よし、と小さな声で呟《つぶや》くや、翼をまた力いっぱい広げた。

揚力が戻ってきた。斜め下方への滑空に移って、その間に体勢を立て直し、一回、二回と大きく翼を羽ばたかせる。上昇しはじめるやいなや、豊かで大きな風をつかまえることに成功した。弧を描いてまた陸の方へ戻ってゆく。

ついさっきまでキッドがいた埋め立て地の空き地が眼下に見える。豆粒のような人間の男が二人、キッドを見上げている。そのうち一人は手に何かを握り締め、キッドに向かってそれを見せびらかすように、腕を振り回している。餌《えさ》で釣って、呼び戻そうというわけか。ぼくが毎日食べさせられていた、あの臭《くさ》いウズラの死骸《しがい》……。

何て馬鹿な奴らだろう。あんなものに引き寄せられて、このぼくが、あのきたならしいケージに戻ってゆくなどと、あいつらは本当に思っているのか。キッドはその男たちを心の底から軽蔑した。

はるか上空を飛ぶキッドを間抜け面で見上げているのは、太った大男と痩《や》せた小男と、体つきは対照的ながら、下卑《げび》た顔立ちはどことなく似通った三十恰好《かっこう》の二人組だ。似ているのも道理、彼らは兄弟で、しかし仲は悪く、しょっちゅう口ぎたない言い争いばかりしていた。

今も、キッドに向かって餌を振り回したりやたら笛を吹き鳴らしたりしている大男の頬に、兄の方の小男がぴしゃりと平手打ちを喰《く》らわせているのが見える。おまえが紐《ひも》をほどいたのが悪い、などとなじっているのだろう。弟が憤然として何か言い返し、兄の胸をどんと突いたのも見える。喧嘩でも何でも、勝手にやっていろ。キッドはまたぐるりと弧を描いて海上に出た。そのままどんどん南下してゆく。あの人間どもには何の未練もない。

これまで数ヶ月、「訓練」と称する馬鹿げた芸当をいろいろやらされたのだった。革手袋をはめた人間の拳《こぶし》のうえに止まらされ、あちこち引き回される。地面に置いた餌入れに飛び降りて肉をくわえ、また人間の腕にジャンプして戻る。脚革に紐が結ばれた状態で、十数メートル先の止まり台まで飛び、そこに置かれた餌を取って戻ってくる。

そして、ついに今日、彼らはキッドに、紐なしの「フリー」のフライトをさせようという気になったのだった。ここ何日か、キッドは水しか与えられず、絶食状態に置かれていた。お腹が空ききったキッドは、朝まだきの薄暗闇《うすくらやみ》のなか、海沿いの埋め立て地のだだっ広い空き地に連れ出された。

「フリーはどうかな。まだちょっと早いだろ」と兄の方は難色を示したが、

「大丈夫、大丈夫。こいつはもう、すっかり出来上がってるよ」と弟は自信満々だった。「餌なしでも、笛を吹いただけで戻ってくるようになってるしな。もうフリーで飛ばしてみていい頃合いだ」

かくして、脚革から紐が外され、キッドは空に放たれた。何ヶ月もの間、待ちに待っていた歓喜の瞬間だったが、しかしキッドは慎重だった。こんなに飢えきって、羽ばたこうにも翼にろくに力が入らない状態で逃げ出したら、すぐさま力尽きてしまう。そのことがよくわかっていたキッドは、最初はぐるりと一周しただけで従順に戻ってきて、肉片を貰《もら》って神妙に食べた。兄弟は大喜びだった。

「覚えが早えなあ、こいつは」と兄が感心したように言った。

「おれの言った通りだろ」と弟が得意そうに鼻をうごめかす。「もう少し仕込んでから売りに出せば、こいつ、相当の高値で捌《さば》けるぞ」

二回目のフライト。だんだん飛行の勘が戻ってくるのが自分でもわかる。キッドは上昇気流を見つけ、それに乗って上空にぐうっと翔《か》け上がってみた。かなりの高度のところを二度、三度とゆるやかに旋回《せんかい》してみる。行ける、行ける。しかし、とにかく腹ごしらえだ。キッドはまた戻った。大男が左手にはめた革手袋めがけて一直線に降下し、そのうえにおとなしく止まってみせる。喜んだ男たちから、猛禽《もうきん》類の餌用の、冷凍ウズラを解凍したものが与えられ、それをがつがつと平らげる。

「どうしようか。ハトの『活《い》き餌《え》』も持ってきたけど、あれを放して、獲《と》らせてみようか」

「いや、いちどきにあんまりいろんなことをやらせるのはよくない。しかし、今日は最後にもう一度、笛を使ってみよう。こいつ、もう餌なんか見せなくても、笛の音に反応して帰ってくるぞ、きっと」

また放たれた。三回目のフライト。さあ、今こそそのときだ。もう人間には用はない。いっさんに飛び去るキッドを、ふたりの男はぽかんとして、為《な》すすべなく見送るほかはない。
これまで、あいつらが渡してよこす血の気の失せたまずい肉を、ただ飢えを凌《しの》ぐためだけに、仕方なく食べてやってきたのだ。革手袋に乗ったり降りたり、紐に繋《つな》がれたまま飛んでいっては帰ってきたりといったつまらぬ芸当を我慢に我慢を重ねて演じてきたのも、ひとえに、いずれ必ず訪れるとわかっていたこの脱走のチャンスを摑《つか》むためだった。あいつらは、ぼくが「慣れた」とか「懐《なつ》いた」とか思いこんでいたんだろう。何て愚《おろ》かな連中だろう。
眼下に豆粒のように見える、小突き合っている男たちに、最後の一瞥《いちべつ》をくれたキッドは、また海の方へ向きを変え、沖をめざして大きく羽ばたきはじめた。

キッドは、まだ一歳にもならない若い牡《おす》のクマタカだ。東京からそう遠くない、とある里山の静かな森の、アカマツの大木の樹上の巣で、優しい両親にひとりっ子として育てられた。風切羽《かざきりはね》も尾羽も生えそろい、飛びかたを覚え、ようやく巣立ちのできる年頃になったのが去年の晩夏である。

親に頼らず、不器用ながら何とか狩りができるようになった矢先のこと、怪我して飛べなくなったらしく、地面のうえをのろのろ歩いているドバトを見つけた。襲いかかって簡単に仕留め、その死骸をくちばしで突っつきはじめたとたん、いきなり頭上から網が降ってきた。罠《わな》だったのだ。やはり若さゆえに注意が足りず、こっそり待ち伏せしている人間たちに気づかなかったのである。キッドはたちまち拘束され、目隠しされ、木箱に閉じこめられてしまった。

絶滅危惧《きぐ》種であるクマタカの捕獲《ほかく》は、むろんれっきとした違法行為である。キッドを捕《つか》まえた兄弟は、密猟や密輸で集めた稀少種の動物の売買で荒稼ぎしている悪徳業者だった。ふたりは、東京都の南東の端、東京湾に近い埋め立て地にある倉庫へキッドを連れ帰った。倒産した企業からそのおんぼろの小さな倉庫を安く買い取ったこの兄弟は、そこを改造して商売用の「動物倉庫」にしていた。

大小の汚れたケージがごたごたと積み上げられ、鼻が曲がるような悪臭がいつも漂っている、何しろひどい場所だった。そこでは、哺乳類、鳥類、爬虫類《はちゅう》のみならず、魚や昆虫まで、法律の網をかいくぐって集められた沢山の動物たちが、碌《ろく》にまともな世話もしてもらえない劣悪な環境で飼われていた。うまいこと売り捌いて客に押しつけるまで、何とかかんとか生かしておけばいい、その後ならたちまち病気になろうが死のうが構うものか、というのがその兄弟の考えかただったから、動物たちが健康で幸せな生活ができるようにという配慮など、そこではまったく払われていなかった。

キッドにしても、猛禽類の本当の愛好家——タカやハヤブサを手懐《てなず》けて一緒に暮らすのを心から楽しんでいる人々の、誰かひとりの手に渡っていれば、案外あっさりと諦《あきら》めて、人間との共生を受け入れ、ひょっとしたらそれを楽しむようにさえなっていたかもしれない。しかし、この兄弟の心根は、根性は、悪すぎた。それはキッドの鋭い目には、透明ガラスの向こう側のものを見るようにただちに見えてしまい、だからキッドは吐き気が起きないように、それから努めて目をそむけていたものだ。

最初のうちキッドは、いっさい餌を食べようとしなかった。食べるのを拒否していたというよりむしろ、自由に大空を飛んでいた森の生活からいきなりこんな檻《おり》のなかの惨《みじ》めな境遇に転落したことの衝撃で、水も食べ物もまったく咽喉《のど》を通らなかったと言う方が事実に近い。

もちろん、こんな卑怯で下司《げす》な人間どもから与えられる餌など、口にするものか、という矜持《きょうじ》もあった。森林の動物界の食物連鎖の頂点に立つクマタカは、「森の王者」とも言われる誇り高い生き物だ。まだ若いながら、キッドにはすでに森のプリンスとしての高貴なプライドがあり、縦に長い不安定な体つきで地上を危なっかしくよろめいているニンゲンなど、図体こそ多少でかいとはいえ、自分よりずっと格下の動物種だと確信していた。

それに、自分自身でぼくと正面から戦おうとはせず、こっそり罠を仕掛け、何か変なものでぼくを動けないようにした、あの卑劣さ！　あれはとうてい許せない、とキッドは考えていた。

飲まず喰わずの絶食状態が数日続き、やがて一週間も超え、体の衰弱がぎりぎりのところに近づいているのが自分でもわかった。昼も夜も意識がもうろうとして、まともにものも考えることとさえできないが、それでもキッドの炯々《けいけい》と輝く鋭い眼光は、何の衰えも見せなかった。いいさ、いいとも！　もう、長くはもつまいが、それならそれでいい、ほんの短い生涯だったけれど、悔いはない——キッドの心にはそんな静かな諦念《ていねん》も生まれていた。

隣りのケージには、老いたオオアルマジロが飼われていた。ワシントン条約で商業目的の国際取引が禁止されているこの動物も、ブラジルから密輸入されたものだった。ほとんど身じろぎもせず、日がな一日ただひっそり蹲《うずくま》っているばかりだったが、それは体が弱っているということ以上に、八十センチもの体長があるこの動物にとってはケージがあまりに狭すぎて、自由な身動きを許す空間自体がそもそもなかったからである。

　ある日、それまでひとことも口をきかなかったこの爺《じい》さんが、

「なあ、あんた、そんなふうに強情を張ってると、じきに死ぬよ」と、ぽそっと呟いた。爺さんの名前はソロモンという。

「……いいんだ、死んでも」キッドはもうかすかな掠《かす》れ声しか出せなかった。

「何があろうと、生きていた方がいいだろう」

「こんな暗い、狭苦しい檻のなかで、あんな臭い肉を人間にへつらって頂戴しながら、生きるのか！　真っ平ご免だね」

「それでも、死ぬよりはましさ」自分自身に言い聞かせるように、ソロモン爺さんは低い声で呟いた。「あのなあ、以前、ここにいた何羽かのハヤブサたちもそうだったが、あいつら、あんたを訓練しようとしているのさ」

「クンレンって、いったい何だ？」

「人間の命令するまま、飛んでいって戻ってきたり、獲物を捕まえてきたりするように、時間をかけてあんたを仕込むっていうことさ」

「何を馬鹿な！」キッドは鼻先でせせら笑った。「ぼくがそんなこと、するはずないじゃないか」

「……そう、どうやらそのようだな。この二週間、黙ってあんたをずっと観察していて、それはよくわかった。どうやらあんたは、あのハヤブサたちとは肝《きも》の据《す》わりようがまった

く違うようだ。馬鹿な人間どもは、時間を無駄にしているだけだな」爺さんはゆるゆると言い、クックックッと含み笑いをしながら、ゆっさゆっさと体を揺らした。何しろこの大きさで、全身が硬い鱗《うろこ》でおおわれている異形の動物だから、こいつが身じろぎすると迫力がある。

「ふん……」キッドは昂然《こうぜん》と顔を上げた。

「なあ、しかし、こんなところで死ぬなんてつまらんことだ」と老オオアルマジロは宥《なだ》めるような口調になった。「そう思って、わしだってこうして頑張ってるわけさ。どうやらわしを買おうっていう客が、なかなか現われないらしいのだなあ。もういい加減参りかけてるが……どうやら、こっちの寿命が尽きるのが先かもしれん……」

「客……?」

「そうさ。連中はあんたを訓練して、扱いやすく仕込んでから売ろうっていう魂胆《こんたん》なんだ。ハヤブサたちもそうだった」

「訓練されるのも売られるのもご免こうむる。このまま死ぬさ。それで結構……」キッドの眼裏《まなうら》に、ふるさとの森の光景が鮮やかに蘇《よみがえ》った。記憶のなかのあの光景を見つめながら死んでいくんだ。それでいい。でもやっぱり、もっとたくさん飛びたかったなあ。恋もしたかったし、子どもも育ててみたかったなあ。しかし、キッドのそうした感傷的な感慨を断ち切るように、

「まあ、聞け。訓練を受けろ」とソロモン爺さんは簡潔に言った。

「いや――」キッドは首を振りかけたが、

「聞けったら！」とソロモンが叱りつけるような厳しい口調になったので、それに気圧《けお》されて思わず口を噤《つぐ》んだ。「従順に訓練されて、何でも言うことを聞いてやれ。あの愚か者どもに懐いたふりをするんだ。はいはい、餌を頂戴するためなら何でもいたしますよ、ってな。そのうちチャンスが来る。必ず来るよ、脱出のチャンスがな」

「脱出……」

「そうとも！」老オオアルマジロの声が力強い張りを帯びた。「なあ、あんたのその立派な翼は何のためにある？　それをもう一度思いっきり広げてみたいとは思わんのかね？　それを使え。飛ぶんだ。飛んで逃げろ。そのためには、まずあいつらを信用させなくちゃいかん。逃げようなんて金輪際《こんりんざい》考えているわけがないとあいつらに思い込ませるんだ。だから、餌を喰え。まずくても何でも、とにかく腹に入れろ。そして、生き延びるんだ――その日が来るまで」

かくして、ついにその日が来たのだった。今、肌寒い早春の風に乗って、悠然と海のうえを飛ぶキッドは、あのとき賢明な忠告をしてくれた親切なオオアルマジロの爺さんへの感謝の気持ちでいっぱいだった。

あのお爺さんも早くあの倉庫から出られるといいのに……。ソロモンの忠告に従い、キッドは訓練を受け容れるふりを始めたのだが、その一方、月日が経つうち、空気の悪い倉庫の狭い檻に閉じこめられたソロモン爺さんの体は、ゆっくりと、だが着実に衰弱していった。

今朝、キッドをケージから出しながら、あの兄弟が「今日は紐を外して飛ばしてみるか」などと喋《しゃべ》っているのを小耳に挟んで、キッドはよし、と奮い立ったのだが、ちらりと隣りを見ると、近頃はもう、じっと目をつむって石のように凝固したままという傷ましい状態になっていた老オオアルマジロは、ぴくりと体を震わせ、片目だけ薄く開けて、キッドに向かっていたずらっぽいウィンクを送ってよこしたものだ。

ソロモンさん、ぼくはやったよ。とうとう逃げ出したよ。ここ何ヶ月も、我慢に我慢を重ねた甲斐があったよ。どうも有難《ありがと》う！　本当に有難う！

キッドは飛んだ、飛んだ、飛んだ。風の唸《うな》り、芳《かぐわ》しい空気、潮騒のざわめき……。どれほど経ったのか、やがて咽喉が渇いてたまらなくなったキッドは、海面に降下し、ちょうどそこに浮いていた材木の切れ端に降り立った。水にくちばしを突っこんで、ごくりと一口飲んだが、たちまち顔をしかめて吐き出した。何だ、これは……塩《しょ》っぱくって、飲めたもんじゃないよ。こんなに沢山の水があるのに、これ、みんな、飲めない水なのか。

かつて味わったことのないような解放感に酔《よ》い痴《し》れて、ここまで闇雲に飛びつづけてきたキッドの心に、そのとき初めて鋭い緊張が走った。ぼくはこの世界について、まだ何にも知らないんだ。生き延びてゆくために覚えなくちゃならないことがいっぱいある。脳天気に、漫然と空を飛び回っている場合じゃないぞ。

とにかく、まず水だ。水を手に入れなければ。ぐるぐる旋回を繰り返しながら、結局は海上をずっと南下しつづけてきたキッドは、材木から飛び立つと、西に方角をとった。そこには陸地が見えていた。

突然、物凄《ものすご》い轟音《ごうおん》を立てて飛んでゆく巨大な金属の塊が、恐ろしいスピードで目の前を横切った。突風に煽《あお》られて、右に左に体が揺さぶられる。いったい何なんだ、あれは……。海がまた陸に変わる境界にさしかかると、そこには、その奇怪な金属の怪物が地面のうえに沢山並んだり、ゆっくり動いたりしている一角がある。あ、また一つ、あの怪物のような物体がそこから離陸して、海上に突進し、高度を上げてゆく。恐ろしい……とにかく近づかないことだ、できるだけ早く離れることだ。

そこを越えると、海とはどこか異質な感じの水景が目の前に広がった。キッドは羽田空港を飛び越して、多摩川に入ったのだが、むろんそんな名前をこの若いクマタカが知る由もない。ただ、男たちに捕獲される以前に、ふるさとの森の近くで見たことのある川の風景を思い出し、この水は飲めるはずだと直感しただけだ。そして、その直感は正しかった。

水を飲んで翼を休めて後、キッドはその川を遡《さかのぼ》っていった。広い川原でボール遊びをしている人間たちの姿が見える。キッドはもう、人間にはつくづくうんざりだった。

鉄橋を幾つも越え、ひたすら上流をめざす。人間に脅《おびや》かされることのない静かなところへ行って暮らそう、とキッドは心のなかで呟いた。できれば、ふるさとの森へ戻ろう。でも、あの懐かしい森はいったいどこだろう。罠で捕まった後、キッドは頭に黒い布の袋を被《かぶ》せられ、大型バンで一挙に倉庫まで運ばれたので、ふるさとへ帰ろうにも方角の見当はまったくつかない。

しかしその一方、キッドはとても好奇心の強いクマタカだった。午後になって、彼がこの広々した川の流れに別れを告げ、進路を北に取り、住宅街の上空へ分け入っていったのは、この世界のことを、人間たちの生活のありようまで含めて、この機会にできるだけ学んでおきたいという気持ちがあったからだ。

家ばかりがぎっしり建ち並んでいるけれど、ところどころにこんもりした林が繁る、小さな緑の一角もある。そうした公園や神社の境内を休憩場所として伝いながらキッドは飛びつづけ、その間、下界で起きていることを、猛禽類ならではの鋭い視力で観察しつづけた。地上には無数の人間がひしめき合い、無数の自動車が走っている。これらの人々は、そのことごとくがあの悪辣《あくらつ》な兄弟のような「動物の敵」ばかりなのだろうか。にわかにそう信じることもキッドにはできなかった。

やがて日が暮れた。キッドは身を隠してくれそうな葉むらが密に生い繁るニレの大木を見つけ、できるだけ高い枝に止まって眠ることにした。明日は早く起きて、安心して暮らせる森を探す旅に出ようと心に決めて、キッドは目をつむった。

しかし、どうにも落ち着けない夜だった。斜め下方の水銀灯の明かりが終夜消えないままだし、近所の大きな道路を通行する車の騒音が鈍く響いてきて、それは真夜中を過ぎてもいっこうに収まる気配がない。ようやくうとうととまどろみかけても、その浅い眠りは、夜の狩りに出たらしいフクロウのホーホーという鳴き声や羽ばたきの音で破られる。

これが昼間なら、あのフクロウを逆にこっちの狩りの獲物にしてやるのにとキッドは考えて、暗闇のなかで身じろぎ一つしないまま、密かに獰猛《どうもう》な笑みを浮かべた。あのフクロウのやつ、すぐ近くの木の頂上に、まさかこんな大きな猛禽が身を潜《ひそ》めているなどとは想像さえしていまい。ぼくの羽ばたきの音でもちょっと聞かせてやったら、あいつ、きっと腰を抜かすぞ。そう思うと、ほくそ笑まずにはいられない。

翌朝、陽が昇ってあたりが仄《ほの》かに明るくなりはじめるや、キッドはさっと飛び立ってまた北をめざした。

出会い

ほどなく、住宅街の真ん中を流れる小さな川を見つけたキッドは、川原の石のうえに降り立った。岸近くの浅瀬に脚をちゃぷちゃぷと踏み入れ、頭を下げて水をごくごくと飲む。

それから、涼しげなせせらぎの音に誘われて、少しばかり水浴びをした。

倉庫に囚われていた間中、水浴びをさせてもらう機会は滅多になかった。冷たい水を撥《は》ね散らかし、羽根の間に溜《た》まった泥汚れを落とす。何という爽快感！　昨日はとにかく大変な一日だった。なのに昨夜は碌に眠れず、疲れを完全には癒《い》やすことができなかったが、こうして全身に水を浴びるとどんよりした疲労の澱《おり》が吹き飛び、意識がしゃっきりと覚醒《かくせい》した。人間たちはまだ起き出していない。あたりは静かだ。

そのとき、変なことが起こった。脚に何かが絡《から》まって、うまく動けなくなってしまったのだ。もがいているうちに、その何かは両脚に絡みつき、動作はどんどん不自由になってゆく。キッドは大きく羽ばたいて飛び上がろうとしたが、バランスが崩れて横ざまに転がり、水のなかに突っこんでしまった。もう一度試みる。

事態は悪化する一方だった。キッドの脚に絡みついた細いけれども強靭《きょうじん》な糸は、今や片方の翼にまで絡んできて、満足な羽ばたきが出来なくなっている。翼を大きく、激しく動かし、糸を振り払おうとしたが、まったく効果がない。良い方の翼だけが強く空気を打つので、体がぶざまに回転し、流れの中央の方へ押し出されてしまった。頭が水のなかに入って窒息しそうになり、慌てて体を起こして息をつく。

またしても罠にかかったか、とキッドは思い、絶望的な気持ちになった。正確に言えば、それは罠ではなかった。不注意で無責任な釣り人が放置していった釣り糸が、上流の釣り場から流れてきて、ここらあたりの浅瀬の草の間を漂っていたのだった。

しかし、意図的に仕掛けられたものではないにせよ、これもまた、罠と言えば一種の罠であったかもしれない。ニンゲンという、異様とも異常とも言える生物種が、ナイロン糸などという、自然界には属することのない一種面妖《めんよう》な物質を作り出し、それを放置して、他の動物たちを陰湿に攻撃し、その生命を脅かしているということなのだから。

キッドはずいぶん長いこともがきつづけたが、どうにもならなかった。動けば動くほど糸はきつく締まって、キッドの体に痛々しく食い入っていった。もう駄目か……。この数ヶ月、我慢して我慢して、ようやく自由になれたというのに、ようやくぼく自身の本当の生活を取り戻しかけていた、その矢先だというのに。悲しさと悔しさが体の底から込み上げてきて、それが鋭い叫び声になって爆発した。キッドは声をかぎりに叫んで、叫んで、ほどなくそれにも疲れ、くちばしを閉じてぐったりと首を垂れた。

と、そのとき、

「そう、静かに……」という穏やかな声がすぐ耳元で聞こえたので、キッドはぎょっとした。見ると、つい目と鼻の先の川原の草むらに、大きな黄色い犬がお座りの姿勢になって、キッドの目をじっと覗《のぞ》きこみ、体はじっとさせたまましっぽだけをゆっさゆっさと上下させ、

ゆっくりしたリズムで地面をはたいているではないか。

心臓が引っくり返るほどびっくりしたキッドは、猛然と羽ばたいて飛び上がろうとした。しかし、糸が引っかかった方の翼は、もうまともには動かない。横ざまに倒れ、浅瀬の泥のなかで体を必死にひきずりながら、キッドは、

「来るな！　来るな！　あっちに行け！」という鋭い鳴き声を、犬に向かって投げつけた。

「静かに、静かに。駄目だよ、そんなに騒いじゃあ……」と相変わらずしっぽだけを振りながら、また犬は言った。それはこの動物の心根の優しさ、温良さがそのまま表われた小さな声で、きょとんと首をかしげながら少し心配そうに話しかけてくるその声を聞いているうちに、キッドのささくれ立った神経がたちまち鎮まってきた。

「そんな大きな声を出しちゃいけないよ」とその犬は言った。「もう通勤や通学の人間たちがちらほら行き交いはじめているからね。あの連中に見つかると、厄介なことになる。ホケンジョというのがあってねえ、ぼくもけっこう苦労したことが……ま、そんなこと、どうでもいいや。しかし、ほんとに、困ったことになったねえ」

大きな耳を顔の両側に垂らしたその黄色い犬は立ち上がって、浅瀬の水をじゃぶじゃぶ撥ね散らしながら、体を硬直させたキッドに近寄ってきた。犬の真っ黒な鼻がキッドの体のあちこちに押しつけられ、フンフンと生臭い息がかかる。よく見ると、犬の口からはけっこう凄い牙《きば》が覗いている。これでもってひと噛《か》みされたら——という恐ろしい想像がキ

ッドの頭をよぎる。しかも、自分は今、動けない、逃げられない。

「うーん、これはどうも、ぼくの手に負えそうにないなあ。ねえ、きみ、とにかくここは人目につきすぎる。どこか茂みの蔭《かげ》にでも行って、そこでじっくり考えよう。ぼくに、きみを運ばせてくれるかい？　傷つけないように、そっとくわえるから」

え、犬がぼくをくわえる、だって？　キッドは犬の口の中の、太く長い、先の尖《とが》った二本の牙を改めてまじまじと見つめ、どう応じたらいいものかと、一瞬、頭が混乱した。いったいこいつ、何を言ってるんだろう……。キッドの当惑と逡巡《しゅんじゅん》を見てとったその犬は、こう付け加えた。

「大丈夫だよ。ぼくは、きみらみたいな鳥類を、まあ、その死んだやつだけど、池や川で見つけて、そっとくわえて持ち帰ってくるのが得意な犬なんだ。『回収犬《レトリーバー》』なんだから。ぼくはタミー、ゴールデン・レトリーバーのタミー！」

そう言うなりタミーは、キッドの返事を待たず、上あごと下あごの間にキッドの胴をそっと挟んで、水のなかから持ち上げた。そして、くるりと向き直ると、ずんずん歩いて川原を横切り、土手の脇に放置された直径一メートルほどの土管の前に立ち止まった。その中に首を伸ばし、キッドの体をそおっと下ろす。

「ここなら、土手のうえの遊歩道からは見えないからね。このなかでぼくはよく昼寝をするんだよ。さて、その糸を何とか外せるか、どうか……」

こんなところをひとりでうろうろ歩き回っているけれど、タミーは決して宿なし犬ではない。ちゃんとした家に飼われご主人に可愛がられるという、犬としてはごく恵まれた境遇にある。が、元気が良すぎるこの垂れ耳の大型犬には、どうも身持ちが良いとは言えないところもあった。

この楽天家の腕白坊主《わんぱく》は、庭の隅の目立たないところにこっそり穴を掘り、自分専用の秘密の出入り口を作って、そこからときどき街に出ては、勝手気ままなひとり散歩を楽しんでいるのだ。そして、この川辺はタミーが毎日のように訪れる大好きな遊び場の一つだった。「腕白坊主」などとつい言ってしまったが、本当はタミーは牝犬《めす》で、それなのにあんまり女の子らしいところがない。自分を「ぼく」と呼ぶ仔犬の頃からの癖はいつまで経っても直らないし、泥んこ遊びが大好きだし、後先考えずにイチかバチかの冒険に飛びこんでゆく向こう見ずなたちでもある。

タミーはキッドの体に絡まった釣り糸を外しにかかったが、これがほとんど不可能な難事業であることがたちまち判明した。このナイロン製の糸は細いのにとても強靭で、いくら噛み切ろうとしても歯が立たない。かと言って、タミーの大きな牙と太い前足では、複雑に絡み合ってしまった糸を丁寧に解きほぐすといった微妙な作業など、とうていできそうにない。

小半時《こはんとき》ほど熱心に取りくんだ後、タミーは溜め息をついて体を離し、難しい顔で伏せの姿勢になった。

「うーん……。これは、どうにもこうにも、ややこしすぎる」

「……みたいだね」とキッドは言った。

「ぼくの歯や爪ではやっぱり駄目だ」

「悪いね……。一生懸命やってくれたのに」とキッドは小声で言った。人間を嫌悪し軽蔑しているキッドは、人間にへつらい、甘え、その家来になって生きている「犬」というおべっか使いのことも、当然、心の底から唾棄《だき》していた。倉庫に囚われていた間に、そんないやらしい卑屈な犬どもを何頭も見てきたものだ。でも、このタミーというやつはそういう連中とはどこか違っている。タミーは何しろ、温かい。とてもとても温かい。

「それにしても、きみみたいなでかい鳥が、何でこんなところにいるんだい？」とタミーが不思議そうに尋ねた。そこでキッドは、これまでの顚末《てんまつ》をすっかり話して聞かせた。ふるさとの森で捕まったこと、昨日ようやく脱走に成功したこと。

「そうか……可哀そうになあ。いったいどうしたら良いんだろう。もう少し指先の器用な動物なら、何とかなるかなあ……」

「動物……？」

「この近所に住んでる小型犬のマクダフとか……。あ、それから、ぼくにはネズミの兄弟の友だちがいてねえ、彼らなら、こういう細かい作業はきっと得意だよ。でも、あいつら、引っ越しちゃって、今の棲《す》みかはここからはちょっと遠すぎるなあ」

キッドは黙っていた。ネズミは実は、キッドの大好物だ。倉庫に囚われていた頃、ほんのときたまだけれど、生きたネズミを餌として与えられることがあった。これは大変なご馳走《ちそう》で、プリンスのプライドもへったくれもあらばこそ、血腥《ちなまぐさ》い興奮で頭の芯が痺《しび》れたようになったキッドは、ケージの隅でぶるぶる震えながらすくみ上がっているそのネズミめがけて、凶暴に襲いかかったものだ。

まず爪で締め上げて一挙に窒息させたうえで、生温かい血を啜《すす》りながら、まだぴくぴく痙攣《けいれん》している小さな体から、血まみれの内臓をくちばしでつつき出す。……しっぽの先まで丁寧に食べ尽くし、止まり木にもどって満足そうに目を閉じる。うっとりするような満腹感に続いて訪れるうたた寝の中で夢見るのは、こんなご馳走たちが群れをなして走り回っている、美しい楽園のような外の世界だ。

待望久しかったその外の世界に今キッドはいて、しかしたちまちこんな体たらくになっている。馬鹿でかい犬といきなり鼻っ面を突き合わせ、口にくわえられて運ばれたかと思うと、今度は、本当はぼくの食べ物のはずのネズミたちに、この窮境《きゅうきょう》を救ってもらう相談なんかしている。ああ、こんなこと、想像もしていなかったよ。ぼくはいったいどうなってゆくのかなあ。

「やっぱり、人間の手を借りるほかないよ」とタミーは気の毒そうに言った。

「そんな……ぼくはもう、人間にはこりごり……」

「そうだろうけど、でも、まあ考えてみなよ」とタミーは言った。「この糸は人間の作ったものだ。それを何とかできるのは、やっぱり人間だけなんじゃないかな」

「うーん……」でも、嫌だ、嫌なんだ、とキッドは叫び出したかった。人間に見つかったら、結局あの倉庫に連れ戻されてしまうだろう。そうしたら、もうきっと、脱出の機会は二度とふたたび訪れまい。昨日の朝以来、大空を自由に飛ぶ解放感を久しぶりに思い出し、それを満喫したキッドには、この自由がほんの一日だけで終わってしまうと考えるのはとうてい耐えられないことだった。

「いやいや」と、キッドの気持ちを察したようにタミーは言った。「良い人間だって世の中にはいっぱいいる。この糸をほどいて、そのままきみを逃がしてくれるような人も、きっと……」タミーの言葉はしかし、自信なさそうに途中で曖昧《あいまい》に途切れた。

「どうだろうね……」とキッド。

「でも、それしかないと思う。ひょっとしたら、ホケンジョに連れていかれるかもしれないけれど……」

「何だい、それ？」

「人間の飼い主のいない動物はそこに連れていかれちゃうんだ。でも、そこでこの糸を外してもらえるよ、きっと」

「それから、元の倉庫に戻される……？」キッドが弱々しい声で呟くと、

「いや、そのまま空に放してもらえるかも……」と迷うように言いかけて、そのままタミーは黙ってしまった。

しかし、キッドの決断は早かった。このままでいれば、早晩、ぼくは死ぬ。あのオオアルマジロのお爺さんは何て言った？「何があろうと、生きていた方がいいだろう」——そう、その通り。何があろうと、生きていた方がいい。生き延びるために、まず必要なのはこの忌まわしい糸から逃れることだ。その後のことは、その後のこと。

「じゃあ、人間に助けてもらおう」とキッドはきっぱり言った。

「よし！」タミーの声にまた元気が戻った。「そうだ、先生を連れてくればいいんだ。それがいちばんだよ。ちょっと間抜けなところがあるけれど、とても良い人だから」

「センセイって、誰？」とキッド。

「ぼくのご主人さ。ダイガクとかいうところで、テツガクとかいうものを教えている（何だかよくわからないんだけどね）、そういう人」とタミーは答えた。「今日は授業のない日で、だから先生は昨夜は明け方近くまで起きて本を読んでいた。それで、お昼過ぎまで眠っているだろうと踏んで、ぼくはひとりで散歩に出てきたってわけさ。でも、そろそろ人

通りも多くなってきたし、ぼくはもう帰らなくちゃ。ねえキッド、夕方まで待っていられるかい？　夕方の散歩のとき、何とか頑張って、リードを引っ張って、先生をここへ連れてくるから」

「わかった。待ってるよ、ここにじっと隠れているから」

バウッとひと声吠えるや、タミーは身を翻《ひるがえ》して姿を消した。ドドドッと土手を駆け上がってゆく音が遠ざかってゆく。では、待とう、あの大きな犬を信じよう、とキッドは心のなかで呟いた。ぼくはあの犬を信じる。信じると決めた。ならば、あの犬が信じている人間のことも信じていいはずだ。さて、長い一日になりそうだぞ。

ところが、それからほんの数分も経たないうちに、ドサッと何か重いものが落ちる音が土管のすぐ脇でした。何だろう……タミーが戻ってきたのだろうか。いや違う、人間の話し声がする。キッドは思わず知らず翼をばたつかせ、しかしちゃんとした羽ばたきさえできない自分の状態を思い出して、すぐに体を強張《こわば》らせた。

見つかっちゃいけない……。でも、さっきタミーと相談した挙げ句の結論は、結局、人間に見つけてもらおうということだったじゃあないか。ただし、人間なら誰でもいいってわけじゃない。ぼくはセンセイという人を待つことになったのだった。様々な思いがいちどきにキッドの頭にぐるぐる渦巻き、どうしていいかわからない。

しかし、キッドが心を決めかねているうちに、土管の入り口に影が落ち、次いで、屈《かが》みこんだ人間の顔がぬっと現われた。

「あ、いたいた。こんなところになあ……。また会えて嬉しいよ」

下卑たにやにや笑いを浮かべながらキッドを真っ直ぐに見つめているのは、何と、あの悪徳業者の兄弟の兄の方、その小男の、喜色満面の顔ではないか。

「おお、いたか！」という声に続いて、ドサッという、さっきのより重い音がまた聞こえた。兄の後を追って、弟の大男の方も土手の傾斜の途中から跳《と》び下りてきた音だった。ヘッドホンを付け、何やら銃のような形の機械を片手に構えたそいつの顔も、土管の入り口からすぐに覗いて、

「案外、手間がかからずに見つかったなあ」とほっとしたように言う。

「良い人間だって世の中にはいっぱいいる」とタミーは言った。そうかもしれない、何とかそういう人が自分を見つけてくれれば——というのがキッドのはかない願いだった。ところがどうだ、よりにもよって、キッドの知るかぎり最悪と言うべき人間ふたりが、いきなり目の前に出現した。いったい何なんだ……ひょっとしてこいつらも空を飛べるのだろうか。昨日、あんなに長い距離を飛んで逃げてきたのに、こいつらはその間中ずっと、ぼくの背後にぴったりついて追跡してきたのだろうか。

ある意味ではその通りだった。キッドの片脚にはまだ脚革が付いたままだったが、実はそれ以外にもう一つ、キッドの尾羽に装着されているものがあった。まさにこんなふうに

失踪してしまった猛禽を発見するために使う、小さな発信機である。

それは一秒に一回ずつ、電池が切れるまで信号を送りつづける。受信機（弟の方が手にしていた機械がそれである）のアンテナでそれをキャッチし、信号音がいちばん強く聞こえる方角へ進みつづければ、いずれは逃げたタカやワシの居場所まで行き着ける。脱走に成功したと信じて大喜びしたキッドだが、実はまだ、本当の意味で人間の手から逃れきってはいなかったのだ。

「フリー」で飛ばせるなどと言いながら、兄弟は実はキッドを完全に信用していたわけではなく、もしもの場合のための保険をちゃんと掛けていた。彼らの狡知《こうち》は、人間どもの思惑の裏をかいてやったぞとほくそ笑んでいたキッドの、さらに上を行っていたのである。

「おや、こいつ、動けねえんだ。テグスが絡まっちまったんだなあ。うっかり者だねえ。世間知らずのクマタカちゃんはなあ、しょうがないなあ」弟の方はすっかり浮かれている。

この兄弟、兄はツヨシ、弟はマモルという名前だった。そのツヨシが、

「おい、網をよこせ」と命じた。

「だって、動けねえぜ、こいつ」

「馬鹿だな。動けなくたって、暴れられてこっちが怪我するかもしれないだろ。こいつの羽根が抜けてもまずいしよ」

しかし、暴れる気力など、実際のところキッドにはもう残っていなかった。網を被せら

れて持ち上げられたとき、ちょっともがいてみたけれど、すぐ諦めた。諦めるというより、絶望感のあまり体からすうっと力が抜けてしまっただけと言うべきか。

「これなら、鎮静剤を打つ必要もねえな。しかし、良かった、良かった」

「一度、信号が消えちまったときはもう駄目かと思ったぜ。まさか太平洋めがけてずっと突き進んでゆくわけもなかろうとは思ったが……やっぱりぐるっと回って、こっちの方へ戻ってきてたんだ」

「この武蔵野のあたり、林が多いし、見つけるのは一苦労だと覚悟していたのに、何と、いきなり地べたに寝転がっていてくれるとは……ラッキー、ラッキー」

男たちは上機嫌で話し合っている。一度は途絶えてしまった信号を昨夜遅く、再度キャッチすることに成功し、今朝は日の出前に出発して、この東京の西郊までキッドを探しにやってきたのである。

テグスが絡んだままのキッドをツヨシの方が抱え、ふたりは傾斜を登り、遊歩道を横切って、今度は土手の反対側の斜面を下っていった。そこには車の通れる細いながらも舗装された道路があって、それに沿って少し歩いたところに、大型バンが停めてあった。

キッドは頭に黒いフードを被せられ、バンに積んであったケージの中に入れられた。ケージの扉が閉まって留め金が掛かる、そのカチリと締まる音は、生まれてこのかたキッドが耳にしたいちばん悲しい音だった。今やキッドの視界を鎖《とざ》している闇は、彼の心のなかに広がる落胆と絶望そのものの色をしていた。キッドはその闇の真ん中に小さく、よるべなく縮こまり、いっさいの感覚を遮断して、もう自分は死んでしまったのだと考えようとした。昨日見た、朝日にきらきら波頭を輝かせている美しい海の光景が、頭のなかにふと閃《ひらめ》く。

突然、その濃密な闇をこじ開けて、外から一筋の光明《こうみょう》が射しこんでくるような音が聞こえた。広大な闇の真っ只中にひとりぼっちで取り残され、ひっそり体を丸めているキッドをぐいと摑み取って、明るい方へどんどん引っ張っていってくれるようなその音……音というより声だ、バウッ、バウッという遠い声。それがどんどん近づいてくる。ドドドッという足音を蹴立《けた》てて、タミーがつい間近までやって来たのがキッドにはわかった。

「ああ、キッド、拾ってもらったんだね。ちょっと振り返ってみたら、きみが運ばれるところが見えたから……。ねえ、糸はほどいてもらったかい。ホケンジョに連れていかれるのかい――」

「違う、違う、違う！」キッドは声をかぎりに叫んだ。タミー、タミー、こいつらは、あ、の陰険《いんけん》な二人組なんだ、ずっとぼくを捕まえていた――」

ここまでおとなしく身を委《ゆだ》ね、抵抗もせずに運ばれるがまま、ケージに入れられるがままになっていたクマタカが、突如物凄い叫びを上げ、バタバタと力いっぱい暴れはじめたので、兄弟はびっくりして、すぐにバンのスライドドアをガチャリと閉めた。しかし、クマタカの甲高い叫び声は車のドアを透《とお》して外まで洩《も》れてくる。

「何だ、この犬……鳥を見て興奮してるのか？　あっちの方から恐ろしい勢いで走ってきたぜ」

タミーは車の閉まったドアを背に、体を低くして前足を踏み締め、ゴゴゴ……という地鳴りのようなのど音を立てて、兄弟のひとりひとりを交互に睨《にら》みつけた。口の端にはよだれの泡が浮かび、目は怒りでぎらぎら輝き、鼻筋には土俵に引き出された闘犬のようなくっきりした縦皺《たてじわ》が何本も刻まれ、それがひくひくと痙攣している。

タミーがこんな態度を人間に対して示すことは滅多になかった。いや、実際、人間に対してだろうが他の犬に対してだろうが、こんなふうに牙を剝《む》いて相手を威嚇《いかく》するなどというのは、ほとんど生まれて初めてのことで、タミー自身、いったいどうしたらいいんだろうと困惑してもいた。ただ、キッドがこのまま連れ去られるのを放っておいてはいけないということだけは、はっきりわかっていた。

ぼくは人間が大好きだ。にこにこしながらしっぽを振って挨拶すると、たいていの人は同じようににこにこして、ぼくを可愛がってくれる、褒《ほ》めてくれる。でも、こいつらはどうやら「悪人」らしい。「悪人」に対しては、どうしたらいい？　嚙みつくのか？　でも、人に嚙みついたことなんか、ぼくには一度もないや。

そんな迷いの気持ちがあったので、マモルがしゃがんでタミーと同じ高さの目線になり、笑顔でよし、よしと手を差し出してきたときには、つい唸り声が止まり、怒り狂った仁王《におう》のような形相《ぎょうそう》が弛《ゆる》んで、我知らず笑顔を返しそうになってしまう。

「うーん、良い子だねえ、きみは。名前は何ていうのかな？」

しっぽを振ったりしちゃあいけないぞ、とタミーは自分に言い聞かせ、また前足を地面にぐっと踏み締め直した。

「おい、行くぞ。さ、早く乗れ」とツヨシが言った。しかし、マモルの方はしゃがみこんだままま動かない。

「いやあ、この犬、器量良しだなあ。お、女の子か。ほらゴールデンって、ふつうはもっとゴツゴツした丸顔だろ。ところがこいつはすんなりした細面《ほそおもて》で、鼻は真っ黒だし、毛並みはこんな艶々《つやつや》の光沢だし、脚も長いし、こりゃあ凄え美人だぜ。ＡＫＢ48の、ほら、あれそっくり……」

「あれって何だよ」

「ほらほら、あの娘《こ》、何て言ったっけ、こないだのＡＫＢ総選挙でさ――」

「ええい、うるせえ。さ、行くぞ」

「待て待て」マモルは立ち上がって、何か考えこむような顔になった。「おい、この犬、金になるぜ。知ってるか、ゴールデンは多産で、一回のお産で八頭も十頭も生まれるんだぜ。こいつをひっきりなしに発情させて、牡犬と掛け合わせて、年二回ずつ仔犬を産ませつづけたら……え、どうだ？　仔犬一頭、十五万として……」

ツヨシの方も思わず釣りこまれたように、

「うーん……」と唸った。

「お産が続くと、むろん体はだんだんガタガタになってって、早死にするかもしれないが、それでもとにかく五歳か六歳くらいまでは仔犬を産めるはずだ。血統書はほら、いつも通り、偽造で……。あんなもの、本物かどうかなんて誰も確かめやしないし。なあ、連れていこうぜ。ちょうどでかいケージが積みこんだままになってるしよ」

「よし」ツヨシは決断した。「早くしろ。ぐずぐずしてると誰か通りかかるぞ」

マモルはいったん閉めた車のドアをまた開けて、中から長いロープを持ち出してきた。作り笑いを浮かべてタミーに近づく。

「さあ、おいで、可愛いワンちゃん。美味《おい》しいものがあるよ……」

タミーは警戒して、またゴゴゴ……と唸りながら後じさりをした。車のなかではキッドが、思うように動かない翼を猛然と羽ばたかせながら、「タミー、タミー、気をつけろ、そいつら、悪いやつらだぞ」と叫んでいる。逃げ出すか？　しかし、ぼくが逃げたらキッドはどうなる？　キッドを何とかしてやらなくちゃ……。

マモルとの睨み合いが十秒ほど続いただろうか、不意にタミーはお尻のところにチクリと鋭い痛みを感じた。あれっ、何だろう？　ほんの数秒も経たないうちに猛烈に気分が悪くなり、力が抜けてぐにゃりと腰が落ち、同時にめまいがして、頭に霞《かす》みがかかったように なってきた。

　タミーがマモルに気を取られている間に、後ろからこっそり近づいたツヨシが、クマタカを捕らえるのに必要になるかもしれないと思って準備してきたトランキライザーを、すばやく注射したのである。もう何度も繰り返してきた、ぴったり息の合った兄弟の連携プレーだった。

　あ、ぼく、どうしたんだろう、とタミーは混乱した頭で考えた。困った……困ったぞ……でも、体に力が入らないや……。すばやく首輪が外され、代わりに首に何かが巻きつけられ、抱え上げられ、車のなかに運び入れられ、ケージの中に押しこめられる。

　ツヨシとマモルの兄弟は上機嫌で車に乗りこんだ。ほどなく、希望が潰《つい》えてまた黙りこんでしまった、テグスで雁字搦《がんじがら》めのクマタカと、薬で意識がもうろうとなった犬と——二頭の動物を乗せた大型バンが動き出した。スピードを上げはじめた車の助手席の窓が開いて、そこから何かがポイと道端に投げ捨てられた。それは、鑑札《かんさつ》が下がり、住所や電話番号が記載されたカードも付いたタミーの首輪だった。もはや、たとえタミーが恐れていたあの「ホケンジョ」に保護されたところで、タミーをタミーと判別できる目印も手がかりも、完全に失われてしまったのである。

監禁

ツヨシには窃盗《せっとう》と女性への暴行未遂、それぞれ一件ずつの前科がある。もっとも後者に関しては、表沙汰にこそならなかったものの、未遂だけで終わらなかったケースが他にも結構あるのかもしれない。そもそも酔っ払うと、俺には水子霊がいっぱい憑《つ》いていてなあと得意そうに吹聴する、そんな陋劣《ろうれつ》な男である。

左頰に縦に一筋残った、五センチほどの長さのうっすらした傷痕《きずあと》も、ヒステリーの女に刺されてなあ、女の嫉妬は怖いなあと、自慢話の種の一つだったが、これは実はそんな艶っぽい話ではなかった。新宿歌舞伎町で暴力団の経営する風俗店の呼び込みをやっていたとき、店の売り上げをときどきちょろまかしていたのがばれて、ナイフで焼きを入れられた痕だったのだ。

弟のマモルの方は最初はもう少し真っ当な人生を送っていた。派遣会社に登録し、様々な業種を転々としながら一応真面目に働いて、細々とながら実家に仕送りさえしていた。しかし、そんなふうにしていつの間にか三十を越すと、自分よりずっと歳下の正社員に見下され、高飛車に用事を言いつけられたりするのがだんだん耐えがたくなってきた。やがて無断欠勤を重ねてクビになり、その後はアパートに引《ひ》き籠《こ》もって、多くもない貯金を食いつぶしつつ、日がなテレビを見たりゲームをやったりという自堕落な生活に落ちこんでいった。

　互いを軽蔑し合っている仲の悪い兄弟だった。別々に上京し、別々に暮らして、会うこともほとんどなかったが、あるとき、たちの悪い街金から借りた金の利息が膨らんで、どうにも首が回らなくなったツヨシが、何とかしてくれないかとマモルに泣きついてきた。

　その借金の申し込み自体はにべもなく断わられた。が、どうせ断わられるだろうと最初から半ば諦めていたので、ツヨシがそれでとくに激昂《げっこう》するということもなかった。むしろお互いにとって案外儲《もう》けものだったのは、その件で会って一晩酒を飲み、いろいろ語り合ったのが、ふたりのどちらにとっても結構楽しかったということだ。水よりも濃い血の絆を確認したというより、負け犬同士が互いの傷を舐《な》め合い、浮き世の憂《う》さをいっとき晴らしたということだろう。

　その晩マモルは、大手チェーンのペットショップでアルバイトをしていたときの体験談を披露した。それに応えてツヨシの方は、暴力団の遣《つか》いっ走《ぱし》りをやっていたとき見聞きした、歌舞伎町に集まるアジア人の闇社会で行なわれているという、稀少種の動物の密輸入ビジネスの噂話をした。動物でひと儲けできないか、という冗談のような話を最初に言い出したのがどちらだったかははっきりしない。ただ、それは酒席での与太《よた》話では終わらなかった。

意気投合して仲好く飲んだのは実はその一晩だけのようなもので、それ以降、言い争い、怒鳴り合いはしょっちゅうだったが、こういう先の見えない冒険に乗り出すには、実はこの兄弟は意外に相性の良いコンビだった。兄のツヨシはちゃらんぽらんだが、舌先三寸で人を言いくるめるのが上手で、決断力がある。弟のマモルは臆病で意気地なしだが、オタク気質で一途なところがあり、眠る時間を切り詰めてパソコン画面とひたすら向かい合い、情報を集めつづけることが苦にならない。ふたりに共通しているのは、動物が可愛いとか小さな命が愛《いと》おしいといった気持ちなどひとかけらもないという点だった。まして地球の生態系がどうなろうが知ったことではなかった。

ふたりは一世一代の大博打《ばくち》に乗り出す覚悟で資金を集め（その大部分は、親を脅《おど》して実家の家を抵当に借金させ、老後の蓄えもことごとく持ち出して作ったものだったが）、「動物ビジネス」に着手した。忌まわしいことに、瓢箪《ひょうたん》から駒と言うのか、最初の頃の試行錯誤のすったもんだを切り抜けるや、このあこぎなビジネスは意外にすんなりと軌道《きどう》に乗ってしまったのである。

要するに、犬や猫のようなありきたりのペットでは満足できず、ほんの少数の人しか触れたことのない珍奇な動物を「所有」して悦に入りたいご仁が、日本にも外国にも沢山いるということだ。兄弟の成功の要諦《ようてい》は、あまり手を広げず、いったん摑んだ顧客を大事にして、地味に、しかし確実に利益を上げてゆくという点にあった。

キッドが連れ戻されたのは、そしてタミーが運びこまれたのは、そういういかがわしい商売の本拠となっている、湾岸近くの埋め立て地に建つ倉庫だった。

タミーにとって最初の数日間は本当に辛かった。油臭い安物のドッグフードが与えられたが、ショックでろくろく咽喉を通らなかったし、そもそも昼でも薄暗い、空気の悪いこんな場所で、一日中小さな檻に閉じこめられているというこの惨めな状態自体、耐えられないものだった。性悪の兄弟は外から倉庫の内部が覗かれないように、床に近い窓はぜんぶ目張りしてしまっていたので、光は頭上の小さな天窓からしか射してこないのだ。

朝と夕方に、塀でがっちり囲われた裏庭に連れ出されたが、運動するなどという考えはまったく頭に浮かばず、そこでも空きっ腹を抱えてしょんぼり蹲っているだけだった。やがて自分自身の排泄物にまみれて体がすっかり汚れてしまい、清潔好きのタミーにはそれも気が狂うほど嫌だった。ああ、あの懐かしい川にざぶんと飛びこめたらなあ……どんどん流れてくるあのきれいな水で体を洗えたら、どんなにか気持ちが良いだろう。

とにかく気を取り直して、何とか頑張ろうという気持ちが徐々に芽生えてきたのは、三日ほど経ってからのことだ。頭がようやくちゃんと働くようになって、まず、ウンチとオシッコは裏庭に連れ出されたときにすればいいのだ、あいつらはそうしろと言っているのだということをやっと理解した。それで、とりあえず檻のなかが汚れなくなった。ものぐさのマモルも、見るに見かねたのか、五日目の夕方、ホースで水をかけてタミーの体から汚れを落としてくれた。それでかなり気分が良くなった。

それから、いちばん重要だったのは、キッドと話ができたことだ。裏庭の突き当たりに、板をいい加減に張り合わせて作った粗末な小屋があって、何だろうと訝《いぶか》しまないでもなかったが、最初のうちは自分のことで精いっぱいで、じっくり考えるゆとりもなかった。

その夕方、タミーの体に水をかけた後、その水を拭き取ったびしょ濡れのタオルを持って、マモルは倉庫に入っていった。残されたタミーは、少しほっとして伏せの姿勢になり、前足の甲を舐めていた。ああ、とにかくぼくは臭くて汚い犬じゃなくなった。今頃、みんな、どうしてるかなあ。

そのとき、タミーの心の中核にある、今まで固く縮こまり、麻痺《まひ》して無感覚になっていた(というより、あえて無感覚でいようと努めていた)部分が急に弛んで、柔らかく溶け出した。今までこらえにこらえていた悲しみが、どっと込み上げてきた。タミーは夕空に向かってオオオーンと、長く尾を引く悲痛な遠吠えを上げた。

すると、それに応えるように、裏庭の向こう端の小屋から、バサバサッという弱々しい

羽ばたきの音がした。それに続いて、

「タミー……？　タミーだろ？」というか細い声が小屋の中から洩れてきた。

キッドの声だった。探知機で見つかって連れ戻された後、キッドは他の動物たちから引き離され、間に合わせに作ったこの禽舎のなかに閉じこめられていた。兄弟はキッドを静かな暗闇のなかに隔離し、そこで絶食状態にして、本格的な調教を最初からもう一度、徹底的にやり直すつもりだったのである。

「キッド！　そこにいたのか……」

タミーは倉庫の建物の出っ張りにロープで繋がれていた。少しは動き回れる余裕を与えてやろうというつもりなのだろう、ロープは四メートルほどの長さがあるけれど、キッドの小屋まではとうてい届かない。この数日、監視されずにそこに放って置かれたときに、タミーはロープを力いっぱい引っ張って、何とか切れないか、結び目が外れないかと何度も試していたが、まったく歯が立たないということはすでに十分思い知らされていた。

「きみがその小屋のなかにいたなんて、全然気がつかなかったよ」

「ぼくはきみに気づいていたんだ」とキッドは言った。「朝と夕方と、一日二回、そこに繋がれていただろ。気配でわかっていたんだ。長い、長い溜め息を、何度も何度もついていただろ。それ以外の時間はずっと倉庫で檻に閉じこめられているんだろ。可哀そうにな あ。ねえ……ご免ね、タミー。本当に、ご免ね。ぼくのせいで……」

「きみが謝ることなんか、何もないさ」とタミーは言った。「きみのせいじゃないよ。こんなひどいことをする人間がいるなんて、ぼくは想像もしていなかった。油断していたぼくが悪いんだ」

「せっかくぼくを助けてくれようとしたのになあ。きみを巻き添えにしてしまって、本当に悪いことをしたよ。あの朝川べりで、ぼくなんかに会わなきゃよかったのにね。きみに悪くて、申し訳なくて、今まで声を掛けられなかったんだ」

懐かしい川辺の光景がタミーの心にまざまざと蘇った。今の時刻、川面《かわも》にゆっくり夕闇が下りてきて、こういう晴れた日ならいつもそうなるように、衰えかけた茜《あかね》色の光が川面にきらきら輝いていることだろう。鳥たちが鳴きやんで巣に帰り、林のうえに薄ぼんやりとお月さまが懸かって、夜の闇の気配とにおいが少しずつ広がってくるなか、せせらぎの音が不意に大きく耳につきはじめる……。それはタミーのいちばん好きな時刻の一つでもあった。タミーの目に涙がじわりと滲《にじ》み出す。

「ねえ、キッド。帰ろうよ、一緒に帰ろう！　ぼくはもう一度、川の光が見たいんだ」という言葉が、不意にタミーの口から飛び出した。

もう一度、川の光を見る。

それは、意味をじっくり考えたうえで言った言葉ではなく、心の底のいちばん深いところからいきなり噴き上がってきた叫びのような言葉だった。そして、「川の光を見たいんだ」という自分の声の響きを耳にした瞬間、その言葉は、誰か他人が与えてくれた熱い激励のように、タミーの気持ちを激しく鼓舞《こぶ》し、高揚させた。そうだ、きっと帰る、絶対帰るぞ、あの懐かしい川辺に、あの先生の家《うち》に。

　その日はそれ以上言葉を交わす余裕もなく、倉庫から出てきたマモルに檻のなかへ連れ戻されてしまったけれど、そのときタミーの心に初めてともった、小さな、しかし着実な希望の灯が、以来、タミーにとって生きる糧になった。もともと強い心を持った根っからの楽天家で、長いことくよくよしたりいじけたりしているのは性に合っていないのだ。

　それからは、朝と晩、裏庭に繋がれるたびに、四メートルのロープが届くぎりぎりのところまで小屋に近寄って、キッドといろいろな話をするようになった。そのうちに、キッドもタミーの楽天主義に感化され、声にだんだんと明るい張りが戻ってきた。

　タミーはキッドに、自分の好きないろいろなものの話をした。友だちの犬たちと公園で取っ組み合って遊ぶこと。雨の降り出す直前の湿った空気のにおい。甘いリンゴのかけらをしゃりしゃり音を立てて食べること。ご主人の先生にボールをできるだけ遠くまで投げてもらい、それを全速力で走っていって取ってくること。

　クマタカの方も犬に語った。空気が薄くなるほど高いところまで一挙に上昇し、ゆるやかに旋回しながら降りてくることの面白さ。氷雨《ひさめ》混じりの強い風を正面から受け止めて必死に羽ばたき、ようやく巣に帰り着けたときの安堵《あんど》感。水平線めがけて沖にひたすら突き進んでいったときの、ちょっぴり不安の混じった、でもたとえようもないほど素敵な爽快感。

朝晩二回、数メートルの距離を隔《へだ》て、かつまた相手の姿も見えないまま、様々なことを語り合っているうちに、やがてふたりは互いのことがとても好きになった。強烈な野生の本能を体の隅々まで漲らせた猛禽と、人間の社会に楽々と適応し、生き延びるために戦うなどということは考えたこともないお気楽な犬と——ずいぶん相隔たった二つの動物種の間に芽生えた、それは奇妙な友情だった。

きっかけは単なる偶然の出会いである。不幸な境遇を共有せざるをえなくなった成り行きから、お互いを思いやる同情の絆が生まれた。しかし、相互の好意と尊敬の気持ちが深まってゆくにつれて、この絆は、そうした偶然の成り行きを越え、揺るぎない基盤を持つ本物の友情へと徐々に成長していった。

犬なんて人間にへつらう家来でしかないと軽蔑していたキッドは、周囲にいる誰の心も温かな共感で満たしてくれるタミーの優しさと純粋さに触れて、すっかり考えを改めた。タミーはタミーで、誰にも頼らずひとりで誇り高く生きようとしているキッドの高貴な心意気を知って、今までどんな動物に対しても感じたことのない畏敬の念を抱いた。

他方、タミーは倉庫のなかにも友だちを作っていた。キッドに「何があろうと生きていた方がいい」と忠告した、あの老オオアルマジロのソロモン爺さんである。

タミーの隣りのケージには、真ん丸なぎょろ目が特徴的な、茶色い小型のサルが二頭入っている。それはインドネシアの漁船経由で密輸入されたスローロリスのつがいで、彼らはまったく口をきかなかった。大部分の時間は俯《うつむ》いてじっとしているだけで、ただ、些細なことがきっかけで、もの凄い叫び声を上げて大騒ぎしたりする。

可哀そうに、二頭とも歯を抜かれてしまっていた。ペットとして飼いやすいようにという配慮からだろう。ボルネオの森林の奥深くで捕獲された後、長い船旅を通じて彼らがどんな扱いをされてきたのか、想像したくもない。口をきかないのは、恐怖と苦痛のあまり、もう半ば頭がおかしくなってしまっているからなのかもしれない。

そのさらに隣りが例の老オオアルマジロのソロモンのケージだった。タミーは、その爺さんが犬を嫌っていることに最初から気づいていた。何しろ、「ああ、臭い、臭い。犬は臭くて嫌じゃのう」と聞こえよがしに大きな声でひとりごとを言うのである。その頃のタミーは自分のウンチやオシッコにまみれた状態だったから、実際、臭かった。ああ、ぼくは嫌がられているんだなと思ったが、あまりの惨めさにそれも

あんまり気にならず、半分死んだようになって四六時中ただ蹲っていたのだ。

だが、爺さんの悪口は、タミーのケージが清潔になって以後もやまなかった。実はソロモンは昔、故国ブラジルにいた頃、サバンナの水辺で野犬の一群に囲まれ、吠えられるやら脅されるやらで怖い思いをしたことがあった。それ以来、犬という動物はどいつもこいつも、弱いものいじめの好きな卑怯者だと思いこんでいたのだ。

「ぼくは誰もいじめたことなんか、ないよ」と、ある日とうとうタミーは言い返した。その頃はもうタミーはずいぶん元気を取り戻し、朝晩二回裏庭に出されるときも、できるだけ体を動かして筋肉に力を付けておこうと努めるほどになっていた。

「どうだかな」とソロモンは意地悪くせせら笑うように言う。「そりゃあ、そんなふうに閉じこめられておれば、悪いこともできまいて。犬なんぞ、みんな檻に入れておけばいいのだ」

「そういう言いぐさはないだろ」とタミーはさすがに腹を立てて言い返し、首を伸ばしてソロモンの顔を覗きこもうとした。間に挟まったスローロリスの檻の格子《こうし》越しにタミーの顔が覗き、その目がソロモンの目を真っ直ぐに見つめている。ソロモンはタミーの目に浮かぶ、少し悲しげな、何の邪念もない穏やかな色にたじろいだ。

「いじめたりするもんか。キッドのことだって、何とかして助けてやろうとしたんだよ。あの子もなあ、せっかく一度は逃げ出せたのに、可哀そうに、またあんなふうに――」

「えっ……おまえさん、キッドを知っているのかい？」ソロモンはびっくりして訊《き》き返した。

「もちろんさ」タミーの方も少し驚いた。そこで、キッドとの出会いから今に至る経緯を詳しく物語った。

「そうか、あのクマタカの子は連れ戻されてしまったのか……。うまいこと逃げ出せたものと、てっきり思いこんでいたがのう……。しかし、なぜまたそんな遠いところまであの子の後をつけていけたのか。人間のずる賢さはわしらの想像を超えておるよ」

「今、キッドは、あいつらが鷹小屋って呼んでいる、外の小屋に閉じこめられているんだ。最初のうちはふさぎこんでいたけれど、この頃だんだん元気になってきたんだ」

「何と……。それであんたは、キッドを助けようとして、一緒に捕まってしまった、と……」

　タミーは返事をせずにただ深いため息をついただけだった。ソロモンもため息をつき、俯いたまましばらく黙っていた。それから、申し訳ない、とそっと呟き、顔を上げてタミーの方を見ると、ゴールデン・レトリーバーは幸せが溢《あふ》れ出すような満面の笑みを浮かべながら、ぶるんぶるんと頭を振り、大きな耳をぱたんぱたんと揺らしてみせた。

　それですっかりしこりが解けて、ふたりは友だちになった。金色の毛をふさふささせた若い犬と、硬い鱗で全身覆われた年寄りのオオアルマジロとの間の、これもまた奇妙と言えばまことに奇妙な友情だった。タミーは、ソロモンがぽつりぽつりと話すブラジルの平原での暮らしぶりのあれこれに、目を丸くして聞き入った。ソロモンの方は、身動きのとれなくなったクマタカを何とか救ってやろうという義俠《ぎきょう》心が裏目に出て、こんな境遇に転落することになったタミーに、心の底から同情した。

「わしはもうずいぶん生きたから、このままここでお陀仏《だぶつ》ということになったとしても、まあいいさ」とソロモンは言うのだった。「しかし、あんたやキッドはそれじゃああまりに気の毒だ。何とかして逃がしてやりたいものだが……」

「あの鷹小屋の戸を何とか開けられないかなあ。ぼくの見たところでは、小さな掛け金で留まっているだけなんだよ」とタミーは言った。「鍵で開けるような複雑な錠前なんか付いていない。外からかじりついてちょっと頑張れば、あんなちゃちな掛け金、ぼくの口で何とかこじ開けられそうな気がする。でも、裏庭ではぼくは、出されたとたんすぐにロープに繋がれちゃうから、小屋までは近づけないんだ」

ううむ、とソロモンは唸って、黙りこんでしまった。

二回目の脱出

その晩、真夜中過ぎに、タミーはソロモンのひそひそ声で起こされた。

「なあ、おい、ちょっと目を覚ませ。相談がある」

「う、うん……。何だい、ソロモンさん」

「いいか。マモルと交替して、今日から兄貴のツヨシの方が泊まりこんでいるだろう？」

　倉庫には兄弟が交替で常駐していた。二人一緒に泊まりこむこともあるが、とにかく少なくともどちらか一人は常時必ずいるようにと心がけているらしい。

「そうだね。マモルも嫌いだけど、ぼくはあのツヨシというやつの方がもっと嫌いだ。ぐずぐずしないで早く歩けって、靴でぼくのお尻を蹴るんだぜ。失礼じゃないか。性格もだらしなくて、裏庭でぼくがしたウンチをすぐ始末してくれないで、何日もそのままに放っておいたりするし……」

「うんうん。しかし、ツヨシの方が都合が良いのさ」

「都合って何さ？」

「要は、マモルよりずっと体が小さいってことだ」

「え……？」

「いいかね。ツヨシと交替して、ついさっきマモルが出かけただろ？　この五日間このかた、ずっとマモルが独りでここの動物たちの世話をしていたから、たぶんマモルは今夜から何日か帰ってこない。これまでずっとあいつらの行動パターンを見てきたから、わしにはわかる」

「うーん……だから、何なのさ？」

「つまり、明日は——少なくとも明日一日は、この倉庫にいる人間はツヨシ独りだろうってことさ。しかも、あいつは痩せていて背も低い……。まあ、聞け」

　ソロモンはタミーに、自分の考えた計画を話した。タミーは、

「うーん……どうかな……」と疑わしそうに首をかしげた。

「問題はタイミングだ。タイミングさえ合えば、うまく行く」

　つまり、合わなければ、うまく行かないってことだろ、とタミーは心のなかで呟いた。が、もともと臆病とか引っこみ思案とはほど遠い性格で、やらないで後悔するよりは、やって失敗して後悔する方がずっと良いという、前向きと言えば前向き、お調子者と言えばお調子者の犬である。それに、この単調きわまる生活にはともかくもういい加減飽き飽きしていた。

　結局、一か八かやってみよう、という結論になった。決行は明日、それも朝ではなく夕方だ。あたりが少しでも暗くなってからの方が良い。

　翌朝、タミーはキッドに計画を伝えた。キッドはしかし、懐疑的で、

「でも、きみは？　きみはどうするのさ」と不安そうに言った。

「大丈夫。ちゃんと考えているから」ときっぱり答えたが、実はタミーにもそんなに勝算があるわけではない。ただ、もしこの試みが不発に終わると、相当まずいことになるだろ

うということだけはわかっていた。前回の逃亡に続いて、また再度の脱出劇が起きたら、今度こそ兄弟はよほど厳重な監禁手段をとるに違いない。そうなったら、もう二度とふたたび好機は訪れないかもしれない。

その日の夕方、タミーはまた裏庭に連れ出された。あーあ、面倒臭えなあ、とぶつくさ言いながら、ツヨシはタミーの首輪に付けたリードの端を持って、倉庫を出た。そのリードを首輪から外し、次いで、運動用の四メートルのロープに繋ぎ替える。ほんの一瞬だけ、タミーはリードにもロープにも繋がれていない自由な状態になる。それが唯一のチャンスだった。

ツヨシがリードを外したとたん、タミーはソロモンと打ち合わせておいた通り、ひと声大きく、バウッと吠えた。ほとんど同時に、倉庫のなかで、ガタンガタン、ガッターンという大きな音がして、続いてガラガラガッシャーンというもっと大きな音がした。それにさらに、ギャア、ギャア、ギャアという、聞く者の背筋が凍りつくような叫び声が重なった。

さあ、どうする。タミーは息を殺してツヨシの顔を見上げていた。ツヨシは仰天して飛び上がり、倉庫を見て、それからちょっと迷うようにタミーを見た。ここが勝負の分かれ目だ。タミーが虫も殺さぬような愛想の良い表情できょとんとしているのを見てとるや、ツヨシはそのまま倉庫に駆け戻った。どっちみちこの裏庭は高い塀で囲われていて、犬が擦《す》り抜ける隙間《すきま》などどこにもないことはわかっている。ほんの少しだけこのまま犬を放置しても、何も起こるまいと考えたのである。

ツヨシの姿が消えるやいなや、タミーはだっと鷹小屋に駆け寄った。さあ、この掛け金……後足で立って前足を戸に突けば、口が届くぞ……でも、歯が滑《すべ》って小さな金具がなかなかくわえられない。いつツヨシが戻ってくるかわからない。タミーは必死でがちがちと歯を噛み鳴らした。駄目だ！

口では外せないので、タミーは前足を掛け金に掛けて、右、左、右、左と交互に激しく引《ひ》っ掻《か》いた。小屋のなかではキッドが不安そうに小さな羽ばたきを繰り返し、「タミー、タミー」と潜めた声で囁《ささや》いている。激しい引っ掻きはしかし、何の効果もあげなかった。上から下へと引っ掻いても駄目なのだ。留め具の棒を真上に上げなければいけないのだ。

やっぱり歯でこじ開けるしかない。タミーはまた掛け金にかじりついた。背後で、倉庫のドアが開く音が聞こえたような気がする。でも、そんなことに構っている余裕はない。何かが歯に引っ掛かった。上下左右、滅茶苦茶に振り回す。ピーンという鋭い音がして、留め具が外れた！

「開《あ》いた！　開いたよ、キッド。もう戸は開いてる。なかから押すんだ。突進するんだ！」

タミーは、バウッ、バウッ、バウッと声をかぎりに叫んだ。

その瞬間、タミーのしっぽがぎゅっと摑まれ、ぐいと後ろに引かれた。振り返ると、血の気の失せた恐ろしい形相のツヨシが、肩ではあはあ息をしながら立っていた。

　実際、ツヨシは怒り狂っていた。物音に驚いて倉庫に戻ってみると、オオアルマジロが暴れたらしく、ケージが横にまるまる一回転して、隣りのスローロリスのケージを跳《は》ね飛ばしていた。二頭のスローロリスはその衝撃でパニック状態になり、もの凄い声で鳴き叫んでいる。それが引き金になって、倉庫のあちこちで不安そうに騒ぎはじめた動物もいる。

　見たところケージは壊れていないようだし、オオアルマジロもスローロリスも怪我をした様子はない。少し胸を撫《な》で下ろし、ツヨシはとにかくケージを元通りに起こす作業にかかった。二十キロもあるオオアルマジロが、何だか妙に力を籠めて足を踏ん張り、バタバタ暴れ回っているので、なかなかケージが持ち上がらない。ちっ、マモルのやつ、こういうときにかぎって、必ずいやがらねえんだ……。くそっ、何でこいつ、こんなに暴れるんだよ。もうここ何週間もほとんど身動きもしないから、くたばりかけてるんだろうと思っていたのによ。突然、いったい何だっていうんだよ……。

　ツヨシはとにかくソロモンのケージは元通りの位置に直し、ひと息ついた。後はこのぎょろ目のサルの檻の方か、くそっ、面倒臭え……。その時になると、つがいのスローロリスも多少気持ちが鎮まったのか、鳴き声が小さくなった。すると、それまでスローロリスの叫び声にかき消されていた物音が、ようやくツヨシの耳に届いた。外で、何か木の板をガリガリ引っ掻くような音がしているではないか。あの、くそったれ犬だ！

慌てて外に出てみると、犬が鷹小屋の戸に前足を掛け、何かをしきりにかじるような身振りをしているではないか。全速力で走っていって、大きな声で吠えているゴールデン・レトリーバーのしっぽを摑み、ぐいと引き戻す。

だが、そのときにはもう遅かった。間に合わせに作った粗末な小屋だから、戸と言ってもベニヤ板一枚の薄っぺらのものだ。掛け金の外れたその戸に、なかのキッドが力いっぱい羽ばたきながら突進すると、細い隙間ができた。そこからキッドはするりと抜け出したかと思うと、鋭い爪でツヨシの頭を思いっきり蹴飛ばし、その勢いを利用して空に舞い上がった。

「あっ、痛え！」ツヨシは片手で頭を押さえながら、しかし何とかキッドを捕まえようと、もう一方の手を振り回しながらジャンプした。もちろん、もはや手が届くはずもない。

「くそっ、おれの頭を踏み台にしやがって……。あ、こら！」と、今度ツヨシが罵声《ばせい》を浴びせたのはタミーに対してだった。逃げ出したクマタカを取り戻そうと夢中になって、ツヨシの注意が自分から逸《そ》れた一瞬を利用し、タミーは鷹小屋の横に回りこんだ。少し後じさりして、タタッと助走し、力いっぱい跳躍する。鷹小屋の天辺に攀《よ》じ登るのだ。

話はその前夜に遡る。あの裏庭はぐるっと塀で囲まれているから、とうてい逃げられないよとタミーがため息をついたとき、ソロモンが、その鷹小屋とやらは利用できないのかねと言ったのである。

「その小屋は塀のきわに建っているんじゃろ。それなら、小屋の屋根にまず攀じ登る。そこから跳び上がれば、塀の天辺に簡単に取り付けるのでは……」

「えーっ、そんなこと……。まず、小屋の屋根に登れるかどうか。それから、塀の天辺に取り付けたとして、それからどうするのさ。向こう側に跳び下りるのかい。脚の骨を折っちゃうよ……」

「地面が柔かくて、怪我をせずに上手く着地できるかもしれんよ。いっぱい草が生えているとかなあ。何か手掛かり、足掛かりになるものがあって、それを伝って降りられるかもしれんし……」

「かもしれん、かもしれんって……。実際にそれをやらなくちゃいけないこっちの身にもなってみてよ、ソロモンさん」

そんなやりとりがあったのだが、とにかくタミーは、先の見えないその危険な試みに賭けるつもりでいた。そのためには、まず小屋の上に攀じ登らなければ。

何しろ小屋の高さは一メートル半以上ある。力いっぱい跳んで、前足の先が小屋の屋根に掛かったが、案の定、そのままずるずると滑り落ちてしまった。そこにツヨシが駆け寄ってきてタミーに手を伸ばした。

「ツヨシの方が都合が良いのさ」とソロモンが言ったのは、この瞬間を見越してのことだった。ツヨシは小柄で痩せている。タミーが頭を低くして突進し、思い切り体重を乗せた頭突きの一撃をツヨシの下腹に喰らわせると、ツヨシは案外簡単にころりと地面に転がった。大男のマモルだったら、とうていこういうわけには行かなかったろう。

この隙に体勢を立て直し、もう一度ジャンプを試みるために筋肉を緊張させる。さっきより助走を長くして、今度こそ全身全霊、必死の力を振り絞って、タミーは地面を蹴った。宙に浮く……前足を伸ばす……小屋の屋根の、さっきよりもっと深いところまで届いた！　タミーは小屋の屋根に爪を立て、ガリガリ引っ掻いて、何とか体を引きずり上げようとした。

できる……できるぞ……もう少し……。そのとき、片方の後足がいきなりぎゅっと摑まれた。そのまま乱暴に引きずり落とされる。タミーは地面にしたたか腰を打ち、あまりの痛みに一瞬、意識が遠のきかけた。

「この野郎……馬鹿にしやがって。小屋の屋根伝いに逃げようとしやがったのか」ツヨシはもう頭から湯気を立てるほど怒っていた。

いったん飛び去りかけたキッドがぐるりと回って高度を落とし、また倉庫の裏庭の上空に戻ってきた。

「タミー、タミー、大丈夫かい？　怪我をしたのかい？」

心配そうな叫び声を立て続けに上げている。放っておいたら、あの気の強いキッドのことだ、舞い降りてきてツヨシの顔を突っつくくらい、やりかねまい。そんなことをしたらまた捕まってしまう。タミーは痛みをこらえて何とかかんとか立ち上がった。

何だろう、血の味がする……鼻が痛いや。さっき掛け金と格闘していたとき金具で傷つけたのだろう、真っ黒が自慢のあのタミーの鼻に、二筋、裂け目が出来て、ピンク色の肉が痛々しく覗き、そこから流れる血が顎のしたまで垂れてきている。

空を仰ぐと、ためらうようにゆっくりと、しかし着実に自分めがけて降下してきているキッドと、目が合った。怒りと不安できらきら輝いているキッドのその美しい、獰猛な瞳を真っ直ぐに見つめながら、

「大丈夫。ぼくは大丈夫だから、早く、早く、逃げるんだ！」とタミーは声をかぎりに叫んだ。

「何だ、こいつら、まるで共謀してるみたいじゃねえか。馬鹿にするんじゃねえ！」

倉庫のケージが理由もわからずいきなり二つも横倒しになったことから始まって、クマタカには逃げられるわ、犬には押し倒されるわ、立て続けに起きた不快な出来事で、ツヨシは本当に頭に来ていた。そこで、ここまで積もりに積もった憤懣《ふんまん》をいちどきにぶちまけ

るように、空に向かってワンワン吠えているタミーの横腹を、力いっぱい蹴飛ばした。

　吹っ飛んだタミーは、キャイーンとひと声、悲鳴を上げて地面に転がり、体を丸めた。痛い……痛いよ……こんなに痛いのは生まれて初めてだ……。息ができない……いや、できる……息を吸わなくちゃ……キッドにどうしても言わなくちゃいけないことがあるんだから。タミーは必死で息を吸いこみ、もっと吸いこみ、弱々しく喘《あえ》ぎながら、肺にできるだけ沢山の空気を溜めた。そして、それをいちどきに吐き出すように、あらんかぎりの声を振り絞って、

「逃げろ、キッド、逃げるんだ！」と叫んだ。それはもはやあまり大きな声ではなかったけれど、たしかにキッドの耳に届いたのである。「戻ってきたらまた捕まっちゃうぞ。飛べ、キッド！　どこまでも飛んでいけ！　もう一度、川の光を見るんだ。ふるさとの森を見つけるんだ。自由に飛べ、自由に生きろ、ぼくのぶんまで……」

　それを聞くなり、キッドはさっと身を翻してふたたび舞い上がった。どんどん上昇し、一度だけ旋回して方角を見定めるや、西をめざしていっさんに飛び去った。ああ、タミー……。結局、タミーはぼくを救ってくれた……。ちょうど陽が沈みきろうとするところで、夕焼けの最後の残照が、西の空の地平線を壮麗な茜色に染め上げている。だが、後から後から溢れ出す熱い涙で視界が曇って、キッドにはその美しい夕焼けの色もほとんど見えなかった。

深夜の集会

　キッドは長い材木が列をなしてぷかぷか浮かぶ貯木場を横目に見ながら、四通八達する水路で区切られた江東区の埋め立て地を越え、西へ西へと飛びつづけた。レインボーブリッジを見下ろして、ヘッドライトを灯《とも》しはじめた自動車の激しい往来が、目玉を光らせた蟻《あり》の行列のようだと思った。イリュミネーションの瞬きだした東京タワーの傍らを通過する頃には、もう海ははるか後方に遠ざかっていた。それから先はもう高いビルばかりで、キッドは何だかとんでもない異次元世界に迷いこんだような気持ちになった。水もない、緑もない……こんなところでいったい生き物が生きていけるんだろうか。

　キッドが西へ向かったのには、明確な理由があったわけではない。単にこの日没の時刻、空がいちばん明るいのがそちらの方角だったからにすぎない。「自由に飛べ！」とタミーは叫んだ。あれほど熱い思いでずっと自分が（そしてタミーも）恋い焦がれていた「自由」、それを今、自分はたしかに手に入れた。でも、もう陽がすっかり没して西の空も暗くなり、四方すべてが同じように闇に鎖《とざ》されてしまってもなお、相変わらず西の方角へ一直線に飛びつづけている今、「自由」とはいったい何なのか、キッドにはよくわからなくなっていた。

たしかに「解放感」はある。この広い空、この大きな世界のすべてを所有しているような爽快感を、今またふたたびキッドは味わっていた。しかし、苦痛に体を丸めながら浅い息を絞り出すようにして、「ぼくのぶんまで……」と掠れ声で叫んでいたタミーの姿がまざまざと蘇ってきて、涙が止まらない。このまま飛びつづけ、仮に万が一ふるさとの森まで辿《たど》り着けて、そこで「自由」に生き、生涯を終えることがもしできたとしても、ぼくはタミーのあの声、あの姿を死ぬまで忘れられないだろう。それは、あの声、あの姿から「自由」になれないということなんじゃないのか。

では、混じり気のない純粋な「自由」なんてありえないということなのか。いや、むしろ、偶然の機会から抱えこむことになってしまった大小様々な束縛から逃げようとせず、そのいちいちに責任をもって対処しながら生きるとき、初めて「自由」の本当の意味がわかるということなんじゃないのか。

束縛や責任を正面から引き受ける。そのとき、そうした拘束のすべてを包みこみつつ、なおかつそれをはるかに越える、大きくて豊かな何かが、生のただなかに出現して、生に意味を与えてくれるんじゃないのか。この世の生を生きるに値するものにしてくれるんじゃないのか。その大きくて豊かな何か――真の「自由」とは、それのことなんじゃないのか。

とりとめのない思いがキッドの心のなかにぐるぐると渦巻いた。もう涙は止まっていた。

友情という束縛、友情という責任……友だちのために何をしてあげられるか……そのことで、ぼく自身の「自由」の価値が、生の意味が試される……。

気がつくと、何やら見覚えのある風景が眼下に広がっていた。このあたりの地形は、最初に脱出したあの日に飛んだ土地の感じに、何だか似ているぞ。あの朝、ぼくは最初はずっと海を南下し、そこから西に回りこんで河口に出て、その大きな川を上流へと遡った。それからまた右へ方角を変え、真っ直ぐ北上していったのだった。

キッドは大きな旋回を始めた。四方八方を見渡しながら、記憶に残る目印が何かないかと目を凝《こ》らす。もうすっかり夜になっているが、住宅街の家々の窓からは煌々《こうこう》と明るい光が洩れているし、道路に沿って沢山の街灯もある。

ある場所まで来たとき、斜め前方に何か記憶を刺激するものが見えたような気がしたので、そちらに進路を取った。こんもりした木立ちが近づいてくる。それはある大きな神社の境内《けいだい》の森だったが、黒々とした木立ちのシルエットの上空に一本だけひときわ高く突き出しているニレの木がある。それは、あの晩キッドがその樹上で夜を過ごした大木に間違いなかった。では、翌朝降り立ったあの川は、ここからもう少し北に行ったところだな……。

その川辺に辿り着いた頃には、夜もすっかり更《ふ》けていた。キッドは川岸の石のうえに舞い降りて、首を伸ばしてごくごくと水を飲んだ。水は冷たくて美味しかった。もちろん脚元には用心を怠《おこた》らなかった。同じ失敗を繰り返して、またあんな糸に引っ掛かってしまうようなことにでもなったら、ぼくは正真正銘の間抜けだぞ！

初めてタミーに会ったのはこの川のほとりだったな、と思ったとたん、また涙が溢れ出した。あのときは、捕らえられていたのはぼくだった、自由なのはタミーだった。今は逆だ。そして、その責任はすべてこのぼくにある。

静かなせせらぎの音とともに流れてゆく川面を見つめながら、暗い思いのなかに沈潜《ちんせん》しているうちに、どれほどの時間が経ったのだろう。数メートル先の草むらがいきなりガサガサッと揺れたので、キッドは驚きのあまりバランスを崩し、石のうえから転げ落ちそうになった。さっと翼を広げて飛び立とうとする、その寸前、

「ちょっと、ちょっと、待って……」という小さいけれども鋭く緊張した声が聞こえた。キッドは翼を半分ほど広げかけたままその場に一瞬、凝固した。

草を分けて、むくむくした毛のかたまりのようなものがちょこっと顔を覗かせた。キッドは警戒してさらに大きく翼を広げる。

「あっ、待って……行かないで……」そう言いながら這《は》い出

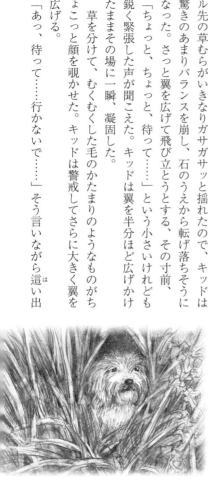

してきた動物は、全身が草むらから出てきても、それでもなお、茶色とも灰色ともつかないもじゃもじゃの毛のかたまりとしか見えない。それはぶるぶるっと身震いして草の葉の切れ端や土くれを払い落とすと、キッドの方へゆっくりと近寄ってきた。キッドはまだ警戒を弛めず、いつでも飛び立てる姿勢を保っているが、それの方も少々おっかなびっくりのようで、キッドから二メートルほど離れたところで立ち停まった。

　実際、それがキッドを怖がっているとしても無理はない。体高二十五センチ、体長三十センチほどのそんな小さな動物なら、クマタカにとっては狩りの獲物に十分なりうるものだ。どうやら犬の一種らしいその動物は、しばしの沈黙の後、

「あんたに話があるのです」と言った。キッドは返事をしなかったが、ほんの少しだけ警戒心を解いて翼を縮めた。毛のかたまりの間からそいつの目が覗いて、その瞳に悪意や攻撃の色がまったく浮かんでいないことを見てとったからである。だが、そいつがすぐ続けて、

「あんたのしっぽを、ちょいと噛ませていただくわけにはいきませんかな」と言ったのには仰天してしまった。

「何だって……」こいつ、頭がおかしいのかとキッドが思った瞬間、その小型犬は、

「いやいや、わたしは気が狂っているわけではない」とキッドの心を見透かしたように言った。「ちょっと待って……」犬はくるっと振り返ると、たたっと走って今しがたそこか

ら出てきた草むらのなかに戻り、少しばかりごそごそやってから、またすぐ走って帰ってきた。口に何かをくわえている。今度はおずおずとながらすぐ間近まで寄ってきて、正面からキッドと向かい合うと、くわえていたものを地面にそっと置き、お座りの姿勢になった。それはキッドにも見覚えのある、犬用の茶色い首輪だった。

「それは、タミーの……」

「そう、タミーの首輪です。あいつらが去り際に、車の窓から投げ捨てていったものです。いやはや、困ったことになったと思ってねえ。しかしともかく、これはとりあえず保管しておくことにしたのです」

「きみは……タミーの知り合い？」

「わたしの名前はマクダフ。タミーはわたしの大切な友だちです」

ややもったいぶった口調でそう言いながら、大きめのモップの先のようなその犬は、心持ち首を上げ、昂然と胸をそらせてみせた。そんなふうにマクダフが仰向くと、毛の蔭に隠れがちな彼の目がキッドにはっきり見えるようになった。その瞳が、その犬のちょっと気取った、落ち着きはらった喋りかたとは裏腹に、ほとんど必死と言ってもいいような焦燥《しょうそう》感をたたえているのを認めて、キッドは心を突かれた。

「あんたにちょっとタミーのことを訊きたかったんだが、その前に、何よりもまず、あんたのしっぽを何とかせねば。ほら、何か、変なものが付いているじゃないですか、そこんとこに……」

　キッドは首をひねって、自分のしっぽ、というか尾羽を見た。そこにはたしかに、小さな金属棒のようなものが細い革帯で留められている。あの兄弟が無理やり装着したもので、付けられた当初は気になってたまらなかったけれど、片脚に今なお巻きつけられたままの脚革と同様、いつの間にか慣れてしまって、キッドの意識に上らなくなって久しい。

「これかい？　これが何だって言うのさ……」とキッドは不審そうに言った。

「どうもそいつは何やら禍々《まがまが》しいものなんじゃないか、というのがわたしの推理です」とマクダフは言った。

「マガマガシイ……？」

「あんた、人間に捕まったでしょう？　十日ほど前になるかな。いやね、あの朝わたしは、車から降りた二人組が変な機械をあっちこっちに向けて、何やらやっているのにたまたま出喰わしましてね。何だろうと思って後を付けてみたら、あいつら、あそこの土管のなかであんたを見つけて、大喜びだった」

　そのときの悔しさが蘇ってきて、キッドの頭にかっと血が昇った。

「あんたは車のところまで連れていかれて、ケージに入れられた。そうしたら、何と、タミーが向こうから血相変えて走ってくるじゃないか。あの穏やかな子があんな形相になって人間に吠えかかるところなんか、一度も見たことがないからびっくりしてねえ。男の一人に何かされてタミーがふらふらっとなり、そのまま誘拐されてしまうのを、わたしはブロック塀の蔭からずっと見ていて、何にもできなかった。いやはや、情けないかぎりです」

マクダフは俯いてしばらく黙りこんでいた。キッドも黙っていた。情けない思いはぼくも同じだ、いやそれはこの犬どころの比ではない、とキッドは考えた。そこで、

「うん、タミーはね――」と説明しはじめようとしたが、マクダフはすぐそれを遮《さえぎ》って、

「いや、それは後でいい。ともあれまずは、あんたのしっぽに付いているものだ。わたしの思うに、どうもそれが怪しい。あんたはあのとき、あの男たちから逃げてきたんでしょう？　ところがたちまち発見されてしまった。なぜだと思います？」

「さあ……？」たしかに、それはキッドがずっと疑問に思っていたことだった。

「あんたのしっぽについているその小さな変なもののせいで、あんたの居場所があいつらにわかるんじゃないのか、と思うのですよ。あのときそれをいじりながら、あいつらが何か、そんなようなことを言い合っていたような気がするのでね」

実際、マクダフの言う通りだった。それはキッドの現在位置を信号で報《しら》せつづける発信機にほかならなかった。

「そうだったのか……」

「うん、これは周波数の問題でね」とマクダフはちょっと得意そうに言った。

「シュウハスウ……って、何？」

「うん、これはね、電波がね……説明するのはなかなか難しいのだが……。あの、触るとビリビリとするやつ、電気のね、何かそういうことと関係しているのです。何と言うか……ええと……要するに……まあ……実を言えば、わたしにもよくわかりません」と結局、マクダフは正直に告白した。「しかし、ともかくそいつを何とかしなければ。しっぽをちょいと嚙ませてほしい、と言ったのはそういうわけです。できるだけ早くそれを外さないと、またあいつらがやって来る危険がある」

その言葉を聞いてぞっとしたキッドは、すぐさま石から下り、マクダフにお尻を向けた。マクダフは発信機の付いた革帯に歯を当てて、キッドの尾羽を傷つけずに何とかそれを外そうと試みた。もしそれが猛禽飼育の専門家がきちんと装着したものだったら、小さな犬が嚙んだり引いたりする程度のことではどうにもならなかっただろう。しかし、ツヨシもマモルも基本的には素人同然だったし、しかも性格がずぼらだったのが幸いした。革帯を止めてあるハトメの締めかたがいい加減だったので、それはもうすでに半ば弛みかけていたのである。

「おっと、もう少し……もう少し……。あ、失礼……」マクダフが革帯をくわえて引っ張ったはずみでキッドの尾羽の一本が抜けそうになり、飛び上がるほどの痛みが走ってびくっとしたが、キッドは何も言わずにじっと我慢した。

「よし、取れた。これでよし、と。ちょっと待っていてくれますか。これを何とかしてきますから」そう言うなりマクダフは、その発信機をくわえたまま、だっと走り出し、土手を駆け登ってあっという間に姿を消した。

十五分ほど経つと、マクダフは満足そうな表情を浮かべて足取り軽く戻ってきた。

「知り合いのカラスを見つけるのにちょっと手間取ってしまってね。もう大丈夫。どこかとんでもなく遠いところに持っていってくれと、頼んできました。ちゃんとやってくれるはずです。さて、では、タミーのことですが、あの子は今、どこにいるんでしょうか？」

キッドの話に注意深く耳を傾けていたマクダフは、上空を旋回するキッドを見上げながらタミーが、「自由に生きろ、ぼくのぶんまで……」と掠れ声の遠吠えを上げたというところへ話がさしかかると、顔を伏せ耳をぺったり垂れて、地面にへたりこんでしまった。

キッドの話が終わってしばらく重い沈黙が続いた。やがてマクダフはのろのろと首を上げ、

「何とかしなければ……」と言った。

「ぼくのために、あんな目に遭《あ》って……」とキッドは言った。「それに、ソロモンのお爺さんだって。もう体が弱って、ほとんど身動きもできないような状態だったんだよ。それなのに、それなのに……」キッドの目にまたじわりと涙が滲んだ。

「めそめそしている場合じゃないぞ」と言いながらマクダフが立ち上がった。彼の体には

力が張って、先ほどへたりこんでいたときの弱々しさはもうかけらもなかった。「何とかして、タミーを救わなければ。今、大事なのはそのことだけです。その手段はこれから考えます。きみも手伝ってくれるね？」

「もちろんです」とキッドは答えた。「何でもしますとも。でも、いったいどうやって……。ああ、ぼくと出会ったばかりに、タミーはあんな目に……」

「その話はもうやめなさいってば！　大丈夫、わたしたちで力を合わせれば何とかなります」

力強い声でそう断言するマクダフを、キッドはまじまじと見つめた。マクダフはシーズーとウェストハイランド・ホワイトテリアが混ざった雑種犬で（ひょっとしたらその他別の犬種の血も二、三混ざっているかもしれない）、白い毛並みのところどころに薄茶色の斑点がある。ただ、実際には真っ白なところなどもうほとんどなく、体全体が灰色に汚れて、端的に言ってしまえば、使い古しのぼろ雑巾のかたまりみたいにしか見えない犬だった。

そんな薄汚い小型犬が、短い脚を踏ん張り胸を張って、「大丈夫、何とかなります」などと自信ありげに断言している光景は、キッドの目にはちょっぴり滑稽にさえ映った。どこが大丈夫なのか、キッドにはさっぱりわからなかったのだ。

この犬、どういう状況なのか、本当にわかっているんだろうか、とキッドは訝った。だって、タミーはこの広い都会の向こう端にいるんだぜ。それも檻のなかに閉じこめられて。力を合わせてって言うけれど、このぼくとこのちっぽけな犬と、そのふたりきりで、いったい何ができる？　そのキッドの心を見透かしたように、

「タミーはこのあたりの人気者でね。彼女の友だち、彼女のファンがこの近所一帯にはいっぱいいます。いや、もう噂が流れていてね。そこの土手下の道できみとタミーが車のなかに無理やり連れこまれたとき、わたしがそれを目撃していたというのは言ったよね？ところが、やはりその場に居合わせて一部始終を見ていたスズメがいたらしい。そのスズメがやはりタミーの友だちで……」

あんなに大きな犬と、ちゅんちゅん囀《さえず》るあのちっこいスズメが友だち？　何だか変だなあとキッドは思ったが、考えてみれば、クマタカと大型犬だの、クマタカとオオアルマジロだのが友情の絆で結ばれるなんてことだって、相当変だ。そういう変なことがこの世界には起こるのだ。

「……で、そのスズメが、タミーの身に大変なことが起こったらしいと、あっちこっちで言って回ったらしい。それで、みんな心配しているんです。ねえ、キッド、わたしにちょっと時間をください。みんなに相談してみるから。救出部隊を組織するんだ。そう……いいかね、これから夜が明けて、昼になって、また日が暮れる。そして、夜が更けて、真夜中の午前零時――」

「えっ、ゴゼン、レイジって……？」

「ああ、わからないか。まあ、とにかく真夜中の、いちばん暗くなった頃、としておこうか。みんなで集まって、会議を開くことにしよう」

　カイギって何？　とキッドは訊こうとしたが、何となくわかるような気もして黙っていた。

「タミー救出作戦を練るための会議をね。場所は……そう、この川をもう少し下っていくと橋が架かっている。昼間ならここからもちらっと見えるんだが、今は暗くて……。あっ、今、ヘッドランプを光らせた自動車が渡っていっただろ。あの橋さ。あれを越えてもうちょっと下流に行ったところに、小さな中洲がある。凸凹《でこぼこ》した形の中洲で、上から見ると犬みたいに見えるとかで、イヌ島なんて呼ばれたりもしています。真ん中にとても立派なカシの大木が生えているから、すぐわかるよ。そこで待ち合わせることにしよう。いいですね？　来てくれるね？」

「必ず行きます」とキッドは答えた。「カシの大木のある、小さな島ですね」

「では、そのときにまた」マクダフはそそくさと立ち去りかけたが、ふと向き直り、「そう言えば、きみはスズメとかネズミとかを食べるんだろ？」と尋ねた。

「そ、そ、そうですね。食べます……」キッドはどぎまぎしながらも正直に答えた。

「そうだろうな。それは仕方ない。きみは肉食のタカだからな。ただ、今言ったように、この辺一帯には、そういう小動物のなかにもタミーやわたしの友だちが結構いるんでねえ……。どこか少し離れたところで餌を見つけてくれないかな?」

「わかりました。そうします」とキッドが答えると、マクダフは小さくこくりと頷《うなず》き、小走りになってたちまち闇のなかへ姿を消した。

キッドにとっては長いような短いような、妙な時間だった。朝になり昼になり、また日が暮れた。時間はどんどん経ってゆく。

キッドは、ツヨシに蹴飛ばされて悲痛な鳴き声を上げ、地面に蹲ってしまったタミーのことを考えると、気が気ではなかった。「ねえ、キッド。帰ろうよ、一緒に帰ろう!」とタミーは明るい声で言ったなあ。それなのに、帰れたのはぼくだけだ。タミーは自分を犠牲にして、ぼくだけを自由の身にしてくれたんだ。深夜、すぐに見つかったイヌ島のカシの木の枝に止まって、夜の闇に目を凝らしながら、キッドは暗い考えに耽《ふけ》っていた。マクダフさんとやら、「大丈夫」なんて自信ありげに胸を叩いていたけれど、どうなんだろう。本当に成算があるんだろうか。

ジャブジャブジャブッという水音がして、何かの動物が島に近づいてきた。「キッド……」という呼び声がする。マクダフだった。キッドは枝から舞い降りて、イヌ島の岸に這い上がってきたマクダフに向かい合った。

「ねえ、マクダフさん、どうだった?」とキッドはもどかしそうに尋ねた。「救出部隊のみんなも来るのかい？」

　だが、ぐっしょり水に濡れたマクダフは、ブルブルッと身震いして水しぶきを撥《は》ね飛ばすと、そのまま力なく地面に身を伏せてしまい、

「どうも、駄目なんだ」と弱々しい声で言った。

「駄目って……？」

「いやね……今日は一日中、いや、昨日の晩からまる一昼夜か、あちこち走り回ってみたんだが……。言ったよね？　みんな、タミーのことが大好きなんだ。きみから聞いた話をわたしは伝えて回った。誰も彼も、悲しい顔になって、やれやれと首を振る。しかし、結局みんな、ご主人のいる飼い犬だ。このあたりでいつもふらふら歩き回っている自由な身の上の野良犬はわたしくらいのもんなんだよ。そりゃあ何とかしてやりたい、タミーを救いにいきたいよ、でもね――とみんな言う」

　マクダフはお座りの姿勢になってため息をついた。

「家では繋がれているか閉じこめられている、散歩のときはリードを外してもらえない、とうてい逃げ出せないよ、と彼らは言うんだ。まあ、そりゃあそうだろうなあ。でも、わたしの思うに、彼らはやっぱり怖いんだろうなあ。家から離れて自由になるのが、そしてそんな長い旅に出て知らない土地を横断してゆくのが。何せこの世界は、人間のために作られているようなもんなんだから」

ろと首を振って、

「じゃあ、救出部隊は……？」とキッドが言うと、マクダフはまたため息をつき、のろの
「カラスにもスズメにもネズミにも話してみた。タミーはあいつらとも友だちなんだ。カラスを追い払おうとする人間が来ると、先に気づいて注意してやる、公園でスズメが地面のパン屑《くず》をあさっていると、驚かさないようにそっと遠回りしてやる――タミーはそういう優しい子だからね。彼女が誘拐された話はもう広まっていて、彼らもとても心配してる。でも、ぼくらみたいな小さな動物にいったい何ができる？　って彼らは言う」

そうだろうなあ、そして、それならぼくだって、いやこの薄汚れた小型犬のマクダフだって、結局同じことじゃないか、とキッドは改めて考えた。

「わたしはね」とマクダフが言った。「タミーにはいろいろと恩がある。好きで選んだ境遇なんだが、野良犬の生活っていうのもなかなか辛いものでね。食べ物の見つからない日が何日も続くこともあるし、人間に捕獲され収容される危険にいつも怯《おび》えていなくちゃならない。そんなわたしをタミーは何かにつけて庇《かば》ってくれた。自分の餌を分けてくれたり、誰かがわたしを見かけて通報するのか、保健所の連中がこの近所をしつこく見回っているようなときは、ほとぼりが冷めるまで自分の家の庭の草むらの蔭にかくまってくれたり。今度こそ、そういう恩を返せる良い機会だと思ったんだが……」

マクダフの声からは昨夜のあの力強さがすっかり失われていた。キッドは何も言えず、

ただ翼をちょっと開いてはまた閉じるという意味のない身振りを繰り返すだけだった。

そのとき、対岸の岸辺の草むらをかきわけて、何か大きな動物がどんどん近づいてくる——というか突進してくる騒々しい足音が聞こえてきた。ドボンと川に飛びこむ音、バシャバシャ水を撥ね散らす音に続いて、キッドとマクダフが顔を突き合わせている場にいきなりぬっと出現したのは、黒っぽい大型犬である。

「おっ、どうした、みんなはもう出発したのか」と、荒い息をハアハアつきながらその犬は急《せ》きこんで言った。

「何だ、あんたかい」とマクダフはうんざりしたように言った。「みんなって、誰もいやしないさ。このキッドとわたしのふたりだけ」

「ええっ……何だ、何だ、何だ……。おれは大勢の犬軍団で突撃をかけるのかと思ったぜ。みんな、意気地《いくじ》がねえなあ。しかしマクダフ、何でおれにこの話、知らせてくれなかったんだ。おれは夕方の散歩のとき、公園でちょっと立ち話した三丁目のパピヨンの小娘から聞いたんだぜ。あんな娘っ子にまで声を掛けておいて、何でまたおれには……」

マクダフはちょっと黙っていた。それから、そっぽを向いたままで、

「あんたが仲間に入るとなあ、いろいろ厄介なことが……」と言って、むにゃむにゃと語尾を濁した。

ジャーマン・シェパードのビス丸は、お金持ちの邸宅で何不自由なく暮らしている「セ

レブ犬」だ。冷暖房付きの犬舎で朝晩栄養たっぷりの餌を貰い、散歩はそれ専用に雇われたアルバイトが毎日のように車に彼を乗せ、広い公園にあるドッグ・ランまで連れていってくれる。いや、本当ならそんなところまで行かずとも、このシェパードは自宅の庭の広い芝生を好きなだけ走り回れるのだ。庭の端にはビス丸専用の小さなプールさえある。

ドイツの勇猛果敢な鉄血宰相《さいしょう》にちなんで「ビスマルク」と名づけられたが、いつの間にか略して「ビス丸」と呼ばれるようになってしまった。甘やかされていつまでもお坊っちゃま気分の抜けないこの大型犬をドイツの偉人になぞらえるにはいささか無理があり、語尾の「ク」の字がとれてしまったのもむべなるかな、と思わせられる点が多々ある。人間たちも他の犬たちも苦笑しながら、ちょっぴり揶揄《やゆ》を籠めて彼を「ビス丸」と呼ぶのだが、ビス丸の方は自分がからかわれているなどとは天から思っていない。

このビス丸とマクダフはあまり仲が良くなかった。ビス丸の方では、いつもお腹を空かせているこの汚れたちっこいやつを、自分と対等に話ができる相手と見なしていなかった。マクダフの方では、わがままで無神経なところのあるこのでっかいやつを、そもそも話を

するに値する相手と考えていなかった。ビス丸がマクダフに餌を分けてやったことなど、むろん一度もない。

このあたり一帯の犬たちの間で声望が高いのはマクダフの方で、ビス丸にはしかし、この小さな野良犬がどうして皆から愛されているのか、さっぱりわからなかった。実を言えばビス丸はマクダフを多少嫉妬していたのだが、そのことには自分では気づいていなかった。どうでもいいさ、と彼はときどき自分に言い聞かせる。他の犬たちのことなんか、知ったことかい。でも、ただ一匹、あの娘《こ》だけは別だ、あのゴールデンのタミーだけは……。あの金色の毛並み、高雅な鼻すじ、優しい目――タミーに最初会った瞬間から、もういきなり一目惚れだった。以来、会うたびに好きだ、好きだと言いつづけているが、まったく相手にしてもらえない。

タミーに求愛する牡犬は、ビス丸の他にもいっぱいいるが、タミーにはどうも自分が女の子だという意識がまったくないようで、誰のことも真面目に取り合おうとしない。しかし、タミーのファンのなかでもビス丸の狂恋ぶりは格別で、自分の未来の伴侶はタミー以外にいないと独りで勝手に決めこんでいる。そのタミーの救出に向かうという話を、マクダフがまず自分のところに持ってこなかったのがビス丸には腹立たしかった。

「何でまずおれに言わないんだ。おれが救出部隊の指揮を取るぞ。さあ、みんなを集めて――」

「だから、誰も来ないんだってば」とマクダフがうんざりした口調で言った。「みんな、いざとなると腰が引けてしまってね。それにしても、あんた、いったいどうやって家から出てこられたんです？」

「なあに、あんな塀、ひとっ飛びよ。一度やってみたいと、以前からずうっと思っていたんだ。夜の道をここまで全力疾走でね、いやあ楽しかったぜ。しかし、そうか、意気地なしの犬どもに何も期待できないのなら、結局おれ独りで行くしかないのか」

「独りでって……。まあ、ちょっと落ち着いてくださいよ。場所がどこかもわかっていないでしょうが。このキッドの話をまずじっくり聞いて――」

「何だ、そいつ、鳥かよ。鳥は何の役にも立たねえな。羽をぱたぱたさせてるだけで、力もないし頭も悪いしよ」

「何だって！」とキッドがいきり立って翼を広げかけた。

「待て待て。とにかく、ちょっと冷静になって話し合わなければ」と言いながら、マクダフは心のなかでため息をついた。「わたしたちに何ができるか、まずじっくり考えて――」

「考えている余裕なんかないぞ、まず行動だ！」とビス丸が怒鳴った。それでさすがに少々頭に来たマクダフが、憤然として何か言い返そうとした瞬間、不意にチチチチ……という鳴き声が近づいてくるのが聞こえた。パサパサッと羽音を立ててイヌ島に降り立ったのは、一羽のスズメである。

　そのスズメは、犬たちとクマタカにはちらりと一瞥をくれただけで、くるりと背を向け、川の上流の闇にじっと目を凝らしている。そして、チチチ、チチチと、ある特有の節回しで囀りながら、広げた翼をパタパタと軽く羽ばたかせつづけている。まるで水面にのしかかる暗闇を透かして、何かの合図でも送っているみたいだ。でも、誰に？　キッドと二頭の犬は、後ろ姿を見せているスズメの一心不乱なさまに気を呑《の》まれ、持ち上がりかけた口喧嘩も何となく立ち消えになって、しんと黙りこんでしまった。

「おい、おまえ、いったい何だよ――」と言いかけたビス丸に、背中を向けたままのスズメが、

「しっ、静かに！」とぴしりと叱りつけるように言った。ビス丸は呆気《あっけ》にとられて思わず口を噤んだ。結局、犬たちもクマタカも皆、スズメが見つめている上流方向に顔を向けて、そこに何があるのかまじまじと目を凝らすことになった。

　遠くには橋が見え、そこは街灯で煌々と照明されているが、そこを過ぎるとこの島までの間は川幅が広くなり、両岸の遊歩道の明かりも流れの真ん中あたりまでは届かなくなる。その暗い水の流れに、何やら白いものがぷかぷか浮かんでいるようだ。流れに乗ってこちらに近づいてくるにつれて、それが直径三十センチほどの平たい円盤のようなものであることがだんだんわかってきた。とうとうその円盤が、イヌ島の端の水草の茂みに突っこんで静止した。

ぽちゃんという水音に続いて、荒い息をつく小さな動物が水草をかき分けながら岸に這い上がってくる気配がする。スズメがさっと飛び立ってそこに近寄った。チチという嬉しそうな囀りが聞こえ、やがてその囀りに先導されるようにして一同の前に姿を現わしたのは、二匹のネズミだった。

奇妙な出会いに、一瞬、誰もがびっくりして、どういう挨拶をしたらいいものやらわからない。

「何だよ、おまえら……」とまたビス丸が言いかけたが、図々しくて口の悪いシェパードもその先をどう続けていいものか、困惑して口籠もるばかりだ。そのとき、二匹のうち体が白っぽい方のネズミが、

「タータ兄ちゃん、ここ、あのイヌ島だあ！」と感極まったように叫んだ。「ほら、あの、犬の形をしている中洲……。何度か遊びに来たことがあるじゃないか」

「ほんとだ！」と、もう一方のネズミも興奮が抑えきれないようだ。

川下り

イヌ島から川を十キロほど遡ったあたりの岸辺に暮らしているネズミの兄弟、タータとチッチに、タミー誘拐の報せをもたらしたのは、スズメのリルだった。リルはほんの赤ち

ゃんのとき、人間の子どもたちの悪さで巣から川に落ち、死にかけていたところをタータに救われたことがある。以来、リルはタータたちとすっかり仲良しになり、この頼りになる小父《おじ》さんたちに可愛がられながら成長した。気の強いおきゃんな娘になった今でも、川の流れを行ったり来たりしながら暮らす日々のおりふし、リルはタータたちの棲みかにふらりと遊びに来て、いっとき賑《にぎ》やかにお喋りをしてゆく。

もともとこのネズミの兄弟とそのお父さんは、イヌ島の近くの、タミーの家があるあたりの川辺に暮らしていた。ところがにわかに始まった道路工事に追い立てられ、移住の旅に出なければならなくなった。その途上、大変な危難に遭遇したとき、友だちのタミーが駆けつけて、鉄格子の嵌《は》まった排水溝に閉じこめられてしまったお父さんを救い出してくれたのだった。親子が川の上流に草原の広がるこのすばらしい新天地を発見し、幸せな新生活を始められたのはタミーのおかげと言ってもよい。

その後タミーは、十キロの距離を踏破《とうは》して、二度ほどタータたちに会いに来たことがある。何しろ人間に飼われている犬だから、ネズミたちの新居を実際に訪問するのはその二回が精いっぱいだったが、その一方、タミーとタータたちの間を始終行き来し、互いの消息を伝え合い、何だか始終会っているような気持ちにさせてくれる仲介者がいた。それがスズメのリルだ。リルとタミーも友だちになったのである。ほとんどひと気のない早朝、頭のうえにスズメを止まらせて川岸をのんびり散歩しているゴールデン・レトリーバーをたまたま目撃して、目を丸くした通行人もいないではない。

だから、タミーを見舞った不幸の噂を聞いたとき、リルは驚くやら心配やらで、居ても立ってもいられないような気持ちになった。リルは、タミーが車に連れこまれた現場に居合わせたスズメを探し出し、その当人からじかに起こったことの一部始終をじっくり聞いた。そのうえで、これはどうやらとんでもないことが持ち上がったらしいという結論に達した。

とにかくリルは一目散に川上へ飛び、タータたちにこの悪いニュースを伝えた。

「ぐずぐずしちゃいられない」とすぐ言ったのはチッチである。「さ、一刻も早く出発しなくちゃ！」

「待て待て」とお父さんが言う。「状況がまったくわからないじゃないか。自動車でさらわれたって言うんだろ。いったいどこへ連れて行かれたのか……どこかとんでもなく遠いところかもしれないし……。たとえタミーの居場所が突き止められて、仮にそこまで行き着けたとしても……おまえやタータみたいな小さな動物が、そういう悪賢い人間たちに立ち向かうなんて、とてもとても……」

「ええい、お父さん、『たとえ』とか『仮に』とか言ってる場合じゃないだろ」とチッチが憤然と言い返した。「あのタミーだぜ。あのタミーをふらふらにさせて、無理やりさらっていった悪人がいるんだぜ。放っておけるわけがないじゃないか。ねえ、お兄ちゃん？」

　タータはしばらく黙っていた。常識的に考えれば、お父さんの慎重論が正しい。でも、でも、だからと言って、「とてもとても……」と最初から諦めて、タミーは可哀そうだったね、運が悪かったんだねと言い合って、ただ暗い顔でいやはやと首を振っていればいいというのか。「ゴロン」や「バーン」の芸を得意そうに披露して見せていたあの無邪気なタミー、意地悪な犬たちと闘って傷を負い血を流しながら、それでも必死になって、お父さんを救いに駆けつけてくれたあの勇敢なタミー……。

「行こう」とタータは最後に言った。「チッチの言う通り、放ってはおけないよ。それも、早ければ早いほど良いと思う。とにかくそのタミーが連れ去られたという場所まで行く。何かの手掛かりがあるかもしれない。まあ、何とも言えないけど」

「しかし……」と言いかけてお父さんは黙りこんだ。ふたりの気持ちはお父さんにもわかりすぎるほどわかっていた。無謀《むぼう》と言えば無謀なことだ。二匹のネズミが、人間に捕まった大型犬を助けにゆく――何て馬鹿々々しい話、と誰もが言うだろう。だが、熱い血がかっと全身に沸き立つような思いで、そういう馬鹿々々しい冒険に身を投じる無謀さを、実を言えばお父さん自身、決して嫌いではなかった。

　若い頃の話だけれど、そういう無鉄砲な賭けのなかに後先見ずに飛びこんでしまった覚えが、お父さん自身にも二度や三度ないわけではない。それをやってしまって、後になってひどく後悔しただろうかとお父さんは改めて考えてみた。結果としてうまく行ったこともあるし、ただひどい目に遭って終わっただけのこともあった。でも、後悔したことはないな、一度もない――とお父さんは思った。むしろ、それをやらなかったら、いつまでも悔いが疼《うず》きつづけることになっただろうという気がする。

「そうだね。やれるだけのことをやってみるか」と、お父さんは難しい顔でヒゲをひねりながら静かな声で言い、「しかし、ともかくぼくには無理だよ」と付け加えた。ふたりの息子は黙ったまま頷いた。ちょっぴり老けこんだお父さんは近頃、脚の関節にリウマチが出て、日によってはただ歩くだけでも辛いという状態で、走ったりジャンプしたりなどは論外だ。救出行に出発するとしたら、タータとチッチのふたりだけで行くしかない――そのことだけは三匹の誰にとっても明らかだった。

　フリスビーの円盤を水に浮かべ、その舟に乗って川下りをするという案を思いついたのはタータである。このあたりの川原は休日にフリスビーを楽しむ人間たちが結構いて、そのなかの誰かが置き忘れていった（あるいは捨てていった）古い白のフリスビーが一つ、転がっている場所をタータは知っていた。

「ほら、お父さんとチッチがそんなふうにして下水道を下ったという話をしていたじゃないか。それをやろうよ」

「うーん……」と難色を示したのはチッチだ。「でも、そのひどい結末の話もしたじゃないか。あのカップ麺の舟、とうとうひっくり返って、水のなかに放り出されたぼくらは、危うく死にそうな目に遭ったんだぜ」

「突然、凄い量の水の流れが、逃げ場のない地下道のなかをいちどきに押し寄せてきたからなんだろ？　この、ぼくらの川なら大丈夫だって。今の季節なら雨もあんまり降らないし、こんなふうに一定の水量でゆるやかに流れているだけだから。ねえ、お父さん？」

「あの地下道のときは、発泡スチロールのカップだったからなあ。プラスチック製のフリスビー盤なら、もっとずっと安定が良いかもしれない」とお父さんは考え考え、ひとり言のように呟いた。「舟で川下りか……そうだなあ……。あの旅のときは川の上流をめざしていたから、そんなことは考えもしなかったけれど、今度は川下へ向かうわけだから、川の流れを利用しない手はないとも言える……」

　それでチッチもついに腹を括《くく》って、フリスビーでの川下りという計画が始動した。しかも、出発はもうその日の夜という慌ただしい成り行きになった。

　深夜、兄弟は一緒に暮らしているお爺さんネズミに別れの挨拶をして、お父さんと一緒に巣穴を出た。よく晴れた寒い晩で、月は出ていないが満天の星が怖いように輝きわたり、降りそそいでくるその光で足元がはっきり見える。

　親子三人でフリスビーを川岸の水のきわまで押してゆく。この子たちはまたしても、とんでもない大冒険に飛びこんでゆく、とお父さんは嘆息した。はたして、生きてまたふたたびこの子たちと再会できるだろうか。ともあれ、友だちを救いたい一心でこんな向こう見ずな冒険に出発しようとする、勇気と友情に溢れた息子たちを持てたというのは、ぼくの人生のかけがえのない幸福だとお父さんは考えた。いや、そう考えなくちゃいけない、と自分に一生懸命言い聞かせたと言うべきだろうか。実のところ、お父さんは不安で不安でたまらなかったし、やっぱりこんな無謀なことは止《や》めにしようじゃないか、ここで静かに暮らしていればいいじゃないかと、このぎりぎりの瞬間になっても言い出したくなった。

そんなお父さんの気持ちを知ってか知らずか、チッチには緊張感も悲壮感も大してないようで、むしろ何かうきうきした気分さえ伝わってくる。以前の移住の旅の出立時に「わーい、りょこうだ、りょこうだ」と嬉しそうに跳ね回っていた頃に比べれば、もちろんだいぶおとなにはなったけれど、まだまだ子ども気分が抜けないこの子に、これからどういう大変なことが始まるのか、本当にわかっているのかどうか。水面にフリスビーを押し出す直前、

「決して無理をするなよ」とお父さんはふたりの顔を順番にじっと見つめながら念を押した。

「きっと無事で帰ってくるんだぞ。道に迷ったら、とにかく川をめざすんだ。川岸にさえ出れば何とかなる。川はぼくらの味方だからね。そして、川を遡ってくれば必ずここに帰り着ける」

お父さんの言葉にふたりはこくりと頷いた。さすがにチッチも、船出を前に緊張した面

持ちになっている。フリスビーの円盤が水面に滑り出すや、二匹のネズミは水のなかにじゃぶじゃぶと入っていって、動き出した舟のなかに這いのぼり、その内側に何とかかんとか転がりこんだ。お父さんは川岸に立ち尽くし、ゆっくりと遠ざかってだんだん小さくなってゆくその奇妙な舟のシルエットを、それがついに闇に溶けこんでしまうまでじっと見送っていた。

スズメのリルと緊密に連絡を取り合いながら、タータとチッチが五日間にわたって続けた舟旅について、細かく語りはじめたらきりがない。

ふたりは人間がカップのアイスクリームを食べるとき使うプラスチックのスプーンをそれぞれ握り締め、それを櫂《かい》のように使いながら、タミー号の進行方向を調整した（タミー

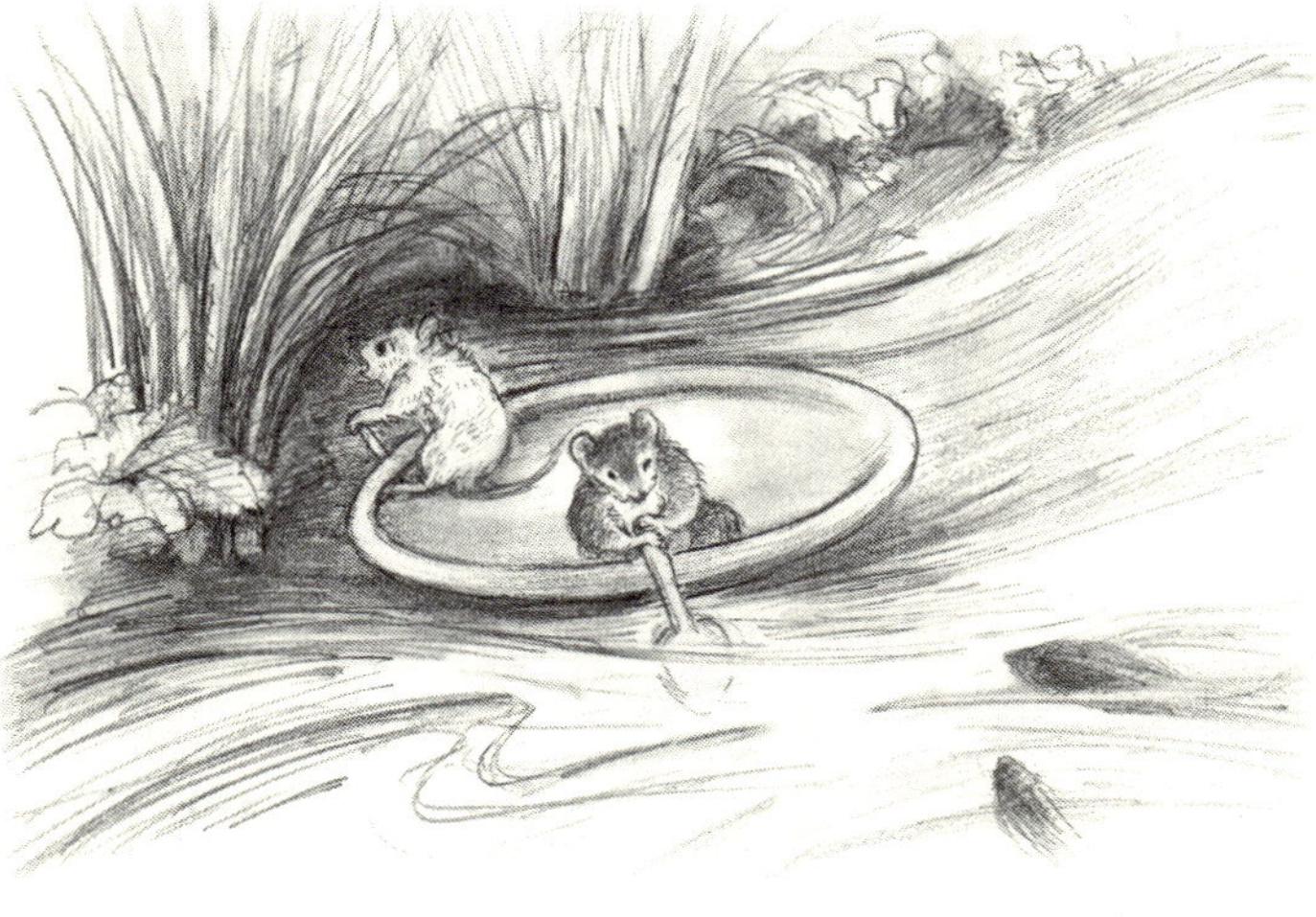

号というのはこのフリスビーの舟にタータが付けた名前である)。何しろ、くるくる回らないようにするのに苦労する。いったん回り出すと、回転運動がどんどん加速するので、スプーンの櫂を必死にかくのとふたりが少しずつ移動して重心の位置を調節するのとで、何とか回転を食い止めなければならない。

タミー号が川岸の草むらに突っこんで、二進《にっち》も三進《さっち》も行かなくなってしまったり、浅くなった流れの水面に突き出している石の間に引っ掛かってしまったりといったことがよく起きた。そんなときは仕方なく水のなかに飛びこんで、よいしょ、よいしょと力を合わせて舟を押し出す。

ところが、そうやって動き出した舟がそのままどんどん速度を増しつつ川下に流れていってしまい、乗組員が取り残されて呆然とするということも一度あった。そのときは幸い、岸辺を必死に走って追いかけてゆくと、さほど遠くないところで別の茂みにつっかかえて停まっているタミー号を簡単に発見できた。

昼間は人間や別の動物たちの目があるから、舟を進めるのは夜間だけにした。夜の闇に潜んでいる怖い生き物は、さしあたっては猫とフクロウだ。しかし、猫は川の水のなかにはまず入ってこないし、聴覚の鋭敏なフクロウにしても、タータたちが必死で振るう櫂が立てる水音は、さすがに流れのせせらぎに紛れて捉えられまい。

川は、駅の周りに広がる繁華街のところでいったん地中に潜《もぐ》り、鉄道の線路の下をくぐる。その暗渠《あんきょ》の闇をついて航行するときはさすがに怖かった。真っ暗な穴のなかにすうっと吸いこまれ、ここまで涼やかな音を立てていたせせらぎが、壁にわんわん反響する変な音に変わる。耐えがたいほどひどい悪臭が籠もっているが、それでも定期的な清掃が行なわれているのか、暗渠のなかには大した障害物がなく、比較的滑《なめ》らかに流れつづけてゆくことができた。

やがて出口が近づき、だんだん爽やかな外気が感じられるようになり、ついに広い星空の下に抜け出たときは、ふたりとも心底安堵した。暗渠の出口のところにちょっとした段差があり、いきなりタミー号が前方にぐっと傾いて、あわや転覆かとどきりとしたが、タミー号はその小さな滝をうまく乗り越え、安定を取り戻してくれた。

いちばん難儀した出来事は、夜半を過ぎて小雨がぱらつきはじめた三日目の晩に起きた。ふたりは舟底に溜まってゆく雨水を掻《か》い出すのに大わらわだったが、多少の水が溜まることと自体は、その重みでもって舟の安定度が増すのでそんなに悪いことばかりでもなかった。それより問題なのは水の流れが速くなってきたこと、それから、だんだん風が強くなって川面に波が立ちはじめたことだった。

「チッチ、そのスプーンの櫂はもうしまえ。身を乗り出すと転落する危険があるからね、ここはむしろじっとして――」とタータが言いかけた、その瞬間、急に吹きつけてきた強風に煽られ、同時に打ち寄せてきた大波に揺すられて、舟が斜めにかしぎ、かしいだまま波に押され、川岸に激しくぶつかった。

二匹はその衝撃で水のなかに放り出されたが、どこと言って怪我はなく、すぐさま岸に這い上がることができた。ただ、困ったのは、タミー号が水面から斜めに持ち上がった状態のまま、岸辺の二つの大きな石の間に挟まってしまったことだ。二匹は力いっぱい押したり引いたりしてみたが、固く嵌まりこんでしまったフリスビー盤はびくともしない。石の方を動かそうとしてみたが、これもまたネズミなどの手に負える代物ではない。

休み休み、それでも何時間も取り組んで、これはもう駄目かと諦めかけ、荒い呼吸でへたりこんでいたとき、タータは不意に何かの動物の気配を感知した。あれっ……猫か、イタチか……。チッチを突っついて注意を促すと、チッチの顔もさっと蒼《あお》ざめた。逃げなくちゃ……。チッチに合図しながらさっと走り出そうとしたとき、いきなり目の前に大きなネズミの影が立ちはだかった。ドブネズミだ！

そうか、このあたりはもうドブネズミたちの帝国のテリトリーに入っていたのだと、ここまで舟をうまく走らせることばかりに夢中で、ついうっかりしていた大事な事実にはっと思い当たり、タータはぞっとした。かつての移住の旅の途上、クマネズミの一家である自分たち三匹は、差別意識の強いあの傲慢で凶悪なドブネズミ軍団にさんざん迫害されたものだ。またあいつらに捕まるのかと、絶望的な気分で目をつむる。ところが、

「タータ！　タータじゃないか！」という叫び声がして、次の瞬間、タータは力強い腕に

ぎゅっと抱きすくめられ、目を白黒させた。

「ぼくだ、ぼくだよ！」

「あ、ドラムさん……」

それはドブネズミはドブネズミでも、獰猛なボスネズミの率いる軍団と戦ってタータたちの逃走に手を貸してくれた、あの優しくて思慮深いドラムだった。

「おお、チッチもいるのか……。あの後、無事に旅を続けることができたらしいという噂は聞いたが、今はどうしてる？　いや、そもそもきみたち、どうしてこんなところにいるんだい？　もっとずっと上流の、駅の向こう側まで行って、そこで暮らしてるんじゃないのかい？」

ドラムは矢継ぎ早に質問を投げかけてくるが、タータは先ほどの緊張と恐怖の数秒からまだ立ち直れず、碌に返事をすることができない。それに、まだすっかり安心したわけではない。気掛かりなのは、ドラムの背後に控えている数匹のネズミたちの影だった。そりゃあ、ドラムさんならいいさ。彼が味方だということはよくわかっている。でも、それ以外のドブネズミなど、決して信用できないぞ。

チッチなど、タータの後ろに隠れて、ぶるぶる体を震わせているばかりだ。化け物みたいなボスネズミに恫喝《どうかつ》され、おしっこをちびってしまうほど竦《すく》み上がったあの恐怖の体験が忘れられないのだ。だが、ふたりの心配にすぐに気づいたドラムは、あっはっはと大きな声で笑った。

「こいつらなら大丈夫、ぼくの友だちだから。今、ぼくらは夜のパトロールの途中でね……」

友だち――それは、かつてのドブネズミ帝国には存在しない言葉だった。そうかあ、友だちかあ。そのひとことがたちまちタータの心のなかに温かく染《し》み透《とお》った。そう言えばそうだった。ドブネズミ帝国の崩壊のニュースもスズメのリルから聞いていたのだった。

「じゃあ、このあたり、すっかり変わったんですね」

「その通り。あのボスネズミももういない。今はグレンがすばらしいリーダーになって……そうだ、ぜひともグレンに会ってくれ。きっと喜ぶよ。グレンがあの図書館の隠遁《いんとん》生活を棄《す》てて故郷に戻ってこようという気持ちになった、そのそもそものきっかけを作ってくれたのは、何と言ってもきみたちなんだから」

結局、その夜の航行はそこで中止になった。タータとチッチはドブネズミたちが公会堂のように使っている巣穴の大広間で大歓待を受けた。取って置きの豪勢なご馳走が次々に運ばれ、兄弟はそれをたらふくお腹に詰めこんで、もうとうてい動けないという状態になってしまった。

駆けつけてきたグレンと会ったときは、グレンもタータたちも最初のうち胸が詰まってほとんど何も喋れず、ただ固く抱き合うばかりだった。あの図書館の地下の、悪臭漂う排《はい》水渠《すいきょ》の入り口で別れて以来の、久々の再会だ。あれ以来、三匹それぞれにいろいろ大変なことがあったのだ。優しいサラもいた、穴掘りガンツも大喜びでやって来た。

「チッチちゃん、すっかりおとなの顔になったのね」と言いながら、涙ぐんだサラがチッチを抱き締めた（「えー、ほんとかよ」とタータは内心首をかしげたのだけれど）。ガンツが感極まってタータたちの背中を力いっぱいばんばん叩くので、ふたりは痛くてたまらなかった。

　グレンとサラの間に生まれた、二匹の赤ちゃんネズミにも会わせてもらった。すやすや眠っているその可愛い子たちに「タータ」と「チッチ」という名前を付けたという話を聞いて兄弟は感激し、誇らしさと嬉しさを嚙み締めながら赤ちゃんたちの頭をそっと撫でた。

　そんな泣き笑いのなかで一晩語り明かし、気がつくともう明け方が近づいていた。

「タミーの噂はぼくも聞いたよ」と、今回のふたりの旅の目的が話題になるや、グレンが顔を曇らせた。詩の朗読会だか何だか（タータたちにはよくわからなかったが）で、グレンもタミーと会ったことがあるというのだ。「あのゴールデンは本当に良いやつだからなあ。ぼくも何とかしてやりたいが、今ぼくはこの土地をとうてい離れられない。ボスが逃げ出しても、まだその残党がちらほら残って頑張っているし、小さなトラブルがあっちこっちでいろいろ絶えなくてねえ。そうか、きみたちは偉いなあ……」

「いやあ、偉くも何ともないけれど……」とタータが頭を搔く。

「それにしても、じきに朝になってしまう。どのみちきみたちは、今日、明るいうちはもう動けないよ。夜までここに泊まっていきたまえ」

　そのグレンの言葉に甘えて、ふたりはその日いっぱい、暗くなるまでその巣穴の大広間で体を休めさせてもらった。夜が更けるとまた宴会になったが、それは早々に切り上げ、タータはチッチを促して立ち上がった。グレンたちももうそれ以上ふたりを引き留めようとはしなかった。

「頑張れよ。どうかタミーを救ってやってくれ」とグレンが言った。「ぼくらに何かできることがあったら、何でも言ってくれ。しかし、何とまあ、大変な冒険に乗り出したものだなあ……」

　ふたりはドブネズミたちに送られて、タミー号が石の間に嵌まりこんだままになっている川岸までやってきた。ガンツに加えて、力自慢のドブネズミが何匹か協力し、えいと力を籠めると舟はすぐに石の間から外れ、また川に浮かんだ。

「さ、乗れ。おれが押さえているからよ」とガンツが言った。「元気でな。元気で戻ってこいよ。今度はそのタミーとかいう犬もぜひとも連れてこい。そいで、みんなでまた徹夜の宴会だ。もっとも、おれは犬ってやつはあんまり好きじゃないが……。だって、あいつら、耳障りな声で吠えるじゃないか……」

　いつも勇ましいガンツもどうやら犬は怖いらしいのがおかしくて、吹き出しそうになるのをこらえながら、タータとチッチは舟に乗りこんだ。ガンツが手を放すとタミー号はたちまち流れに乗って、ゆるやかに川を下り出した。口々にさようならを言い交わしているうちに、ドブネズミたちの姿はどんどん遠ざかり、夜の闇のなかに溶けこんでゆく。

その後はもう、大した波瀾《はらん》もなく舟は進んだ。もう雨は上がっていて、舟底に仰向けに寝転ぶと、夜空にくっきりと明るく懸かる三日月が美しい。当面のタミーの問題がすうっと意識から消え、こんなふうにいつまでもいつまでも川を下りつづけてゆくのも楽しいだろうなあという思いがタータの頭をふとよぎる。

一箇所、川幅が細くなり、流れが急になる一方、石や草の茂みがあちこちに点在して、うまくすり抜けられるかどうかひやりとさせられるところがあったが、ふたりはプラスチックのスプーンを器用に操って、何とかかんとか切り抜けた。ふたりはその頃にはこの即席の櫂の扱いにだいぶ習熟し、回り出してしまった舟の回転の弛めかただの、近づきすぎた石を突き離して衝突を避けるやりかただのが、すっかり上手くなっていた。そのうちに橋が近づいてきた。

「あ、榎田橋《えのきだ》だ……」とチッチが言った。川上をめざすあの移住の旅のときは、この橋のところで守りを固めるドブネズミ軍団の防衛線を突破できず、迂回《うかい》せざるをえなくなり、大変な難行苦行を強いられることになったのだ。

あたりがうっすらと明るみはじめているので、その夜の航行はそこまでということにした。櫂を必死にかいてタミー号の進路をずらし、橋のたもとの大きな草の茂みに突っこんで舟を停止させる。ネズミの兄弟は岸に上陸し、大きな木の根もとに居心地良さそうな凹《くぼ》みを見つけて、腕から肩から背中からすっかり筋肉が凝ってしまった体をそこに投げ出すと、すぐ眠りに落ちた。

救出部隊

耳元でいきなりチュンチュンという鳴き声がしてふたりが飛び起きたときは、もう正午近くになっていた。「起きて！　起きて！」と甲高い声を張り上げて囀っているのは、スズメのリルだった。

出発以来、リルはときどき船上のふたりのところへ飛んできて、励ましてくれたり情報を伝えてくれたりしていた。この日リルは、川に沿って飛んで回って、タータたちが草蔭の奥に隠した白いフリスビー盤を目ざとく発見し、付近を探し回って、木の根っこの蔭で眠りこけている二匹のネズミを探し当ててくれたのだ。

「あ、リルか……。ぼくら、もうずいぶん近づいてきただろ？　あとほんの少しで——」

とタータが目をこすりながら言いかけると、リルはそれを遮って、

「ねえねえ、新しい展開があったの」と急きこんで言った。「マクダフという犬がいてね。

昨日の晩から、いろんなところに声を掛けて回ってるの。何だか、タミーの居場所がわかったみたいなの」

「えっ、それは良かったなあ」

「可哀そうに、檻のなかに閉じこめられて、ひどい扱いを受けているんですって。でも、ずいぶん遠いところみたい。で、助け出しにいこうって言うんだけど……」

「そうさ。そうとも。そのためにぼくらははるばるやってきたんだから」

「今晩、夜中の零時に集まることになっているんですって。この橋からもっと下ってゆくと次の橋があって、そこからさらにもうちょっと行ったところに、小さな島があるの。そこでタミー問題を相談する緊急集会が開かれるんですって」

「ああ、そんな島があったような気がするよ。でも、ここからだと、まだけっこう距離があるなあ……」

タータたちは奮い立ったが、昼の間は動くわけにはいかない。その一日は長かった。何とかその集会に間に合わなければならない。兄弟はじりじりしながら日が暮れるのを待った。が、日が落ちてもまだ両岸の遊歩道には人通りがあり、川岸に座りこんで、意味もなく流れに石を投げて時間を潰している少年たちがいたりもする。

「このまま、ひと気が絶えるのを待っていたら、夜中の零時には間に合わない」とついにタータは言った。

タミー号の白さは夜目にも目立つ。それに何しろ遊び道具のフリスビーだから、子どもたちの興味を引くだろう。手に入れようとして川にじゃぶじゃぶ入ってくるかもしれない。舟を流れに押し出しながら、

「あいつらが気がつかないでくれることを、何とか祈るしかないな」とタータは言い、チッチも黙って頷いた。「この時刻、まだ人目があるから、もう櫂《こ》で漕いだりすることはできないぞ。舟底にじっと俯《うつぶ》せになっていよう。いいかい、チッチ、身じろぎ一つ、しちゃあいけないよ」

運を天に任せて、ふたりはタミー号を流れに委ねた。フリスビーが回転しはじめても、もう放っておくことにした。水草に引っ掛かって停まってしまっても、そのまま忍耐強く待ちつづける。我慢しきれなくなってもぞもぞしはじめるチッチの背中を、タータはぎゅっと押さえつけなければならなかったが、やがて少し大きな波が来たときにそれに揺すられ、引っ掛かっていたところが外れて、じりじりと動き出し、するっと抜け出してまた流れはじめる。

榎田橋を越えると、大掛かりな護岸工事がほぼ完成している区域に入る。岸が舗装されて一直線のコンクリートになっているから、水際の茂みに突っこむことなくすんなり流れていけるようになったのは有難かったが、タータたちはそれでも警戒は解かず、依然として舟底にじっと俯せになったままでいた。

だが、顔を上げて両岸の風景を見る余裕がなかったのは、彼らにとってはむしろ幸いだったかもしれない。樹木が切り倒されてのっぺらぼうになってしまった岸辺の風景を見たら、きっと悲しくてたまらなくなったに違いないからだ。このあたりは彼らがかつて住んでいたところだった。登ったり降りたりして遊んだあの懐かしい木、うららかな春の日に日向《ひなた》ぼっこをしたあの懐かしい岩が、すっかり取り払われ、味も素っ気もない無機的なコンクリートの平面と化してしまった岸辺を見ながらこの川下りをすることになっていたら、きっと胸が張り裂けるような思いをしたことだろう。最終的には川のこの部分は蓋《ふた》をされて暗渠になり、そのうえに道路を作るのだという。その工事が始まったので、追い立てられたタータたち一家は新天地めざして出発しなければならなくなってしまったのである。

とん、と衝撃があってタミー号が揺れたので、タータたちは驚いて顔を上げた。スズメのリルがすうっと音もなく滑空し降下してきて、気がつくと船上に降り立っていたのだ。ふたりはそのとき初めて、もうすっかり夜が更けて闇が濃くなり、岸辺にもその向こうの土手道にも人間の気配が絶えていることに気づいた。榎田橋のもう一つ先の川下に架かっている橋が、すぐ目の前に迫っている。

「ああ、リルか……。どうかなあ、ぼくたち、その集会に間に合うかしら」とタータが言った。

「大丈夫だと思うわ」とリルが答えた。

息さえ殺すようにしてずっと体を凝固させていたので、節々が痛くなってしまった手足を伸ばしながら、ネズミの兄弟はやっこらさと起き上がり、ふうと息をつきながら座りこんだ。

「ぼくらの昔のおうちの前を、気がつかないうちに通り過ぎちゃったんだね」とチッチが少し淋《さび》しそうに言った。

「たとえ岸をずっと見ていたとしても、あの巣穴がどこにあったか、きっともう見分けがつかなくなっていたんじゃないかな」

「そうだね……悲しいね……」

「でもさ、もうなくなってしまったもののことに、いつまでもこだわっていても仕方がないよ」タータ自身も実は気が滅入《めい》っていたけれど、チッチだけでなく自分自身の気持ちも引き立てようとして、「居心地の良かったあの家も、どっしりした木々がいっぱい美しい葉を繁らせていたあの川辺の風景も、ぼくらの思い出のなかには今でもちゃんとある。それでいいじゃないか」とことさら明るい声で言ってみた
「うーん……。でもさあ……」

「そんなことより、さあ、急いで、急いで」とリルに言われて、兄弟は慌ててプラスチックのスプーンをそれぞれ握り締め、タミー号の両端に陣取って、せっせと水を掻きはじめた。

川面のうえの暗い空間を透かして前方遠くに目を凝らすと、流れの真ん中に、闇がそこだけさらにいっそう黒々と重く凝《こご》っているような場所がある。そして、それがだんだん近づいてくる。

「あ、あそこだな。島っていうのは……」

「そう、そうよ。あたし、先に行って待ってる。大声で叫んで場所を知らせるから。できるだけ急いで来るのよ、いいわね」リルはそう言ってさっと飛び立ち、たちまち闇のなかに消えてしまった。

ふたりは必死になって、漕いだ、漕いだ、漕いだ。真っ黒なシルエットになっている島がだんだん大きくなってくる。流れが少し速くなった。

「島の脇を通り過ぎたら、そのままどんどん下流に流されていっちゃうぞ。チッチ、そっち側をもっと漕いで……。ああ、それじゃあ、くるくる回っちゃうだけだ……」

「だって、だって……」チッチはもう半泣きになっている。流れはますます速くなってゆくようだ。泡立つ水音の間から、リルが合図のために、精いっぱいの声を張り上げて囀っているのが聞こえる。

「あ、大丈夫……。うまく行くぞ……」ふたりともタミー号の一方の端に固まって、水を外側に押し出すように一生懸命漕ぎつづけたのが功を奏した。危うく島を掠めて通過してしまいそうになったタミー号は、最後の瞬間にわずかに進路がずれて、犬の形をしたこの中洲の、犬で言えば突き出した後足に当たる部分の茂みのなかに突っこんで、辛《かろ》うじて停船した。

「やったあ!」快哉《かいさい》を叫んだふたりは、しかし疲れきっていて、そのままへなへなとへたりこんでしまった。リルが嬉しそうな囀りとともに駆けつけてくる。

「おい、チッチ、うかうかしてると、タミー号がまた流れにさらわれちゃうかもしれない。さあ、急いで……」

ふたりは水に飛びこんで、フリスビーを押したり引いたりして、岸に少しばかり乗り上げさせ、草むらの間に押しこんで、それが何とか安定した状態でそこにとどまっていられるように努力した。それから、はあはあ荒い息をつきながら、リルの後に付いて、茂みをかき分けながら、生き物の気配がする方へ進んでいった。そのふたりの前に、不意に出現したのは、大小二頭の犬と一羽のクマタカだった……。

月も星も出ていない暗い夜だった。遠くの街灯の光がわずかに届く薄暗がりのなかで、いきなり顔を突き合わせることになった二羽の鳥と、二頭の犬と、二匹のネズミは、六匹ともひどく困惑して黙りこみ、互いの顔をじろじろ見つめるばかりだ。

マクダフとビス丸は知り合いだが、そう仲が良いわけではない。そして、その二頭は、突然舞い降りてきたスズメのことも、何か妙なものに乗って流れ着いてきた二匹のネズミのことも全然知らない。一方、キッドはと言えば、そもそもマクダフとさえつい昨夜出会ったばかりだし、ビス丸にはさっき「力もないし頭も悪いし」などと馬鹿にされて腹を立てたところだし、二匹のネズミ（大好物のご馳走だ！）とはむろん、今この瞬間が初対面である。

　いきなり、皆がいっせいに喋り出した。

「お兄ちゃん、怖いよ、おっきな鳥がいるよ……」「ええい、何なんだよ、この小ネズミどもは……」「で、緊急集会っていうのはどこで……？　まさか、これが集会？……」「いったいあんたたち、タミーのどういう知り合いなんですかね……」「鳥は馬鹿だとか役に立たないとか、いったいどういう了見で……」

　わいわいがやがや、誰が何を言っているのかわからない。が、次の瞬間、皆はたと黙りこんだ。リルが、いちばん声の大きなビス丸の頭のうえに飛び乗って、シェパード犬の大きな顔を翼でばさばさ叩きながら、「黙るの、黙るの、黙るの！」と叫んだからだ。虚《きょ》を衝《つ》かれたビス丸は呆気にとられて、言われた通り黙りこみ、他の四匹もスズメの大胆な行動に気を呑まれ、思わず口を噤んだ。

「タミーを救うんでしょ！　そのための相談をするんでしょ！　タミーが今どこにいてど

うなっているのか、まずそれを聞かなくちゃ」

もっともな話だと、皆思わないわけにはいかなかった。上目遣いになったビス丸が前足を振り回して頭のうえのスズメを払いのけようとしたが、そのときにはリルはもうさっと地面に飛び降りていて、

「その子が何か知っているのね。さ、話して」と、翼の先でキッドを指し示しながら言った。

え、ぼく、「その子」かよ、と「森のプリンス」はちょっぴり気を悪くして、ちっこいスズメを睨みつけたが、リルが爛々《らんらん》と輝く目で睨み返してきたので、気圧されて伏し目になり、

「えーとね、こういうことなんだ――」と話しはじめた。

マクダフに一度語った物語を、キッドはもう一度、始めから終わりまでぜんぶ喋り直した。他の五匹の動物はひとことも聞き洩らさないように注意を集中して、その話に耳を傾けた。皆、息を呑んで聞き入り、キッドが話し終わるまで誰も口を挟まなかった。ただ、二人組の片割れが、タミーに仔犬を産ませてひと儲けをしようと言ったというところに話が差しかかったとき、ビス丸がガルルル……と咽喉の奥で物凄い唸り声を上げはじめ、なかなか止めないので、リルとマクダフとで懸命になだめて黙らせなければならなかった、ということはあったが。

キッドが話し終わると、しばらく沈黙が下りた。それから、さっきとは比べものにならないほどの大声、叫び声の飛び交う、てんやわんやの大騒ぎが持ち上がった。

「突撃だ、突撃だあ！　人間のクズ野郎ども、生かしちゃあおけねえ！」「このおっきな鳥、前にぼくを捕まえてひどい目に遭わせたやつにそっくりだよ。お兄ちゃん、早く逃げた方がいいよ！」「突撃ったって、あんた、場所も方角もわかってないでしょうが！」「タミー、ああタミー、可哀そうになあ、川で水浴びするのがあんなに好きだったのに……」「鳥は頭が悪いとか何とか、いったい何言ってるんだ！　ぼくはクマタカだぞ！　ただの犬っころふぜいにそんなことを言われる覚えは……」「あの恐ろしいくちばしを見て、お兄ちゃん！　あれでひと噛みされたら……」「まず、緻密な計画を立ててだね、そのうえで……」「とにかく突撃だあ！　おまえらなんか、何の役にも立ちゃあしねえ。おれは独りで行くぞ！」「この鳥はタミーと友だちだって言うんだから、まず大丈夫……」「犬なんか、人間にすり寄ってしっぽを振っているだけの、おべっか使いじゃないか！」「独りで街を歩いたことなんか、あんた、生まれてこのかた、一度もないだろ。甘やかされた世間知らずのお坊ちゃんのくせに……」「何を偉そうに、この薄汚い野良犬ふぜいが……」「わたしは野良犬である自分に誇りを持っている！」「まあ、チッチ、ちょっと落ち着いて……」

突然、大騒ぎがはたと止んだ。ウォンウォン吠えているビス丸の頭のうえに、リルがまたしても飛び乗って、ばさばさ羽ばたきながら、「黙るの、黙るの、黙るの！」と金切り声で叫んだからである。

「何やってるの、あんたたち！　仲間割れしてる場合じゃないでしょ。タミーは助けを待ってるの。行かなくちゃ。それも、一刻も早く。どうしたらタミーを助けられるか、みんなで考えなくちゃ駄目でしょ！」

「だから、突撃するしかない、とおれは……」ビス丸が上目遣いにリルを睨みながら、しかし少々気勢を削《そ》がれて、ぼそぼそ呟くと、リルは、

「どっちへ向かって突撃するのよ！　え、東？　西？　南？　北？」

「それは……」

「あんた、独りで好き勝手にどこへでも突撃して、迷い犬になって、野たれ死にしたらどう？　それでもタミーはずっと檻のなかに閉じこめられたまんまなのよ！」

「いや、それは……」ビス丸はしゅんとなって、頭上のスズメを払い落とす元気もなく、地面にぺたりと身を伏せた。

それで皆少し気持ちが落ち着いて、ようやくまともな話し合いが始まった。タータは、以前お父さんがタミーに救われたこと、タミー誘拐の噂を聞いて自分たちがここにやって来たいきさつなどをかいつまんで説明した。

「そりゃあ、偉いもんだ。あんたら、その小さな体で、勇気があるんだなあ」とマクダフ

が言った。

ネズミの兄弟がフリスビーの舟に乗って、五日もかけて川を下ってきた話を聞いて、キッドもマクダフも、タータたちを少し見直すような、ほうという表情になった。ビス丸も内心では、実は少し感心したのだけれど、口に出しては何も言わなかった。

皆はキッドにいろいろ質問して、タミーが捕まっている倉庫の方角やそこまでの道のりなどを聞き出そうとしたが、方角はともかく、地上の道をどこをどう進めばあそこまで辿り着けるのか、キッドにははっきりとは答えられない。

「きみとリルは空を飛んで、そう苦労せずにそこへ行ける。きみらだけでタミーを救い出すことはできないのかい？」とマクダフが尋ねた。

キッドはちょっと考えて、やってみてもいいけれど、たぶん無理だろうと答えた。たとえば、タミーが外に連れ出されたとき、リードを引っ張っている人間に急襲をかけ、突っついて、手を放させる……でも、難しいだろうなあ。あいつらはもうぼくのことを、ひどく警戒しているだろうしなあ。ぼくの姿が目に入っただけで、逆に向こうから攻撃を仕掛けてくるかもしれない。それに、もしそれが出来たとしても、あの囲いの外へタミーを脱出させるのは……。

「しかし、それを言うなら、きみたち犬にだって、それをやれるかどうか……」とキッドが首をかしげながら言うと、

「そりゃあ、そうです」マクダフはアハハッと笑いながら（この朗《ほが》らかな楽天性のせいでマクダフは皆から好かれているのだ）、「しかしね、実際にその場に行ってみれば、何か良い方策が見つかるかもしれませんよ。見つかるんじゃないかなあ。何しろこのビス丸は力持ちだし、牙も凄いしねえ」

「たしかなことは」と、力持ちを買われてちょっぴり気を良くしたビス丸が、その褒められた牙をわざとむき出しにして見せびらかしながら、口を挟んだ。「このスズメの娘っこだの、ネズミの兄弟だのは何の役にも立たないってことだ。何せ、こんなちっこい体では……」

タータが憤然として何か言い返そうとするのを制して、マクダフは、

「いやいや、体が小さいからこそ出来ることもある。『大男総身《そうみ》に知恵が回り兼ね』ということわざがありましてね。『独活《うど》の大木』とも言いまして……」

そのことわざの意味がわからなかったのでビス丸は黙ってしまった。もっとも、実を言えばマクダフ自身にもよくわかっていなかったので、訊き返されないうちに慌てて話を変え、

「とにかくわれわれは、地面のうえを歩いたり走ったりしてゆくほかはない。キッドに先導してもらおう」と言った。

「もちろん、いいとも」と、キッド。

「われわれ六匹が力を合わせれば、悪漢どもの手からきっとタミーを助けられるよ。いや、何としてでも助けなければ」

「六匹か……。ふん、ネズミ二匹に鳥が二羽、それにあんたかい」と言ってビス丸が、意地の悪い目でじろりとマクダフを見た。「どいつもこいつも――」

「うるさいわねえ」とリルが言って、また翼でビス丸の顔をぴしゃりと叩くと、ビス丸がそのままおとなしく黙ってしまったので、皆は少し驚いた。ビス丸はさっきからリルを自分の頭のうえに乗せたままで、追い払おうともしない。どうもこの巨大なジャーマン・シェパードはこのおきゃんなスズメが苦手のようである。

「とにかく、ここにいるこの六匹で、タミー救出部隊を結成します」とマクダフは力強く宣言した。

「ねえ、あたし……」と言いながら、リルがビス丸の頭からぴょんと飛び降りた。「ひと足先に、ちょっと様子を見に行ってみようかな。タミーと話が出来るかもしれないし。救出部隊が来るわよって教えられたら、きっとタミーはどんなに心強いか」

「そりゃあ良い考えだ」とマクダフは言い、他の四匹も頷いた。

「ねえ、キッド、一緒に行きましょう。あたしに場所を教えてちょうだい。その間、マクダフさんたちはどんどん走ってくれればいい。あたしたちはタミーに会えても会えなくても、また戻ってくるわ。どこか、わかり易《やす》い場所で落ち合うことにしましょうよ」

「うん、それが良い」とマクダフが言った。「しかし、もしそうするなら、ネズミのふたりはキッドに運んでもらったらどうです？　ネズミの一匹や二匹、その大きな爪で摑んで空を飛べるでしょうが……？」

「だ、だ、駄目、駄目、駄目！」とチッチが悲鳴を上げた。「そんなの、絶対、駄目！　そもそも、このひとがぼくらを食べないって、誰が保証できるのさ！　その爪って、物凄い力でぎゅっと締め付けてくるんだぜ。ぼくは実際に知ってるんだから……」

「いや、だから、そっと、優しく摑んでもらえば……」

「駄目、駄目！」と叫んでチッチは地面に俯せになって、ぶるぶる震えながら前足で頭を抱えこんでしまった。タータの方も、実はほぼ似たような気持ちだった。

キッドも首を斜めにかしげ、黙ったままでいた。本心を言えば、なるほどたしかに、ネズミにせよスズメにせよ、この生きてちょろちょろ動いている生温かい小動物を、「美味しそう」と思わないでもなかったからである。しかし、それはやっぱりまずいだろうなあ、救出部隊のメンバーが他のメンバーを食べてしまうというのは……。

「いや、それならそれでいいさ。ネズミ部隊と犬部隊は同行して、一緒に地上を行く、と、そういうことにしよう。とにかくわれわれ六匹で、何とかしてタミーを救い出すのです。よし、やるぞ！」

ぼろ雑巾のような小さな野良犬は、後足二本で立ち上がり、「えい、えい、おう！」と叫んで片方の前足をぐっと天に向かって突き出した。しかし、誰ひとりそれには唱和せず、気まずい沈黙が広がるばかりだ。

どうも、先行きの見通しは暗いようだ。

囚われの仲間たち

檻のなかにしょんぼり蹲ったタミーの頭に、あれ以来何度も何度も思いをめぐらせたこと——つまり、キッドはふるさとの森に帰り着けただろうかという疑問が、またしても去来していた。高いところにある嵌め殺し窓からしか陽が射してこないので、この倉庫は昼間でもあまり明るくならないが、今日はひときわあたりが暗い。外は雨なのかなあ……。顔をあげ、小さな天窓の汚れたガラスに目を凝らしてみるが、よくわからない。タミーは耳を澄ましてみた。小雨の降る音がかすかに伝わってくるような気もする。

タミーは雨の日に川面を眺めているのが好きだった。降りそそいでくる無数の雨粒を受け止めて、少し速くなった水の流れがそれをどんどん運び去ってゆく光景は、いつまで眺めていても飽きなかった。ああ、あの川岸をまたぶらぶらと散歩できたらどんなにか良いだろう。こんな雨の日はネズミもモグラもアナグマも鳥たちも、めいめいの巣穴に引き籠もっているだろう、犬たちも飼い主の家や犬小屋のなかで丸くなっているだろうと想像しながら、少しばかり優越感を味わいつつ、ぐっしょり濡れながらも大威張りでのし歩き、気が向けば川のなかに入って、水をばしゃばしゃ撥ね散らかしてみたり、水が深くなったところではちょっと犬掻きをしてみたり……。あれは楽しいんだよなあ。

今頃キッドは、森のいちばん高い木の梢《こずえ》に止まって、そぼ降る小雨を透かしながら、木々の緑の広がりを睥睨《へいげい》しているのかなあ。あいつ、クマタカは森でいちばん偉いんだよ、なんて、大して自慢そうにではなく、まるで当然のことのように言っていたなあ。タミーは心のなかでクスッと笑った。面白いやつだったなあ。でも、ドジなところもあったからなあ。うかうかとあんな糸を脚に絡ませちゃって、動けなくなっちゃって……。大丈夫かなあ。ちゃんと森に帰れたかなあ。帰り道がわかったかなあ。

タミーはごろんと横になりながら、小さな呻《うめ》き声を洩らした。丸三日経って、さすがに痛みは多少薄らいできたが、まだ体中がずきずきする。とくに、ツヨシに蹴られたお腹がまだ痛む。鷹小屋のてっぺんに攀じ登ろうとしたところを、引きずり下ろされたときに打った腰も痛い。どうやら骨の折れた箇所はないようだが、ひどい打ち身と捻挫《ねんざ》で、まだまともには歩けない。

あいつのことは――あのツヨシのことは、絶対に許さないとタミーは改めて強く念じ、低い唸り声を上げた。とはいえ、それでいきなり凶暴になって、ツヨシが近づくやいきなり嚙みつこうとしたりするほどタミーは愚かではなかった。とにかくまず、傷ついた体を癒やさなければ。ツヨシが檻に餌を入れにくれば、怒りに震える気持ちを押し殺し、唸りもせず牙を剝きもせず、タミーは穏やかにそれを貰って、静かに食べた。待ってろ、待ってろよ、いつかきっと……と心のなかで呟きながら。もっともツヨシの方でも少々タミーのことが怖くなったようで、あれ以来、手出しをされないように、扉の開け閉めの際には念には念を入れて、十分な警戒を怠らないようにしていた。

しかし、ツヨシに腹を立てているのは、実はタミーだけではなかった。

三日前の夕方、打ち身だらけになってぐったりしたタミーをツヨシが抱きかかえて倉庫に戻ってきたとき、檻のなかに閉じこめられている多くの動物たちがそのさまをじっと見つめていた。激痛に呻きながらも必死で顔をあげ、ツヨシの目を睨みつけているタミーの表情も、彼らははっきり見てとっていた。そのとき動物たちの間には何か重苦しい、奇妙な静寂が下りていたが、鈍感なツヨシには、その沈黙のなかに漲っているものが、タミーへの深い同情とツヨシ自身に対する激しい憤《いきどお》りであることが、まったくわからなかった。

事件から三日目の日が暮れてゆく。淡い陽光が完全にかき消え、入れ替わりに薄暗い蛍光灯がともると、やがてツヨシ

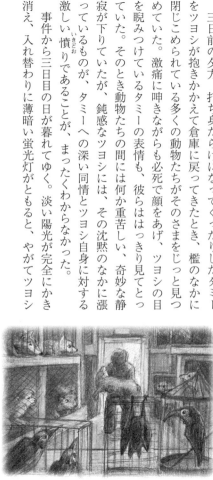

が動物たちに夕食の餌を配りはじめた。

タミーの隣りの檻にいるのは、例のスローロリスのつがいである。そのさらに隣りの檻にいたオオアルマジロのソロモンは、もうあんな大暴れができないように、というか、たとえ暴れても隣りの檻を倒したりしないようにという配慮からだろう、あの事件のときすぐに倉庫の端っこの檻に移されてしまったので、あれ以来タミーはソロモンと話をしていない。ただ、キッドを逃がすのに成功したということだけは、ソロモンが連れ去られる直前、タミーは半ば意識を失いながらの荒い呼吸の下で、辛うじて伝えることができた。

「タミー、よくやった！　大手柄だ……」というソロモンの言葉がどんなに嬉しかったことか。

檻の間を巡回しながら、ツヨシはタミーのケージの前に来て、ドッグフードの入ったボウルを入れた。続いて、隣りのスローロリスのケージの扉を開け、まず、食べ残しの入った餌入れを取り出そうとした。ここに到着して以来、大部分の時間をじっと俯いてひっそり過ごしている二匹だったから、ツヨシは何の用心もせずにぐっと片手を差しこんだのである。

とたんに片方のスローロリスが、その手に飛び乗り、そのままツツッと腕を伝ってツヨシの肩のうえまで駆けのぼった。いつも凝固したようにじっとしているし、動くときでも見ている方がじれったくなるほどのろのろしている彼らの姿を見慣れているタミーの目に、その敏捷《びんしょう》さは驚くべきものと映った。

　ツヨシも仰天したようで、思わずその場に尻餅をつき、「あ、こいつ、このヤロ……」とか、わけのわからぬことを口走ったが、彼が両手を上げてスローロリスを摑もうとしたときには、小さな猿はもうさっとジャンプして床に降り立ち、通路をいっさんに走っていた。が、ツヨシはそれを追おうともせず、床に座りこんだまま悲鳴を上げていた。飛び降りる直前にスローロリスは、彼の顔をバリバリと引っ掻いていったからである。

　ようやく立ち上がり、「くそ！　この！」などと喚《わめ》きながらあたりを見回すが、もう猿がどこへ行ったかわからない。ツヨシの顔には幾筋もの傷が走り、血がたらたらと滴《したた》っていて、それを闇雲に手でこすったので顔全体が真っ赤になってしまった。

　額の傷口から垂れてきた血が目に入り、一瞬、視界が霞んだ。それで目をこすっていると、何やら小さな動物がシャツの背中に爪をかけて攀じ登ってくる感触があった。「あ……何だ？……」と、体をよじっている間もなく、もうそいつはツヨシの頭上にいた。と、体を乗り出し両手を伸ばして、その先端の鋭い鉤爪《かぎづめ》で、またしてもツヨシの顔を滅茶苦茶に引っ掻いた。逃げ出した一匹に気を取られている隙に、ケージのなかにいた残りの一匹も出てきてしまったのだ。ツヨシはさっきよりも大きな悲鳴をあげ、また床の上にへたりこんだ。その姿勢で両手を振り回しているが、むろんスローロリスはもう飛び降りて走り去った後である。

倉庫の隅が衝立《ついたて》で囲われ、ツヨシたち兄弟の生活スペースになっている。それからおよそ二時間後、ツヨシはそこに置いてあるソファベッドのうえにへたりこむように寝転び、茫然《ぼうぜん》としていた。顔には絆創膏《ばんそうこう》が十枚ほどもぺたぺた貼ってあり、みっともないことおびただしい。ちぇっ、これじゃあ、しばらく人前に出られないじゃないか。あの忌々しいスローロリスのやつら……。

それは実際、悪夢のような追いかけっこの二時間だった。顔を血だらけにしたまま、ツヨシは倉庫中スローロリスを探して回った。段ボール箱の蔭、ケージとケージのすきま、机のした、戸棚のした……どうしても見つからず、もう勝手にしろとふて腐れ、床に座りこみ深呼吸を繰り返して気を静めていると、小猿のやつ、向こうの方の爬虫類ケースの横からちょこんと顔を覗かせたりする。慌てて駆けつけるが、そのときには小猿はすでにもうどこかに姿をくらませてしまっている。

とにかくまず傷の手当てをしようと、洗面台で顔を洗っていて、ふと目を上げると、鏡の片隅に、彼の背後をさっと走り抜けてゆく小猿の影が映る。顔をびしょ濡れにしたまま大急ぎで後を追うが、もうどこにも見当たらない。

一度、飼料の入った段ボール箱の山の間に追いつめて、もうこっちのものだとほくそ笑んだ瞬間があった。逃げ場のなくなったスローロリスは、その狭いすきまで身を縮め、怯えた顔を皺くちゃに歪《ゆが》めて、キキキ、キキキキと情けない呻き声を洩らしている。ところが、次の瞬間、ツヨシの頭上につがいの片割れのもう一匹がいきなり降ってきて、彼の顔をまたしてもバリバリッと引っ掻き、彼が伸ばした手の先を掠めて大きく跳躍し、すばやく走り去った。あっと叫んで、段ボール箱のすきまを振り返ると、最初のやつももういなくなっている。

どうもからかわれているんじゃないかと思いはじめた頃、倉庫のなかの他の動物たちの間から、あっちこっちで不満そうな鳴き声が上がりはじめた。そうだ、餌をやって回る仕事を途中で中断したままなのだった。倉庫自体は扉も窓もぴったり閉めきって、目張りまでしてあるから外には逃げられないはずだと自分に言い聞かせ、猿を捕まえるのは後回しにして、まず餌やりを終えてしまうことにした。

餌を配りつつケージの間を巡回する間も、何だか動物たちが自分の顔を見てあざ笑っているような気がしてならなかった。ひと通り餌やりを済ませ、顔の傷に絆創膏を貼り、よし、と気合いを入れたツヨシは、徹底的な捜索を始めることにした。これ以上引っ掻かれないように軍手をはめ、顔はタオルでぐるぐる巻きにしたうえで、倉庫の明かりを全部点っけ、捕獲網と懐中電灯を携えて、隅から隅まで調べて回った。ところが今度は、いくら探してもあの二匹は影もかたちもないのである。

二度も三度も倉庫中を虱潰《しらみ》しに探し回って、へとへとになり、これはいったいどういうことなんだと首をかしげはじめた頃になって、何気なくふと見ると、何と二匹のスローロリスは、もともとの自分たち自身のケージのなかで身を寄せ合い、幸せそうな寝息を立てながらぐっすり眠りこんでいるではないか！「この野郎……」と呻きながら、よっぽど一発殴ってやろうかと思ったが、この二匹が大事な商品であることを考えればそうも行かない。ツヨシはもうすでにマモルから、タミーを蹴ったことでこっぴどく叱られていた。そこで、開いたままになっているケージの扉を力いっぱい叩きつけるように閉めて、せめてもの憂さ晴らしをしたが、そのがちゃんという大きな音にも、片方の一匹がほんの一瞬薄目を開け、伸びをしながら寝返りをうっただけで、二匹の安らかな眠りはまったく破られなかったようである。

ソファにへたりこんだツヨシは、ええい、腹が立つ、と改めて思った。ここ数日、どうにもこうにもツイてない。あのとき、クマタカに逃げられたツヨシは、すぐマモルに電話して帰ってこさせた。駆けつけたマモルから、不注意と軽率をさんざん責められたうえ、あのゴールデンは大事な体なんだぞ、これからどんどん仔犬を産んでもらわなくちゃいけないんだからな、もし怪我でもしてたらただじゃおかねえぞ、と怒鳴りつけられた。まったくもう、おれの方が年上なのによ……。しかし、不注意と軽率は事実だから抗弁できないし、また、もし喧嘩になった場合、図体の大きなマモルに簡単にのヽさヽれヽてしまうことはわかりきっているので、弟に対してどうも強くは出られない。

それでも不幸中の幸いと言うべきことが一つあった。クマタカの尾羽に付けた発信機のスイッチをオンにしたままだったのだ。そこで一昨日はまる一日、兄弟はその信号を追いつづけて過ごした。先だってと同様に今度もまた西へ向かって飛んでいったのかと最初は思ったけれど、発信機はどんどん東京を北上してゆく。それを追跡してゆくうちに、兄弟の車は埼玉県から群馬県に入り、さらに北上を続けたが、信号がだんだん弱くなり、関越自動車道が新潟県に入るあたりで、とうとうふっと途切れてしまった。恐らく発信機の電池が切れてしまったのだろう。もうどうしようもない。あのクマタカは諦めるしかない。まったく、無駄に潰れた一日だった。

マクダフは、キッドの尾羽に装着してあったその発信機の始末を、知り合いのカラスに頼んだのだった。小さな機械はカラスからカラスへと手渡され、最終的に、環状八号線を北上中の長距離輸送トラックの荷台のうえにぽどりと落とされた。ツヨシたちはそのトラックの後を追いかけ、はるばる新潟まで行ってしまったというわけだ。

とにかくマモルはそれでもう、すっかりつむじを曲げてしまい、帰路ではひとことも口をきかなかった。倉庫に帰り着くや、おれは何日か休みを貰うぜ、あんた、しっかり動物の世話をするんだぞ、今度へマしたらおれがあんたを蹴っ飛ばしてやるからな、という捨てゼリフを残して、ぷいっと出ていってしまった。それが一昨日のことで、ツヨシはただでさえ腐っていたところへもってきて、今日は今日でこれである。

クマタカには頭を蹴られ、犬には押し倒され、猿には顔を引っ掻かれ……畜生！　あのチビの猿公《えてこう》、爪に何か毒でも持っていねえだろうな、とツヨシは少々不安になって考えた。抗生物質はあったかな。ああ、顔中ひりひりする、ああ、いらいらする……。

腹立ち紛れにケージの扉をがちゃんと叩きつけるように閉め、掛け金をかけて、ツヨシが立ち去るや、眠ったふりをしていた二匹のスローロリスはぱっと起き上がり、キキッ、キキッ、キキッと叫びながら腹をかかえて笑い転げた。隣りのケージのタミーも思わず吹き出しながら、

「いやあ、サイコーだった！　あいつ、二度くらい滑って転んでたよ。ほんとにいい気味……」と独り言を呟くように言った。返事があるとは、もちろんまったく予想していなかったからである。

だから、スローロリスの一匹がタミーの方を振り返り、考え考え言葉を選ぶようにしながら、

「とうぜん……しぜん……うちゅう……だめだめ」とゆっくりと言ったのを聞いたときには、びっくりしてしまった。

「えっ、えっ……？　何、何だって……？　きみ、話ができるのかい？」

すると、そう訊き返された方のスローロリスは口を閉じてしまい、代わりに、傍らのもう一匹の方が、

「あの人間の行動は自然界の秩序に、あるいは宇宙の法則そのものに抵触しており、とう

ていこともしがたいもので、彼の受けた屈辱と苦痛は当然の因果応報にほかならない、と夫のナッツは言っているのです」と早口に言った。

「え、何、何？　チッジョ……ジュニン……？　わからないよ」

すると、今度は、今その難しい言葉を使ったばかりのスローロリス（だからつまり、奥さんの方なのだろう）が、一語一語嚙み締めるように、

「ずるい……わるい……たみー……ゆうき……えらいえらい」と言った。と、夫のナッツの方が、間髪を入れず、

「人間という種の本質は野卑にして非道、奸佞《かんねい》にして邪悪であり、他方、それに引き比べてあなたの勇猛果敢と寛仁大度《かんじんたいど》には、讃嘆のほかはない、と家内のココは言っているのです」と早口に言った。

「カンジン、タイド……？」タミーは目を白黒させながら、「えーと、何が何だかよくわかんないけれど、とにかく、そうか、きみたちは喋れるんだ。良かったなあ。だって、ずうっと黙りこくっていたからさ」

「とじて……もり……あかるい……善哉善哉《よきかなよきかな》」とナッツがゆっくり言う。

「懐かしい森に棲む家族や仲間と引き離され、心が完全に闇に鎖されてしまい、言葉を発しようという表現意欲も喪失していたのだけれど、あなたの振る舞いに勇気づけられ、いまだ不透明ながらも未来への展望に一筋の光明が射してきた、と夫のナッツは言っている

のです」とココが早口に言う。

「うーん、わかるようなわかんないような……。まあいいや。でも、きみたち、おかしな喋りかたをするんだなあ」タミーがそう言って首をかしげると、ココが考え深げに、

「ひらめき……せつめい……あいするあいする」と呟いた。二匹のスローロリスはお互いよく似ていて、タミーには最初のうちどちらがどちらか区別がつかなかったけれど、言われてみればココの方が、しぐさも喋りかたもどことなく女性的で優しい。するとナッツがすかさず、

「霊感を受けたひとりがまず発語し、次いでもうひとりがそれをわかり易い表現に翻訳し、かくして意志と感情を共有しつつ、そのつど夫婦愛を確かめ合うのがわがスローロリス族の伝統的慣習なのだ、と家内のココは言っているのです」と説明する。

「でもさあ、言い換えてもらっても、わかり易くなんか全然なってないぞ」タミーは眉根に皺を寄せて、「そのわけのわからない霊感と、そのやっぱりわけのわからない小難しい説明とのあいだの、ちょうど中間くらいの言いかたをしてくれるといいんだけどなあ。それにしても、共有とかって言うけれど、きみたちふたりの間で、意見が食い違うってことはないのかい？」

ココとナッツは顔を見合わせた。それから、夫のナッツがやや憤然と、「ないない」と言った。すかさず妻のココが口を開こうとするのを押しとどめて、タミーは、

「あ、今のはわかったから、いいよいいよ。……あれ、何だかきみたちの喋りかたが移っちゃったみたいだ……」

こうしてタミーは、ココとナッツのスローロリスの夫婦と友だちになった。言っていることがもう一つよくわからないのは困るけれど、どうやら彼らがタミーの味方であることだけはたしからしい。

うまく通じない会話を根気強く続けてようやくタミーが理解し、少し驚いたのは、彼らはこれまでずっと黙りこくっているように見えたけれど、実はその間もずっと、ふたりの間ではけっこう中身の濃いコミュニケーションが行なわれていたらしいということだった。どうやらこの夫婦は、ほんのひとことふたことぽつりと呟くだけで、かなり複雑な内容を相手に瞬時に伝えられるらしい。「うちゅう」だか「れいかん」だか知らないけどさ、何だか変な生き物がこの世界にはいろいろいるんだなあ、面白いなあ、とタミーは改めて思った。

こんなひどいところに連れてこられたのはほんとに不幸な災難だったけれど、ただそれでも、クマタカとかオオアルマジロとかスローロリスとか、これまでそんな連中がこの世に存在することさえ知らなかった変ちくりんな、でもとっても素敵な動物たちと知り合いになれたのは、ちょっぴり運が良かったかもしれないなあ。

タミーは考えた。世界には沢山の動物がいて、皆好き勝手に暮らしている。自分にとっていちばん楽で、いちばん幸せな生きかたを追求して、そりゃあ、それを完全には実現できないにしても、かぎりある生の時間をできるだけ楽に、また幸せに終えたいと、めいめい自分なりに一生懸命、頑張りながら生きている。動物同士が食べたり食べられたりすることはあるけれど、それはある動物の「生きかた」と別の動物の「生きかた」が衝突するということだから、ある程度は仕方がない。ぼくだって動物の肉を食べることはあるもんな。

でも、人間は、オオアルマジロのソロモンさんとかスローロリスのココやナッツとかを、いやそもそもぼく自身を、食べるために捕まえたんだろうか。どうやらそうではないようだ。ツヨシやマモルが何とかして手に入れたいと思っているのは、どうやら「お金」とかいうものらしい。ソロモンさんやココやナッツやぼくは、その「お金」っていうものと交換することができるらしい。それが彼らの「生きかた」なんだろう。でも、持っている「お金」が増えれば増えるほど、あいつらは「楽」で「幸せ」になれるんだろうか。どうもそうは思えないけどなあ。

犬とか猫とかは、まあいいさ。大部分の犬や猫は人間と一緒にいるのが好きだから。人間と一緒にいるのが楽だし、幸せだから。なぜかって言えば、人間と友だちになれるからだ。でも、ソロモンさんたちは人間と友だちになりたいなんて、あんまり思っていないだろう。それなのに、何で彼らはふるさとも、自分自身の「生きかた」も無理やり奪われて、こんな薄汚いところに連れてこられ、哀しい小さな檻に閉じこめられていなくちゃいけないんだろう。

翌日の夕方、久しぶりに外に出してもらったタミーは、よく晴れた夕空を見上げながら、大きな深呼吸をして、ああ、やっぱり良いなあと思った。

やっぱり良いなあって……でも、何が「良い」のかというと……よくわからない。まだ体があちこち痛いし、こんな殺風景な囲いのなかに入れられて、紐で繋がれて、ご主人からも友だちの犬たちからも引き離されて、「良い」ことなんか何にもないと言えば、何にもない。

でも、快晴の日に特有のこの甘い空気のにおい、頬に当たって吹き過ぎてゆくこのそよ風のこそばゆい感触、見つめているとなぜか懐かしくてたまらなくなるあの夕空の茜色、そういうのはみんなみんな、「良い」ものだ。生きること自体を、うきうきするような楽しい時間に変えてくれるものだ。ツヨシやマモルは「お金」とかいうものをあんなに欲しがっているけれど、こういう「良い」ものたちは、「お金」なんかと無関係に、今ここに、もうすでに、こんなに沢山、溢れるほどにあるじゃないか。何て馬鹿なやつら……。

しかし、そんなふうに考えて一瞬、高揚した気分になったタミーは、次の瞬間、現在の自分の惨めな境遇に引き戻され、たちまちまたしゅんとなってしまった。のろのろと伏せの姿勢になり、地面にそろえて伸ばした前足のうえにぺたりと頭を乗せる。スズメたちがちゅんちゅん楽しそうに囀りながら空を横切ってゆく。ああ、スズメはいいなあ、何の気苦労もなくて。

そのとき、その囀りの間から、自分の名前を呼ぶかすかな声が聞こえたような気がして、タミーはびくっとして頭を上げた。何だ、何だ、誰かがぼくを呼んでるのかな。それとも、空耳だろうか。沈みかけている真っ赤な夕陽がまぶしくて、タミーは目をしばたかせ、しばらく何も見分けられずにいたが、ぱちぱちまばたきを繰り返しているうちに、何か小さな黒い影が自分めがけて一目散に飛んでくるのがようやくはっきり見てとれた。「タミー！タミー！」という声がどんどん大きくなってくる。え……あれは……。

「タミー！　まあ、けっこう元気そうじゃないの！」スズメのリルはタミーのすぐ目の前の地面にふわりと着地し、一度翼をきちんと畳んで身仕舞いしてから、改めて片翼を広げ、立ち上がってしっぽをぶんぶん振っているタミーの前足を、その片翼でぴしゃりとはたいた。

「リル！　リルじゃないか！」タミーは大声で叫んだ。

「ちょっとちょっと、そんなおっきな声でワンワン吠えないの。耳が痛くなっちゃう。ふう、疲れた。水はないの、水は？」

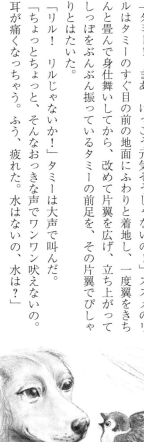

「えーと、水ね、水……水は、ここにはないけれど……」

「まあいいわ。でも、こりゃあ、けっこう遠いわ。マクダフたちはちゃんと辿り着けるかどうか……」

「え、マクダフ！」

「まあちょっと、ちょっと待って。息が切れちゃって。ちょっと休まなくちゃ。でも、あんたが案外元気そうなんで安心したわ」そう言ってはみたものの、実はリルはタミーの痩せようと汚れように、かなりの衝撃を受けていた。陽の光を浴びると本当にまばゆい黄金色《ゴールデン》に輝いていたあの美しい毛並みが、今はもう見る影もなくくすんで、あちこちにほつれや毛玉が出来ている。でも、タミーの陽気な笑顔は元のままで何の変わりもない。

「元気なもんかい……」

「ひどい目に遭ったんですってね。キッドに聞いたわ……」

「え、キッド？　きみ、キッドに会ったのかい？」

「もちろんよ。すぐこの近くまで一緒に来たんだけど、自分が姿を見せるとここの人間たちを刺激するかもしれないからって言って、とりあえず引き返したわ」

「キッドが……。そうか、キッドはふるさとの森に無事に帰れたかなあって、ぼくはずっと……」

「キッドの森どころじゃないでしょ。問題はあんたよ。あんたを何とかしなくちゃ。ねえ、人間に蹴られたんですってね。怪我をしたの？」

「怪我なんか、してないよ。大丈夫さ。まだちょっと痛いけど……。でも、きみはいったい、どうしてここへ……？」

「だから言ったでしょ。あんたを何とかしてここから助け出さなくちゃ。それで、みんなで……」

「みんな？」

「マクダフ、ビス丸、ネズミのタータとチッチ、それにもちろんキッドも。みんなが来るわよ。あんたを救い出しに」

タミーの目にいきなり涙がどっと溢れ出した。

出　発

さて、地上部隊つまり犬とネズミの四匹の行軍が軌道に乗るまでには、少し手間がかかった。まずたしかなことは、四匹が同じ速さでは走れないという単純明快な事実だった。二匹のネズミがいくら一生懸命走っても、当然のことながら、とうてい犬たちには追いつけない。二匹の犬の間にも体力の差があり、全力疾走すればマクダフはあっと言う間にビス丸に置いてけぼりにされてしまうだろう。

「結局、タータとチッチはビス丸に運んでもらうほかないでしょうね」とマクダフが言った。

「ええっ、ネズミをくわえて運ぶなんて、そんな、嫌なこったい」と、ビス丸。

「いや、くわえるというわけにもいかないから……」チッチがまたぶるぶる震え出すのを横目でみながら、マクダフが言った。「二匹いますしね。たとえネズミでも、二匹いっぺんにはいくらあんたでもくわえられないよ。それから、背中に乗る、のも駄目だな。すぐ振り落とされてしまう。残る方法はただ一つ、首輪に摑まってふせってゆくしかない。どれ、ビス丸、ちょっと体を伏せてみてくれるかな」

　ぶつくさ言いながらも、ビス丸はとにかく伏せの姿勢になった。

「さ、タータもチッチも、ビス丸の背中に登ってごらん。大丈夫、この犬は清潔だからね。ノミもいないよ。何しろこのワンちゃんは、百パーセント天然植物成分配合の犬用シャンプーで、毎週体を洗ってもらってるからねえ」とマクダフがにやにやしながら言う。

「何だよ、犬用シャンプーが悪いかよ。あんたみたいに汚れほうだいよりはましだろ」と、何か弱みを突かれたような気がしてムカッとしたビス丸が言い返す。

「いやいや、もちろん、もちろんですとも。それで、そのまま前に進んで、首輪に摑まる……そうそう……」

「嫌なこったい」という気持ちは実はタータたちも同じだった。彼らは、お座りをしたタミーの体に攀じ登り、頭のうえからしっぽまで滑降するという遊びをしたことが何度もあるから、犬の背中に乗るのは初めてではない。しかし、この犬は……何しろタミーよりさらにひと回り大きいし、振り返っていかにも嫌そうな表情でこっちを睨んでいるし、毛並みの感触もタミーのビロードのように滑らかで柔らかな毛とは違って、硬くてごわごわしているしなあ……。

二匹のネズミはその硬い毛をかき分けかき分け、ビス丸の首筋のところまでこわごわ這い進み、首輪を握り締めてみた。幸いそれは、大型犬用の太い武骨な革製首輪ではなく、細いステンレスと黄色い革紐が編み込みになった二連の首輪で、タータたちのような小動物の前足でも握り締め易い手掛かりがいっぱいある。ビス丸の飼い主は首輪も最高級のものを幾つも買いそろえ、しょっちゅう付け替えては悦に入っていたのだ。

「そう、その成り金趣味の首輪に摑まってごらん。どうかな、しっかり体を支えていられるかな？」

「おい、マクダフ、『ナリキンシュミ』って、いったいどういう意味だよ」とビス丸が疑わしそうな顔つきで言った。

「なに、『とってもお洒落《しゃれ》』ということさ」とマクダフが澄ました顔で答えた。「よし、じゃあ、ビス丸、立ち上がって……ちょっと歩いてみようか」

しかし、二、三歩歩くなり、いきなりビス丸はぶるぶるぶるっと、凄い勢いで身震いしたので、タータとチッチは吹っ飛ばされ、地面に転がってしまった。

「ああ、駄目だ駄目だ、こんなの、首がこそばゆくって、とうてい我慢ができねえ」とビス丸は言った。タータがすぐに起き上がって、たたたっとビス丸に駆け寄り、

「おい、何するんだ！　危ないだろっ！」と怒鳴った。

「だから、こそばゆくって……」

「そんなもん、我慢しろよ！」

「おまえなあ、それ、ひとに乗っけてもらって、らくちん状態で運んでいってもらおうっていう者の態度かよ。もっと感謝の気持ちを……」

「ひとをあんなふうに撥ね飛ばしておいて、感謝もへったくれもあるもんかい。それに、しょうがないだろ。一緒に行くにはそれしかないんだから。そもそもあんたの体のでかさなら、ぼくら二匹くらい乗せたって、どうってことないじゃないか」

「しかし、首がむずむずするしなあ。それに、おまえら、ノミとかダニとか持ってないともかぎらんし……」

「何だと！」

「まあまあ」とマクダフが割って入った。「われわれはもうチームなんだからね。仲良くやっていこうじゃないか。まあ、妙ちきりんなチームだがねえ。それでもとにかく、チームはチームだ。一心同体で行動しなくては。タータの言う通り、われわれが一緒に行動す

るには、あんたがこの子たちを乗っけてゆくしかありません」

「あんたがネズミたちを乗せてけばいいだろ」と、ビス丸。

「いや、わたしではとうてい無理です。あんたみたいな、堂々とした、立派な体つきではないからね」

　そう言われてビス丸はちょっと機嫌を直し、ふうっとわざとらしく、大げさにため息をついて見せながら、また伏せの姿勢になった。

「ちぇっ、しょうがねえなあ。じゃあ、もう一度……」

　二匹のネズミがまたビス丸に攀じ登って、首輪に摑まった。

「いいか、立つぞ」ビス丸は立ち上がって、その場でぐるぐる回ってみた。「とにかく、あんまりもぞもぞするなよな。しかし、ああ面倒なこった。このビス丸さまが、ネズミ二匹を運んでやる羽目になるとは……」そう恩着せがましく言われても、落ちないように必死に首輪にしがみついているタータたちは、やり返す余裕もない。

「よし、良いようだね。じゃあ、行くか」とマクダフが言った。それからリルとキッドに向かって、「一刻も早い方がいいから、地上部隊はもう出発するよ。とにかくわたしたちは昼間はほとんど行動できないと思うんだ。というか、行動しない方がいいだろうな。何しろ、飼い主にリードで引かれていない犬が二頭、街路をうろうろしているのは目立ちすぎるからね。しかもそのうち一頭はこの大きさで、ネズミ二匹を首にぶら下げているときている」

「何だあ？　おれは何も好きこのんで、こいつらを……」

「うんうん、わかったわかった。まあともかく、明るい間は目立たないところに身を潜め、じっとしていた方がいいってことさ。夜、できるだけ距離を稼ぐことにしよう。とりあえず東へ、東へと進めばいいんだよね。それでね、ここからちょうど真東の方向に、給水塔が建っている。今は真っ暗だから見えないけれど、にょきっと空に突き出しているから、昼間ならこのあたり一帯のどこからでも目につく、真っ白いコンクリートの塔……」

「それ、知ってる」とリルが言った。

「あの給水塔を、まず第一のチェックポイントにしようじゃないか。キッドとリルは、タミーの様子を見に行って、会えても会えなくても、ともかくその後、あの塔まで戻ってきてくれ。塔の根元のあたりで落ち合うことにしよう」

「いつ？」とリルが言った。

「そう……もう夜明けが近づいてきてしまったからな。すぐ出発しても、朝までにはそんなに進めないから、明日、いやもう今日か、暗くなってからまた走りつづけることになる。うーん、明日の真夜中くらいには何とか着けるだろう。そこで会ってまた相談して、そこから先の地理や地形をきみたちから教えてもらい、そのうえで次の目印を設定しようじゃないか。どうだい、いいかね？」

ネズミ二匹とクマタカとスズメはこくりと頷いた。ビス丸がぷいとそっぽを向いていたのは、こんなふうにマクダフが率先してきぱき決めて話を進めてゆくのが気に喰わなかったからだが、とはいえマクダフの立てた計画にはどこと言って難癖《なんくせ》の付けようもないので、黙っているしかなかった。

「あたしたちは明るくなってから出発するわ」とリルが言った。「あたしたちはあんたたちとは逆に、夜はあんまり飛びたくないからね」

「よし、わかった。きみらも気をつけて行けよ。キッド、リルを守ってやってくれ。それから、もしタミーに会えたら、どうかよろしく言ってくれ。絶対に救い出すからってね。じゃ、明晩、真夜中、給水塔で！　さ、ビス丸、行こう！」マクダフはそう言って、イヌ島の岸辺に駆け寄り、川のなかに足を踏み入れた。注意深く足場を選びながら、浅瀬を伝ってじゃぶじゃぶと川を渡ってゆく。

何となく面白くない気分のまま、仕方なくビス丸もその後に続いた。この程度の川幅なら、本当は三段跳びで一気に渡れるのになあ、と彼は思った。かっこよくスタッと向こう岸に着地し、背後を振り返って、ちょこちょこ渡ってくるマクダフに向かって、どんなもんだいとせせら笑ってやれるのに。でも、首輪にしがみついているタータたちを振り落としてはまずいので、あんまり過激なジャンプをするわけにもいかないのだ。ちぇっ、厄介なお荷物をしょいこんじまったぞ、と彼は思った。

動物たちは夢中になって話をしていたので、あんまり自覚がなかったが、イヌ島でのてんやわんやの「会議」で気がつかないうちに意外に時間が経ってしまっていたらしい。出発したマクダフたちが川岸をそう遠くまで進まないうちに、暁《あかつき》を予感させるほのかな明るみがもうあたりに張りはじめた。

ビス丸は不満だった。ネズミたちを首筋に乗せているのが鬱陶《うっとう》しいうえに、結局、マクダフののろのろした走りかたに歩調を合わせて進むしかないからだ。マクダフとビス丸では歩幅が極端に違う。それに、ビス丸はまだようやく成犬になったばかりの若さだが、マクダフの方はもうかなり年を喰っていて、しばらく走るとたちまち息が切れてしまい、立ち止まってはぜいぜいと呼吸を整えている。じれったくなって、

「おい、もっとスピードを上げてどんどん行こうぜ」と言うと、マクダフは、

「いやいや、先は長いからね。最初から飛ばしすぎて、へたばってしまってはいけません」と落ち着き払って答える。

あーあ、ネズミたちもこのちっこい野良犬も抜きで、おれひとりで好き勝手にどんどん走っていけたらなあ、とビス丸は思った。全力疾走で駆け抜ければ、都会を横断するったって、あっと言う間だよ。その倉庫とやらに駆けつけて、悪党の人間ふたりをたちどころに嚙み倒し、タミーを助け出す。タミーのやつ、感激するだろうなあ。「ビス丸、ああ、ビス丸、有難う、ほんとに有難う！　きっと来てくれると思っていたの」なんてね。「何

て男らしいんでしょう。ビス丸ってほんとに頼りになるのね。あたし、一生、あんたのそばにいたいわ」なんてね。うっひゃあ……。そいで、タミーのやつ、甘い息をかけながら、うひゃひゃひゃひゃっ、おれの鼻をぺろぺろ舐めてね……。

「ビス丸！　おい、ビス丸ったら！」という声がようやく耳に入り、はっと我に返ると、タータがビス丸の首筋の毛をしきりに引っ張っていた。「何、ぼうっとしてるんだよ。マクダフが止まれって言ってるぞ」

振り返ると、なるほど、十メートルくらい後ろのところでマクダフが座りこみ、苛々《いらいら》したようにしっぽで地面を叩いている。甘い白昼夢に浸りこんでいるうちに周囲が見えなくなり、我知らず歩調が速くなっていたらしい。

「朝になって人間が動き出した気配があります」とマクダフは言った。「もうあんまり大っぴらに動かない方がいい。今夜の行程はとりあえず、このあたりまででいいでしょう。あんたは何だかぼうっとしていて気づかなかったようだが、さっき土手道をジョギングしていた若い男が、何だろうという怪訝《けげん》そうな顔でわたしたちの方を見ていたよ。ああいうのが、もう三十分かそこらすればどんどん増えてくる」

そう言われて、ビス丸たちは不安そうな目で周囲を見回した。川を眺めやると、対岸の、しかもずっと後ろの川上の方だが、小さな犬を二頭連れて散歩している老人の姿が目に入った。

「あれはミニチュア・ダックスのペロとサクラです」とマクダフは言った。「あの子たちは今回のこの救出行のことをよく知っていて、何かトラブルになってもわれわれを応援してくれるはず。このあたりの犬のほとんどは、タミーのことも彼女の今の窮境もよく知っていて、われわれの味方だけれど、この先、だんだん知らない犬たちのテリトリーに入ってゆくことになるからねえ。さて、と……ほら、この先のところで川が曲がっているでしょう」

ビス丸たちは視線を行く手の、川下方向へ戻した。たしかに、五十メートルくらい先で川幅が急に狭まり、流れが右にカーブしているのが見える。

「あの先はもう川原がなくなって、川というよりむしろコンクリートで固めた水路になってしまうんです。その水路もすぐ先で、トンネルのなかに入っていきます」

「川が地面の下に潜るんだね」とタータが言った。

「そう。郊外から運ばれてきた水が、この後、都会の中心に入ってゆくわけですが、この先はもう地中の暗渠のなかに流れこんでしまいます。で、わたしの思うに、そのトンネルの入り口あたりに、われわれが何とかかんとか身を潜めていられるくらいのスペースがあ

るんじゃないかな、と。夕方までそこにじっとしていてはどうだろう」

そこで、動物たちは足を速め、その最後の行程にかかった。ビス丸が早足になるとタータとチッチはかなり揺すられ、一瞬でも油断すると手が離れて、簡単に振り落とされてしまいかねない。「らくちん状態」などとビス丸は恩着せがましく言ったけれど、こうやって彼の首輪にしがみついて運ばれてゆくのも、けっこう大変なことだった。トンネルの入り口に到着し、タータとチッチはビス丸の体から滑り下りてようやくほっとした。しかし、しばらくは体ががくがくと揺れつづけているようで、船酔いに似た気分が治まらず、地面に足をしっかり踏み締められない。

水際のコンクリートの縁を伝ってトンネルの内部を数メートルも進むと、もうすっかり影のなかに入ってしまう。そこはマクダフの言った通り、静かに蹲っていればたしかに外からは容易なことでは見つからない、恰好の隠れ場所だった。

二匹のネズミは、五日間の船旅がやっと終わったかと思ったら、ろくろく休む間もなく、シェパードの首に必死にしがみつきながらの陸上の旅がたちまち始まって、もうへとへとになっていた。それで、トンネルの中に風が運んできていた枯れ葉を集めてきて山にすると、そのなかに潜りこみ、体を寄せ合って、あっという間に眠りに落ちてしまった。ビス丸も体を伏せて、前足のうえに頭をのせた。しかしマクダフは、ちょっと休んだ後、すぐに立ち上がって、

「わたしはちょっと偵察に行ってきます」と言った。

「おれも一緒に行くよ」とビス丸。

「いや、あんたの図体は人目につきすぎる。あんたはよっぽどのことがないかぎり、昼ひなかは絶対に街をうろうろしちゃいけないよ。いや、この旅も、わたしひとりだったらなあ、昼の間だって何とかかんとか移動を続けられるんだがねえ。目立ちすぎるあんたのために、行動が制限されて……」

「何だって！　それじゃあこっちも言わせてもらうが、あんたのちょこまか歩きに付き合わなくちゃならないから、おれはなあ――」

「うん、わかったわかった。お互いいろいろ不満があっても、もうこれは仕方がない。われわれはチームですからね……。とにかくちょっと行ってきます。そこでじっとしててくださいよ」

　そう言い置いて、マクダフはトンネルを出た。川岸を上流方向に少し戻り、細い階段を昇り、鉄柵《てっさく》の間をくぐると、そこは川沿いの通りだった。マクダフの「偵察」には、二つの目的があった。彼はまず第一に、チェックポイントにした給水塔までの道筋の、おおよその見当をつけておきたいと考えていた。しかし、これはどうやらあまり問題はないようだ。空に突き出した給水塔はここからでもちゃんと見えている。とにかくこの通りを真っ直ぐ進み、どこかでわずかに左方向へ転じればいいだろう。

マクダフが偵察に出たもう一つの目的は、食糧の確保だった。これは彼のような野良犬にとっては、生き延びてゆくために日々直面しつづける最重要の課題で、これに関してはマクダフはいわばプロと言ってもよい。ただし、今回はビス丸とネズミ二匹が同行しており、自分の腹さえくちくなればよいというわけには行かない。ネズミはともかく、ビス丸は物凄く沢山食べそうだ。しかも、食べ物をどこでどうやって見つけるかという手立てに関して、あいつはまったく役に立たないだろう。

そもそも、そういう大変な問題があるということ自体、あいつの頭にはまったくないらしい。まったくなあ、あのお坊っちゃまくんときた日には、きっと、いつも通りの完全無添加の高級オーガニック・ドッグフードが、定時になればどこからともなく自分の前に出現する、と思いこんでいるんじゃないのか。困ったもんだ。しかし、ビス丸を飢えさせるわけにもいかないから、彼のぶんまでわたしが何とか考えてやらなければ。

ポスター

やれやれとため息をつきながら歩いてゆくうちに、通りの前方にたたずんでいる人間の姿がふと目に止まった。通りのこのあたりはまだ川沿いで、傍らには、川岸に人が降りてゆくのを防止するための鉄柵が続いている。その鉄柵に向かって身をかがめ、何かしきりに手を動かしている男がいるのだ。待機して男の出方を確かめ、やり過ごせるようならやり過ごすか。それともこそこそっと迂回して、男の向こう側にすばやく出てしまうか。ためらいながら、とりあえずマクダフは男の行動を注視していた。

しかし、何秒も経たないうちに、横顔を見せているその男が誰だかわかって、マクダフははっとした。それはタミーの飼い主の「先生」だったのである。この人なら何も警戒する必要はない。マクダフは、今回のタミー救出作戦の、まさに当事者のひとりにほかならないこの人めがけて、喜び勇んで駆け寄っていった。マクダフが足元のすぐ近くまで来てしっぽをぶんぶん振ると、先生はすぐさま気づいて、

「おお、ジャンバティスタ！　元気かい？」と嬉しそうに言ったが、その顔がたちまち曇って、「実は、タミーがいなくなっちまってなあ。もう十日以上経つかなあ……」と、かぼそい声でぼそぼそと言った。実際、先生の顔は憔悴《しょうすい》しきっていた。

自分の飼い主の大学教授のことを、タミーは、間抜けな人だからねえ、などとよく言っている（愛情をこめて、ではあるけれど）。しかし、この人に対するマクダフの評価はちょっと違う。マクダフはこの先生を自分の友だちだと思っていた。そして、「友だち」というのはマクダフにとってきわめて厳密な概念で、ちょっとばかり親しい知り合いなどとはまったく別のものだった。互いの生きかたと人格（犬格？）を尊重し合い、相手の私生活には干渉せず、しかし相手がそれを必要としているときにはいつでも全力を挙げて援助

の手をさしのべる、そんな関係を保てる存在が「友だち」だ。マクダフには人間の友だちも何人かいるが、その友情は「飼う」「飼われる」といった権力関係とはいっさい無縁の、自由で対等な関係に基づくものだった。

マクダフはときどきタミーに餌を分けてもらっていたが、そんなとき先生が居合わせれば、先生自身が庭に出てきて、直接、マクダフに食べ物を出してくれた。そうしながら彼は、マクダフを摑まえて自分の家の犬にしようともしなかったし、保健所に通報して当局に保護させようともしなかった。

ただ、食べ物をくれて、マクダフ相手にしばらくお喋りをする。何だかちんぷんかんぷんの話だったが（先生が大学で教えている哲学とやらの話らしい）、それを黙ってじっと聞いているのがマクダフは嫌いではなかった。その挙げ句、小さなあくびをして、もう行こうかなというそぶりをすると、先生は、「行くのかい。またおいで。楽しかったよ」とだけぽそっと言い、くるりと背を向けて家のなかに入ってしまう。

みぞれ混じりの激しい雨の降りしきる、とある冬の深夜、マクダフが先生の家をふらりと訪れたことがある。

暖かな居間のソファにぬくぬくと寝転んで、うとうとしていたタミーが突然はっと顔を上げ、飛び起きた。そして先生のところへ来て、庭の方をしきりと見やりながら、何かを告げるように前足で先生の膝をしきりと引っ搔くのだ。そこで、カーテンを開けガラス戸も開けてみると、庭に面した庇《ひさし》の下に雨を避けて、マクダフがちょこんと座っていた。

　先生が出してやったドッグフードを、マクダフはがつがつと食べた。まる一日半ほど、水以外には何も口にしていなかったので、お腹が空ききっていたのである。

「おい、ジャンバティスタ、ぐしょ濡れじゃないか」と先生は言った。先生はマクダフのことをジャンバティスタと呼んでいた。どうやら昔、ジャンバティスタ・ヴィーコとかいうイタリア人の哲学者がいて、先生の話では（真偽のほどは定かではないが）、マクダフはそのヴィーコというご仁の肖像画にちょっと似ているんだそうな。きみにはどこか哲学者の風貌がある、犬の歴史哲学者だ、なあ、ジャンバティスタ、などと先生は言うのだった。

「寒いし、こんな雨だし、今晩はうちに泊まっておいき」と、ひと通りマクダフが食べ終わるのを待って先生は言った。「家の中は暖かいよ。なあ、今夜は久しぶりに、歴史哲学の問題をじっくり論じようじゃないか。タミーのやつとは、どうもそういう知的な話ができなくてね」

「それはご親切に……しかし、わたしは人間の家には入らないと、もうずっと以前に決めましたのでね」とマクダフは答えた。「でも、せっかくのお誘いですから、お言葉に甘えて、雨が降り止むまでちょいとこの庇をお借りすることにしましょうか。いや、このしんしんと凍えるような空気に張る爽やかな緊張感も、なかなか乙なものでしてねえ。ともかく、美味しいご飯をどうも有難うございました」

驚いたことに、先生はマクダフの言ったことを理解したとしか思えなかった。マクダフの顔をしばらくじっと見つめた後、

「そうかい。じゃあ、風邪を引かないようにするんだよ」とだけ言って、すぐ家のなかに引っこんでしまったからである。

しばらくしてからまたガラス戸が開いたので、地面にぺったり身を伏せていたマクダフが何だろうと思って顔を上げると、先生が古い毛布を出してきてくれたのだった。先生は、ただ黙ってそれを庇の下に敷いてくれて、すぐまた家に入ってしまった。

その晩以来、マクダフはこの人を「友だち」として認めることにした。先生はマクダフに優しいが、それは「可愛がる」というのとはちょっと違う。彼を「尊重」してくれるのだ。それが友だちだ。

この小ささだし、愛嬌のある顔立ちだし、もしそうされたいと心から思えば、マクダフが人間から可愛がってもらうのは簡単なことだった——とまあ、少なくともマクダフ自身は考えていた。ナルシシズムの混じった少々過大な自己評価とも言えるが、しかし、おおむね事実その通りで、お風呂に入ってさっぱりすれば、マクダフは本当に可愛い犬だった。

だが、ただ可愛いだけの愛玩犬《あいがん》として生きるというのは彼の本意ではなかった。そんな軽い扱いを受けるのは自分の沽券《こけん》に関わる、と彼はいつも考えていた。そこで、「おお、

可愛い子だねえ」などと絶対に言われないように、使い古しモップの先っちょみたいな、薄汚れた外見を保つべく、日々わざわざ努力している、という側面も、実はないわけではなかったのだ。

マクダフはぬいぐるみの玩具みたいに可愛がられるのではなく、自分を一匹の独立独歩の犬として認め、対等の存在として丁重に遇してほしかった。そして、タミーの飼い主の先生は、マクダフのことをそんなふうに扱ってくれる珍しい人間のひとりだったのである。

たしかにこのご仁、ややもすればお人好しすぎたり、日常生活の実際的な方便の感覚がほとんどなかったりという点では、ちょっと「間抜け」な感じがないわけではない。でも、いちばん大事なことをちゃんと理解しているという意味では、とても鋭くて聡明で、人間にしておくにはもったいないような人だと、マクダフは先生のことを考えていた。

その先生が今、しゃがみこみ、マクダフの頭を撫でながら、しょんぼりした声で、「なあ、ジャンバティスタ、タミーが行方不明になっちまって……」と呟いている。もう何日も眠っていないような、げっそりやつれた顔だった。

「あいつ、人間はみんないい人だと思いこんでいて、誰にでもにこにこしながら近寄っていくからなあ。誰かに連れて行かれちゃったのかなあ。それとも事故にでも遭って、どこか人目につかないところで動けなくなっているのか。だとしたら、今頃どんなにかお腹を空かせているだろう。ジャンバティスタ、きみはタミーの居場所を知らないよな……。まさか知っているはずないよなあ……」

「いや、知っているんですよ」とマクダフは一生懸命言ったが、むろんそれは先生の耳には、ただキャンキャン吠える声にしか聞こえない。

「ほら、これ、見てごらん」と言って先生がマクダフの前に差し出した三十センチ四方ほどのボール紙には、舌をだらりと垂らし、大きな笑みを浮かべているタミーの顔を大写しにした写真がでかでかと掲げられ、その下に何やらいろんな文字が書かれている。

「ポスターを作ったんだよ、『迷い犬探してます』の。ほら、これ……」先生が指さす方向を見上げると、川べりの鉄柵の桟《さん》に、それと同じボール紙を、雨に濡れないようにという配慮だろう、ビニールでくるんだものが、細い針金でくくり付けられていた。さっき先生はそれを一生懸命取り付けていたのだ。

「それから、ほら……」脇に置いてあった手提げ袋の口を先生がちょっと開けて見せると、そのなかには同じボール紙が束になってぎっしり詰まっていた。「昨日は大学のカリキュラム改革委員会も教授会もサボって、これを作ってたんだ。まあ、サボったって別にいい

んだ、あの人たちが口角沫《あわ》を飛ばしてわあわあ、わあわあ議論していることが、ぼくにはちんぷんかんぷんだからね。で、今日はこれを、あっちこっちに貼って回っているんだよ」

このあたりに貼って回っても無駄ですよと、通じないだろうと思いながらもマクダフは一応、説得を試みた。もちろん、通じなかった。

「もう少し小さめのチラシもいっぱい作ったんだ。夕方になったら、通勤客がどっと出てくる時刻を狙って、駅前で配ろうと思っている。さて……」先生はそそくさと立ち上がり、「ジャンバティスタ、どうかきみも一緒にタミーを探してくれ。頼んだよ」と言うなり、背中を向けて去ってゆく。

そのときマクダフの頭に、この人を救出チームの一員に加えれば百人力だという考えが閃いた。犬二頭をリードで引いてくれる人間がいれば、誰にも怪しまれずに町なかを大っぴらに歩いていける。むろん、チームリーダーであるわたしの指示に従ってもらう必要はあるだろう。タミーの言う通り、たしかに、この人にはちょっと間抜けなところがあるからなあ。しかし、その指示をいったいどうやって彼にわからせたらいいのか。

マクダフの頭にいろんな考えが渦巻いて、どうしたものかと困惑しているうちに、先生はさっさと歩み去り、近くに停めてあった自転車に跨《また》がって、川下方面へ戻っていってしまった。あーあ、駄目か。まあ仕方がない、人間には頼るまい。それに、あの人をチームに加えても、かえってお荷物になるだけかもしれないし。

マクダフは歩き出したが、しばらくして、そうだ、せめてタミーの首輪を先生に返してやればよかったなと思い当たった。キッドに見せてやったあの首輪は、いちばん最初の出会いのときタミーがキッドを連れていったあの土管のなかに、上から土をかぶせて隠してあった。しかし、今からあそこまで戻るのはあまりに遠すぎる。それに、たとえあの首輪だけが手元に戻っても、先生には何が何やらわからないだろうし、安心するどころか、きっと悲しみと不安がますます募るだけだろう。

二時間ほど経って、マクダフがトンネルの隠れ場所に戻ると、タータとチッチはまだぐっすり眠りこんでいた。ビス丸も横たわって目をつむっていたが、マクダフの姿を見るなり跳ね起きて、

「おお、マクダフ、遅かったな」と言った。「どうだった、偵察は?」

「うん、まあそれなりの成果がありましたよ」

「そうかそうか。あのなあ、マクダフ……」ビス丸はもじもじしながら、ちょっと困った顔で、「よくよく考えてみると、おれ、ちょっと、家に戻らなければならんかもしれないぞ」と言った。

「何です? 何か忘れものですか?」

「いや、あのな、朝ごはんの時間がとっくに過ぎているのだ」

「はあ……朝ごはんの時間がねえ」と、マクダフ。

「そうなんだ。おれは朝ごはんを食べないと、その日いちにちやり抜く元気がどうも出ないのだ。それで……」

「それで、ご自宅にお帰りになって、と……？」

「そうそう。ちょっとひとっ走り帰って、朝ごはんを食べてこようかな、と。食べたらまたすぐ戻ってくるから……」

「馬鹿なこと、言わないでくださいよ！」とマクダフはぴしっと言った。「これから長い道中、そんな行ったり来たりをずっと続けてゆくつもりなんですか。だって、今日だって、朝ごはんの時間が過ぎたら、たちまちまた、今度は晩ごはんの時間が来るわけでしょうが！」

「うん、そうだな、たしかにそうだ」とビス丸は言って頭を搔いた。「うーん、これは困ったぞ。かと言って、うちの使用人がここまでごはんを持ってきてくれるとも思えんし……」

「当たり前でしょ！　あんた、タミーを助けに行くって、どういうことだと思ってたんですか！」

「ううむ、ごはんのことはちょっと、考えていなかったのだ。これは弱った……。しかし、とにかく腹が減ってたまらなくなってきたのでな。とりあえずちょこっと食べに帰ろうかな、と。ここからなら、うちはそう遠くないし……」

「だって、今後、旅が進むにつれて、あんたのうちはどんどん遠くなっていくんだよ。朝晩、そのつどうちに帰って餌を貰ってくるなんて、できるわけないじゃないか。そもそも、あんたは家から脱走してきてここにいるんだろ？　いったん帰ったら、もう二度と逃げ出せないように何か方策が取られてしまうに決まってる」

「うう……なるほど、それはありうるな。では、いったいどうしたら……？」

「食べ物は、道中、何とか調達してゆくしかありません。まったくもう、どうせこんなことだろうと思ってたよ。あんたのごはんのことはわたしが考えてあります。とにかく夜になるまではここから動けない。それまでは何も食べずに我慢していてもらうしかありません。今日は一日、絶食です！」

「うへえ……絶食かよ……」ビス丸はへなへなと地面にくずおれた。

食糧調達

ふて腐れたビス丸は、マクダフにお尻を向け、一日中、口もきかずに寝転んでいた。マクダフはそっちをときどき眺めやってため息をついたが、この大きな子どもは放っておくしかないと思って声をかけなかった。

午後遅くになるとネズミたちが起き出してきた。彼らふたりとマクダフは、三匹とも自力で野に生きている動物だから、種こそ違え気の合うことが多く、川辺の生活の楽しさや厳しさ、暑さ寒さをどう凌ぐか、人間とどう付き合うべきかなど、いろいろな話題をめぐってお喋りが弾《はず》んだ。もともとマクダフは自分より小さな動物に優しかった。だんだん夕闇が濃くなってきた。すっかり暗くなると、マクダフは、

「さあ、行こう」とビス丸に声を掛けた。

喜んで跳ね起きたビス丸は、食べ物への期待ですでにすっかり頬が弛んでしまっている。いっとき誰かに腹を立てても長くは根に持たないのが、この脳天気なジャーマン・シェパードの良いところだ。それにこの食べ物の一件に関するかぎり、マクダフに腹を立てるのが筋違いであることが、さすがのビス丸にもよくわかっていた。またタータとチッチを乗せるようにと言われると、ちょっと嫌な顔をしたが、とにかくお腹が空いていて、何か食べられるのならもう何でもやってやろうという気持ちになっていた。

皆で川沿いの道に出て、マクダフが朝、先生と会ったところを通り過ぎ、さらにしばらく行って、細い道を左に折れた。多少の通行人がいて、二頭の犬がタッタッと走っているのを見て怪訝そうな顔をする人もいたが、当然、犬たちの前方に飼い主がいて、その後に従っているのだろうと考えるのか、あえて制止しようとはしなかった。たしかにビス丸は目立つ。しかしこの図体の大きさは、犬嫌いの人ならずとも、ちょっと近寄りがたいとい

う雰囲気を彼にまとわせており、何だか妙だが関わり合いにはならないでおこう、見なかったふりをしておこうという気持ちに人々をならせる、という利点にもなっている。彼の首輪にすがりついている二匹のネズミは、夜陰に紛れてほとんど目につかない。

　先頭に立つマクダフが振り返って、

「いいですか、キョロキョロしちゃいけませんよ」と言った。「道に迷ったみたいに足を止めて、あっちこっちを見回したりしてちゃいけません。ジグザグに蛇行《だこう》したりするのも駄目。さも当然のことをしているように、等速度の速足で、真っ直ぐ、タッタッタッと走りつづけるんです。何か人間に言いつけられた用事があって、それを粛々と遂行しているんですよって感じでね。前方を自転車で走ってゆくご主人がいて、その後に従っているだけ、といった雰囲気が出るのがいちばんいい。ああ、しかし、ふう……ちょっと……わたしは……息が切れて……」

　マクダフは立ち止まって、ぜいぜいと荒い息をついている。

「ほらほら、そう言ってるあんた自身が足を止めちゃったじゃないか」と、ビス丸。

「いや、あんたが後ろからどんどん追い上げてくるからさ……これじゃ、ちょっとペースが速すぎて……」

「おい、おれ、もう腹減って死にそう。もっとどんどん急ごうぜ」

「いや、ちょっと、待って……」

しかし、ともかく一行は何とかかんとか進みつづけ、マクダフの案内に従って、小さな空き地に出た。そこはスーパーマーケットの裏手に当たり、商品搬入のための出入り口があるが、今はシャッターが下りている。空き地の隅の一角には、大きなポリバケツが幾つか並んでいた。かすかに漂ってくる美味しそうなにおいを嗅ぎつけたビス丸は、勇み立ってそちらに駆け寄った。

「売れ残った賞味期限切れの食品が詰まっているはずです。たぶん、蓋の締めかたの甘いポリバケツが一つや二つあるのではないか、と……。あ、おい、ビス丸、大きな音を立てないように、静かに……」

大きくジャンプしながら一目散にポリバケツに飛びついていったビス丸の体から、ネズミたちは簡単に振り落とされてしまった。地面に転がったタータたちは悲鳴を上げたが、もう食べ物のことしか頭にないビス丸は、何も耳に入らない。ポリバケツの蓋をがりがり引っ掻いているうちに、バケツは横倒しになって地面に転がった。

「あ、痛《いて》っ！　何するんだ、この野郎！」ビス丸は振り返って鼻すじに皺を寄せ、牙を剥き出してグルル……と恐ろしい唸り声を上げた。マクダフがビス丸の後足に噛みついたのである。

「ちょっと、落ち着けったら！」とマクダフが叱りつけるように言った。「大きな音を立てると人間が出てくるかもしれないぞ。まったくもう、静かに行動するってことがあんたにはできないのかね」

「だからって、噛むことはねえだろ、噛むことは！」と、「人間」という言葉を聞いて少しは正気を取り戻したビス丸が、彼なりに精いっぱい声をひそめて言った。

「噛まないとわからないでしょうが、あんたには！　とにかく、そう強く噛んだわけでもなし。それから、そのポリバケツは駄目です。蓋が固く締まっているからね。さ、こっちにおいで」マクダフはぐるりと回って、別のポリバケツのところまでビス丸を連れていった。それは、中身を詰めこみすぎたポリ袋が中から盛り上がり、蓋が本体にきちんと捩《ね》じこまれず、上からただぽんとのせてあるだけのバケツだった。

「こういうのが一つくらい、あるもんなんです。こういう店の人たちは忙しいからね、つい不注意で、蓋をぞんざいに……。さ、静かに、すばやく行動すること。誰かが出てきてしまったらもうそれっきりだから。人通りの少ない道だけど、通行人もないわけじゃなし」

　マクダフの指示に従って、ビス丸はその蓋の端をくわえて持ち上げ、脇に置いた。続いて、できるだけ音を立てないように気をつけながら、ポリバケツの本体を横倒しにした。中のポリ袋を噛み破ると、食料品の残り物が溢れ出した。調理されたお惣菜も、肉や魚や果物といった生鮮食料品も、ごちゃ混ぜになって詰めこまれている。ビス丸は、トンカツも刺し身も、リンゴもほうれん草も一緒くたにして、夢中になってがつがつ食べた。

「さ、ちょっと、どいて。今度はわたしたちが……」そう言われたビス丸がしぶしぶ場所を空けると、今度はマクダフが首を突っこみ、ネズミたちはポリ袋のなかに体ごと飛びこんで、食べたいものを手当たり次第に食べまくる。それが一通り済むと、またビス丸の番が回ってきた。

「今度、いつ食べられるかわからないから、できるだけお腹に詰めこんでおくんだ。でも……とはいえ、おい、そんなに食べると腹をこわすぞ……」マクダフははらはらし通しで、気の休まることがない。

幸い誰にも見咎《みとが》められず、皆お腹いっぱい食べることができた。食い意地の張ったビス丸がそれでもまだ食べつづけようとするのを、マクダフは「もう、いい加減にしなさい！」と叱ってやめさせて、後始末にかかった。ビス丸は、マクダフに命じられるまま、横倒しになったポリバケツを起こし（これはかなり大変だったが大型犬の底力を見せて何とかやり遂げた）、そのうえにプラスチックの蓋を元通りにのせた。食欲が満たされ鷹揚《おうよう》な気持ちになったビス丸は、言われた通りにそうしたすべてをやってのけたが、その間中ずっと、

「この場所にはきっともう戻ってこないだろうし、このまま一目散に逃げちまえばいいじゃないか」とぶつくさ不平を洩らしていた。

「いやいや、トラブルの種になるような痕跡《こんせき》は、できるだけ残さないのがいちばんです。このあたり一帯に暮らす、別の野良犬もいるかもしれないしね。わたしたちがあんまり滅

茶苦茶なことをすると、悪い評判が立って彼らが暮らしにくくなりますから。余裕のあるかぎり、片付けられるものは片付けていった方がいい。あんたが最初に、前後の見境なしに転がしてしまったポリバケツは、もうそのままでいいでしょう。蓋も締まったままだし……。よし、こんなところでいいかな。さ、行こう！」

ビス丸がまたネズミたちを首輪に摑まらせて立ち上がると、マクダフが先に立ってまた旅の続きが始まった。

しばらく行く間、ビス丸がずっと黙ったままなのが気になって、マクダフは振り返り、「いや、あんたが不満なのはわかるけどな」と話しかけた。「われわれ野良犬は、いや、タータやチッチもそうだけど、人間が捨ててゆくああいう残飯を食べて、何とかかんとか暮らしているんだよ。ちょっとショックだったかもしれないが、この先あんたにも、だんだんとああいう粗食に慣れていってもらわないと……」しかし、ビス丸からの返事はない。代わりに、

「こいつ、またふて腐れているんだよ」というタータの声が聞こえた。「あのねえ、ビス丸、あんたの今までの生活が例外的に贅沢《ぜいたく》すぎたんだよ。そこんとこ、よく考えて――」

だが、そのタータの言葉は、ビス丸の長い長いため息によって遮られた。

「ふううう……」ビス丸の瞳には、心ここにあらずといった、何か夢見るような色が浮かんでいた。「いやあ、おれは――」そこで、言葉が途切れ、またしばらく沈黙する。

「なあ、少しは我慢して――」とまたタータが言いかけると、ビス丸はうっとりとした口調で、

「おれは、あんなに旨《うま》いものは、生まれてこのかた喰ったことがねえ」と言った。皆が驚くのを尻目に、「いやあ……あれやこれや……名前は知らねえが、いろんな味の旨いものが次から次へと……まるで天国にでもいるみたいだった……」機械的に足を前に出しながら、ぼうっとした視線をさまよわせ、夢見るように、半ばひとり言のように呟いている。

「だって、あんたは、もっともっと美味しいものを毎日ご主人から貰っているもんだと思ってたよ」とマクダフ。

「いやあ、ただのドッグフードさ。毎回毎回、おんなじドッグフード。栄養満点、無添加、無着色、タウリン・ミネラル配合。生まれてこのかた、ずっとそれだけ……」

「ふうん」

「それも、ご主人がくれるわけじゃないんだぜ。お手伝いとかアルバイトとかが、面倒臭そうにフードをざあっと容器に入れて、おれの前に置く、ただそれだけ。だいたい、ご主人はおれを散歩に連れてってくれることもほとんどないしなあ。

ただ、客が来るとおれを見せにケージの前に連れてきて、ひとしきり自慢する、ただそれだけ。『この犬の血統はすばらしくてねえ』とか何とか言いながら……。なあ、『血統』って、いったい何よ？　教えてくれ、マクダフ。あんたは物知りだからなあ」

「それは……まあ、あんたの両親が立派な犬だってことでしょう」

「はあ」

「で、両親の両親も、そのまた両親も、みんなみんな立派な犬で、そういうことを証明する紙をあんたのご主人は持っている、と。血統書っていうやつですね」

「はあ。じゃあ、そういうわけで、その紙のおかげで、おれも立派な犬なんだ？　そういうことかい？」

「そう……なんでしょうねえ」と、血統書などとまったく縁のない雑種のマクダフは、なぜかビス丸のことが少し可哀そうな気持ちになりながら言った。

「でもなあ、『立派』って、いったい何よ？　おれはべつに、『立派な犬』なんかになりたかねえ。そんな紙っきれなんぞ、おれの知ったことかよ。くだらねえ。それよりおれは、ご主人が自分でもっとおれを散歩に連れてってくれると嬉しいんだがなあ。他人にやらせるんじゃなくて、自分自身でよ。もっともっと、おれと遊んだり、おれの顔をじっと見つめたり……」

「そんなの、ぼくは嫌だよ。あんたの顔、怖いから」とチッチが言った。しかし、「うるせえ！」とか何とか怒鳴るかと思いきや、ビス丸は、「そうかなあ、やっぱり怖いかなあ、おれの顔……」とさみしそうに呟いた。「そう言えばあのご主人、おれのことをちょっぴり怖がってるのかもしれん。だって、ときたまおれの頭を撫でてくれるときも、何だか、こわごわ手を伸ばしてくるんだぜ。まるで、噛みつかれるんじゃないかと心配しているみたいに。そんな、おれが自分のご主人の手を噛むわけないだろうがよ！」最後はやや憤然とした口調になった。

マクダフもタータもチッチも、少々粛然とした気持ちになって黙ってしまった。この脳天気なビス丸にそんな悩みがあろうとは想像もしていなかったからである。

「とにかく、マクダフ、有難うよ。さっきのごはんは本当に旨かった。それに、面白かった。スリルもあったしなあ。我慢に我慢して、その後自分で一生懸命頑張って、苦労して、ようやく手に入れたっていうあの感じがな……。そうやって手に入れた食べ物だからこそ、ひときわ旨く感じるんだろうなあ」

「いや、頑張ってってていうけどな、わたしがあそこまであんたを連れていってやったわけだからね。あんたはそんなに苦労なんかしてやいないだろ」と、マクダフは一応憎まれ口を叩いてはみたけれど、そう悪意があるわけではなく、むしろこのシェパードに対して、なぜかわからないがほのかな同情の念が湧いていた。ビス丸の方もまったく頓着《とんちゃく》せずに、

「いや、ほんと、旨かったよ。そうか、世の中にはいろんな食べ物があるんだなあ……」

と、すっかり感心したように呟きつづけている。

そうこうしているうちに、いつの間にか目的地の給水塔が近づいてきていた。

給水塔から公園へ

しかし、給水塔をめざすこの行程は、最後のところで思いがけず手間取ってしまった。すぐ間近まで来て、もう目と鼻の先にそびえているように見える給水塔に、真っ直ぐ通じる道がなかなか見つからないのだ。このあたり、細い路地が迷路のように入り組んでいて、何だか同じところをぐるぐる回っているような気がする。

「おや、ここはさっき通った道だぞ」と呟いてマクダフは立ち止まってしまった。

「おい、足を止めてきょろきょろするなって言ったのは、あんただろ」と言いながら、ビス丸も不安そうな顔になって、よっこらしょと地面に座りこんだ。

「うん、そうなんだが……えーと、これは……」野良犬のマクダフの日頃の行動半径はけっこう広いが、さすがにこのあたりまでは足を伸ばしたことがなく、まったく土地鑑《かん》が働かない。そのとき、

「あのねえ……こっちだと思うんだ」と言ったのは、ビス丸の頭のうえに這い上がって二本の後足で立ち上がり、精いっぱい背伸びしながら、片方の前足を伸ばして方角を指し示

しているタータだった。

タータの指さす方向を見たマクダフは、

「だって、こっちの方から来たんじゃないか。こっちへ戻っていったら、給水塔から遠ざかるだけだぞ」

「そうなんだけど、ほら、あそこに見えるあの角ね……あれを左に曲がって細い路地に入ると……」

「ますます遠ざかってしまうじゃないか」

「いや、あの路地の先の方にちょっと広い通りがあるのが、さっきあそこを通り過ぎるとき、ちらっと見えたんだ。ちょっと迂回することになるけれど、たぶんあの通りが給水塔へ通じているんじゃないかな」

「おい、くすぐったいからさっさと降りろ」ビス丸は苛立った声でそう言って前足を上げ、自分の頭からタータを払いのけようとしたが、タータはさっと身をかわしてその前足をかいくぐり、ビス丸の首筋を器用に滑り下りてまた首輪に摑まった。

一同は出発した。やがてタータが正しいことがわかった。それはやや広めの真っ直ぐな道路で、百メートルほど先の正面に給水塔がそそり立っている。だが、問題は、その途中に煌々と照明されたコンビニがあることだった。

それだけではない。もう真夜中過ぎなのに、そのコンビニの前に大学生くらいの年齢の若者が数人たむろして、何やら声高にお喋りしているのが遠目に見える。

動物たちは、路地からその通りに出る手前のブロック塀の蔭に入って、様子を見ることにした。しばらく待てばそのうちに立ち去ってくれるのではないかと思ったのだ。が、いつまで経ってもそのグループはコンビニの前から動く気配がない。

「どうも、これは埒《らち》が明かないぜ」と、とうとうビス丸が言った。

「そうですね……。よし、最後のひとっ走りです。何とかすり抜けてみましょう」

マクダフは決断を下し、さっと飛び出した。ビス丸もすかさずその後を追う。

コンビニがだんだん近づいてくる。マクダフは店の照明からいちばん遠い、道路の反対側の端を全速力で駆け抜けようとした。しかし、まだかなり距離があるというのに、若者たちの間から「あ、犬……」という声が上がってしまった。彼らはただ暇潰しに群れているだけだったし、そのときはたまたまお喋りもちょっと途切れ、退屈してぼんやりと周囲を眺めている者もいた。一頭だけならともかく、大小二頭の犬の妙なコンビが一緒になって、道の向こうから走ってくる光景は、彼らの目に留まらないわけにはいかなかったのだ。

犬に馴《な》れていない人は、ビス丸の姿を見るとたちまち臆してしまい、逃げ腰になるのがふつうだが、運が悪いことに、この若者たちのなかには家で大型犬を飼っている者が二人もいて、彼らはジャーマン・シェパードを前にしても、とりたてて恐れも怯えも感じなかった。

「何だあ、あいつら、野良犬かな」

「迷い犬かもしれないぞ。ほら、さっき見た貼り紙……」

「貼り紙にあったのはゴールデン・レトリーバーだろ。あれはシェパードだもん。ちっこい方はシーズーかな……。でも、ともかく保護してやった方がいいかもな」

二人は道の真ん中に出て、こっちに向かって駆けてくるマクダフとビス丸の前に立ちはだかり、両手を広げた。

まずいぞ、引っ返すか……と一瞬ためらい、マクダフの走りの速度が鈍った。

そのとき、ビス丸が二回ほど大きくジャンプしてマクダフの前に出た。追い越し際に、マクダフに向かって、

「おい、おれが時間を稼ぐから、隙を見てすり抜けろ、いいな」と言い残しながら。

ビス丸はそのまま真っ直ぐに若者たちに駆け寄ってゆく。あ、何を考えてるんだ、あの馬鹿、捕まっちゃうぞ……とマクダフは焦ったが、もう制止しようがない。

やきもきしているマクダフを尻目に、すでにビス丸は若者たちにゆっくりと近寄って、ゆっさゆっさとしっぽを振っている。

「おお、おとなしい、良い犬じゃないか」と一人が言い、ビス丸の頭を撫でた。「これ、やっぱりどっかの家の飼い犬だよ。何だか値段の高そうな、派手な首輪をしているぞ。マスコットのぬいぐるみなんか付けちゃって……」それが生きたネズミだとは想像もできな

かったようだ。

道の真ん中で、神妙な顔つきのビス丸が二人におとなしく頭を撫でられているのを見て、コンビニの扉の脇にいた残りの三人ほども、恐る恐る近寄ってきた。そこに、ようやくマクダフが追いついてきた。

「あ、こっちの子、可愛い……」と言いながら、グループのなかに一人だけ混じっていた女の子がマクダフに近づき、手を伸ばした。その瞬間、ビス丸が彼女とマクダフの間に割って入り、いきなり牙を剝き出して、バウ、バウッと物凄い声で吠えた。女の子はきゃあっと叫んで尻餅をつきそうになり、辛うじて体勢を立て直して逃げ出した。他の連中も、ついさっきまで愛想良くしっぽを振っていたビス丸の突然の豹変《ひょうへん》ぶりに仰天し、呆気にとられて体を硬直させた。その隙を突いて、マクダフは一目散に逃げ出した。

ビス丸は、爛々と輝く目で、若者たちのひとりひとりを順々に睨みつけ、バウ、バウ、バウッと狂ったような吠え声を上げつづけた。口の端からは大量の涎《よだれ》がだらだら流れ、地面にしたたり落ちている。

「何だ、こいつ、狂犬か……」と誰かが恐ろしそうに呟き、五人はじりじりと後ずさりしながらビス丸から遠ざかった。十秒ほども吠えつづけただろうか、もうマクダフは十分距離を稼いだはずと判断したビス丸は、ぴたっと吠えるのを止め、身を翻して走り出した。

ビス丸は全速力で走りつづけ、途中でマクダフを追い越して、先に給水塔に到着した。

塔の周りを囲っている金網のきわに、ごろんと体を横たえ、荒い呼吸を静めようとしていると、ほどなくマクダフもそこへ走りこんできた。

「いやいや……ビス丸……あんたの機転で……うまく切り抜けた……」マクダフも息が上がっていて、途切れ途切れにしか喋れない。

「しかし……追いかけてこねえかな……あいつら……」頭だけ上げたビス丸がそう心配そうに言うと、

「大丈夫、ぜんぜん、大丈夫！」という小さな叫び声が、数メートル離れた路上で上がった。走っていったチッチがコンビニの方向をじっくり観察し、声を張り上げて報告したのである。「あいつら、向こうの方へ帰っていくよ。何だか早足で、逃げるみたいにさ。あ、でもさ、でもさ、面白かった、面白かったあ！　ビス丸ったら、凄い声で吠えるんだねえ。ぼく、びっくりして、思わず飛び上がって手を離しそうになっちゃったよ。あいつらをすっかり震え上がらせてやったねえ！」

「そりゃあな……おまえ……いや、実はあれでもまだ抑え気味にやった方なんだぜ」とビス丸は得意そうに言った。「もっと凄い声も出せるんだぜ。ちょっとやってみせようか？」

「いいよ、いいよ、もう十分！」と、こちらは二頭の犬と同様に地面にへたりこみ、まだぜいぜいと荒い息をついているタータが言った。「震え上がっちゃったのはこっちだよ。なあ、吠えるときはその前に、これから吠えるってひとこと言えよ。首の後ろに張りついているこっちの身にもなってくれよ。まったくもう、冗談じゃないよ」

「面白かった、ぼくは面白かった！」戻ってきたチッチはしかし、ビス丸の顔の間近まで行き、感心しきった表情で繰り返している。「凄いんだねえ、ビス丸って！」

「いやあ、それほどでもないけどな」チッチの尊敬の視線を受けて、すっかり気を良くしたビス丸は、クールな無表情になってさりげなく謙遜しようとしたが、そういうことには慣れていないので、ついつい得意満面の笑みが浮かんでしまうのを抑えきれない。

「いや、とにかく、ビス丸のあの物凄い吠え声のおかげです」と、ようやく呼吸が平常に戻ったマクダフが、起き上がって言った。「あれは、何と言うか、まあ、『狂犬の芸』とでも言うのかな。あんたの得意わざにするといいね。最初はニコニコしながらしっぽを振っていて、突然あれをやれば、誰だって背筋が凍りつくよ。それはそうと、ここは街灯が近くて、ちょっと人目に立ちそうだ。この金網の囲いの向こう側に回ろう。あっちの方が影になっているからね。さて、と……キッドとリルはまだ来ていないのかな」

　給水塔の裏は空き地に接していて、その空き地を囲う塀と金網との間には、たしかに人目を避けるのに好適な暗がりがあった。動物たちは道路から遠ざかってその暗がりに入り、ともかくほっとひと息ついた。

　しばらく待つうちに、上空からバサバサッという羽音が近づいてくるのが聞こえた。それがぱたっと止み、静寂が下りた。

「あの羽音の大きさからすると、たぶんキッドだな。警戒してすぐには降りてこないんでしょう」マクダフは声をひそめて、キッド、おい、キッド……と呼んだ。

マクダフの言った通り、塔の出っ張りにとまって下の様子をうかがっていたキッドは、その声を聞いてすぐ降下してきた。

「どうだった、タミーは？」とマクダフが訊くと、

「いや、ぼくはあそこまでは行かずに引っ返してきたんだ」とキッドが答えた。「ぼくは姿を見せない方がいいような気がしたんでね。またあいつらに見つかったら、どんなことになるか……。場所だけ教えて、後はリルにひとりで行ってもらった。何日待ち伏せすることになっても、絶対タミーに会って、元気づけてやるつもりだと言っていたよ」

「じゃ、それはリルに任せておけば大丈夫。何しろ気の強いお姐《ねえ》さんだから」とマクダフが言った。

「で、リルと相談して次のチェックポイントも決めてきた。あのね、この向こう側に大きな自動車通りが通っている」と言いながら、キッドは片翼を広げて方向を示した。「方角としては、それを真っ直ぐに進めばいいんだ。それを、三キロくらい行ったところにね――まあ『三キロ』って、ぼくにはよくわからないんだけど、リルはとにかくそう言っていた。そこにね、教会があるんだ」とキッドは話を続けた。「キョウカイっていうのも、ぼくにはどういうものかわからないけどさ……」

「わたしは何となく知ってます」とマクダフが言った。「建物のてっぺんに十字の形のしるしが立っているんです」

「そうそう、それだよ！　ぼくもさっき、帰りがけに確認してきた。建物自体はそう高くはないけれど、あのしるしは特徴的だからすぐわかるはずだ。ともかくその教会を次の目印にしようということになったんだ。リルとは一応、二日後の真夜中にそこで待ち合わせるという手はずになっている。ただし、そのときまでにもしタミーに会えなかったら、会えるまで倉庫の屋根で粘りつづけるつもりだから自分は行けないけどって、リルは言ってた」

「よし、わかった。しかし、そういう大きな自動車通りを進むのは、ちょっと難しいかもな……」

「その教会に出る手前のところまでは、裏道を行けばいいじゃないか。とにかく、ぼくが上空からガイドするからさ」

「うん、そうだな。そうしてもらおう。さて、それでは、ちょっと休憩して元気が出たら、今夜のうちにもう少し距離を稼ごうじゃないか。夜明けまでにはまだ間があるからね。そこでキッド、ちょっと頼みがあるんだが……」

　夜が明けて以降、昼の間、地上部隊はまたどこかで待機する必要がある。人目を避けて隠れていられる場所が、進行方向のどこかにないか、探してきてくれないかというのがマクダフの依頼だった。わかった、と答えてキッドは飛び立った。犬たち、ネズミたちが体を伸ばして休んでいると、二十分ほどしてキッドは戻ってきた。

「この先に、かなり広い公園があるのを見つけたよ」

「ああ、公園は駄目だ。公園には昼間、けっこう人間の往来があるからね。とくに子どもたちが集まってきて、走り回って遊んでいるし」

「でも、その片隅に、コンクリートのかたまりや木材を積み上げてある一角があるんだ。あそこならビス丸が隠れていても見つからないと思う」

「ああ……それはいいかもしれないな」

　一同は出発した。四つ角に来るたびにまずマクダフがそろそろと頭を出し、左右を注意深く確認し、人間や自動車が来ないかどうか確認する。そのつど速度を弛めるのがビス丸には不満で、

「おい、どんどん行こうぜ。いちいちそんなことをやってたら、いつまで経っても着きゃあしねえ」と後ろから急《せ》かす。

「いや、念には念を入れすぎるくらいじゃないと、いつ何が起きるかわかりませんから」

とマクダフはあくまで慎重だ。

実際、そんな会話を交わした直後にさしかかった四つ角で、マクダフが首を出したとたん、その鼻先を掠めるようにして大きな車がゴオッと通過した。マクダフはのけぞって背後に跳びすさった。

「ほら、こういうことがあるから……」

「うーん……。街はけっこう怖いな」とビス丸は呟き、以後はあまりぶつくさ言わなくなった。

静かな住宅街で、深夜のこの時刻、通行人はほとんどいない。ただし一度だけ、向こうの方から急ぎ足で歩いてくる若い男の二人連れがいた。このままだと正面からぶつかってしまう。

「どうする？　知らん顔で脇をすり抜けるか？」とビス丸が声をひそめて言った。

「そうですね……。たぶん、それでも無視してくれるような気がするけれど、さっきあんなことがあったばかりだしねえ。どこか隠れ場所は、と……。あれはどうかな、ほら、あそこ……」

マクダフは振り返って、つい今しがた通り過ぎたばかりの大型オートバイを指し示した。それはある家の前の路上に放置されていて、幸いその家の門扉《もんぴ》には終夜灯も点いておらず、街路灯の光もそのあたりには届いていない。二頭の犬はすばやく引っ返し、そのオートバイの蔭にするりと身を滑りこませた。

「おい、ビス丸、しっぽが出ているぞ。引っこめるんだ」

「わかった、わかったよ」

皆が息を潜めていると、足音と話し声が近づいてきた。それがオートバイのすぐ前にさしかかったときは、今にも足音が止まって叫び声が上がるのではないかと、さすがのビス丸も心臓の鼓動が速くなったが、皆がほっと胸を撫で下ろしたことに、男たちは何も気がつかずそのまま遠ざかっていった。

また走り出した動物たちが、ある四つ角にさしかかったとき、軽い羽音とともにキッドがすうっと舞い降りてきた。その角に面した一軒の家の、庭に立つ丈の高いカシの木のてっぺんに陣取って、マクダフとビス丸が近づいてくるのを見ながら、四方に抜かりなく監視の視線を投げていたのである。

「ここ、ここだよ。この角を右に曲がるんだ。しばらく行くと右側にその公園があるから」と言うや、キッドはすぐ飛び立った。犬たちはその指示に従った。公園に着くと、またどこからともなくキッドが現われ、その後は数メートルずつ短いジャンプを繰り返しながら、犬たちの先に立って案内してくれた。

砂場やブランコや滑り台といった遊具が設置された一角の後ろに、小さな築山がある。その脇をぐるっと回って向こう側に出ると、そこは木立ちの間に遊歩道がめぐらされ、あちこちにベンチが配された緑の多いエリアだった。しかし、動物たちが何よりまず歓声を上げたのは、タイル張りの泉水池を見たときだった。彼らはスーパーの残飯を詰めこんでお腹こそ一応くちくなっていたものの、咽喉が渇いてたまらなくなっていたからだ。

　昼の間は噴水が上がっているのかもしれないが、今はそこは、水を静かに湛《たた》えた、ただの浅いプールだった。マクダフもビス丸もタイルの縁から首を伸ばし、思う存分水を飲んだ。ビス丸の首輪から飛び降りたネズミたちは、そのままぼちゃんと水のなかに飛びこみ、水しぶきを上げて泳いだりはしゃぎ回ったりしながら、やはりお腹いっぱい水を飲んだ。

　そのとき、口に出しては言わなかったけれど、マクダフとタータとチッチ、この三匹の心に、期せずして、ああ、やっぱり川は良いなあ、川は良かったなあという痛切な思いが湧いた。どんなに食べ物が乏《とぼ》しくて苦労することがあっても、川べりに暮らしているかぎり、水が飲めなくなるという事態に遭うことだけはなかったからだ。そして彼らは、自分たちの生命《いのち》を包みこむ母胎のように、絶えず身近にあって、自分たちを護《まも》ってくれていたあの懐かしい川の流れから離れ、とうとう見知らぬ土地に足を踏み入れてしまったのだという思いに、体が引き締まるような緊張感を改めて覚えた。

　キッドの言った通り、公園の片隅に鉄パイプやタイル板やコンクリートのブロックを積み上げた一角があり、その周りはロープを渡した簡単な柵で囲われている。動物たちにはむろん読めなかったが、そのロープには「立ち入り禁止」と書かれた札が下がっていた。

「これはつまり、何かの工事の準備ですね」とマクダフは言った。その推測は正しくて、実は、公園のその一角を整備してタイルを敷き、そのうえにフジの蔓《つる》を這わせるためのパーゴラ（藤棚）を設置しようという工事計画が進んでおり、その資材が運びこまれていたのである。

「それじゃあ、まずいじゃないか」とタータが言った。「朝になったらたちまち工事の人たちが来るだろう。大きな機械を持ちこんで、どっかんどっかん、凄い音を立てて掘ったり埋めたりしはじめるよ」

「工事」と聞いたとたん、タータの心にたちどころに蘇ってきたのは、以前、川を遡る旅の途上、駅の近くで出喰わした光景だった。怪物みたいな掘削《くっさく》機のアームが上がったり下がったりするたびに、ガンガンという大きな音がして、離れたところからこわごわ見ているタータたち親子の立っている地面までぶるぶると震動したものだ。「人間というのは凄いことをするもんだ」とあのときお父さんは言ったのだった。「道路を作って、それをまたぶっ壊す。また作る。また壊す」——と。そんな騒ぎに巻きこまれたら、ぼくやチッチみたいな小さな動物は、いやマクダフだってビス丸だって、ひとたまりもない。

「そう……。でもね、ほら、あれを見てごらん」マクダフは鉄パイプを積み上げた山のうえにかかっている青いビニールシートを指し示した。「ずいぶん土埃が溜まっているじゃないか。一日、二日じゃあんなには積もらないよ。他のいろんなものの状態を見ても、少なくとも一週間かそこら、放っておかれたままのような感じだ。工事はちょっと中断しているんじゃないかな。たぶん明日一日くらい、そのままになっている可能性が高いとわたしは思う」

これもマクダフの言った通りだった。工事を請《う》け負った会社のスケジュールが変更になり、資材だけが運びこまれたまま、工事の着手の時期が延びていたのである。

うまい具合に、いちばん奥に積み上げられたコンクリートブロックの山と山の間に狭い隙間があり、そこに身を潜めていればまず人間に見つかる恐れはなかった。まずビス丸が、続いてマクダフがその隙間にもぞもぞと入りこみ、ようやく息をつくことができた。その頃にはすでに、朝の訪れを予告するほのかな明るみが空気のなかに漲りはじめていた。

二頭の犬はその日いちにち、その隙間にじっとして、大部分の時間は眠って過ごした。キッドは、皆をその場所に案内しおおせると、このあたりを偵察してくるよ、夜になったらまた来るからと言い残して飛び去った。

マクダフ親分

タータとチッチも、午前中はその隠れ場所にじっとしていた。犬たちと一緒にいて有難いのは、猫に襲われる危険がまったくないことだった。実際、二度ほど、散歩中の猫がその資材置き場を通りかかり、ブロックの山の隙間を何気なく覗いたが、そのとたんマクダフとビス丸が唸り声を上げると、仰天してたちまち逃げ去った。しかしお昼過ぎになると、近所を探検しに出かけてみようとチッチが言い出し、タータもその気になった。

「食べ物を探してくるよ」とタータはマクダフに言った。「昨日みたいな餌場がこのあたりにないかどうか、ちょっと見て回ってくる」

「しかしなあ、猫がうろついてるぞ」

「気をつけるから大丈夫さ。食べ物の在り処《あか》の見当をつけておけば、夜になってから時間を無駄にしないで済むよ」

　そこで二匹のネズミは探検に出発した。犬たちと別れて兄弟ふたりだけになると、たしかに心細いことは心細い。ビス丸の首輪にしがみついているかぎり、忍び寄ってくる陰険な猫の攻撃に神経を尖らせる必要などはまったくなくて済む。が、その一方、ビス丸やマクダフと行動をともにするということは、人目に立たずにこっそり移動するのはまったく不可能だということを意味する。ネズミ二匹だけなら、道路の端をちょろちょろ走っていき、誰か人間が通りかかっても、ブロック塀や垣根の蔭にさっと入り、石のようにじっとしていれば、まず気づかれることはない。それはそれで気が楽な部分もあった。

　タータとチッチにとって、久しぶりに自分の足でしっかり地面を踏み締め、思うさま駆け回れることには、心の浮き立つような解放感があった。何しろ、フリスビー盤のタミー号での川下りが終わるやいなや、たちまちビス丸の首輪に摑まりながらの陸上の旅が始まってしまったのだ。振り回されたり揺さぶられたり、何とか落ちないで済んだと安心しかけたとたん、いきなり宙に放り出されたり――ビス丸という心の休まらない「乗り物」に目をつむって身を預け、その先どうなるかは神様頼りというような、神経の休まる暇のない日々の連続だったのである。

キッドから聞いたタミーの窮境にはもちろんひどく気が滅入り、早く何とかしてやらなければという焦りが心にずっしりのしかかってはいる。しかし、天気の良い日の午前、こうして思いっきり地面のうえを走り回っていると、囚われの身になっているタミーには悪いけれど、ついつい陽気な気分になってしまわずにはいられない。

ふたりは公園の近辺の家並みをぐるりと一回りしてみたが、昨日マクダフが連れていってくれたようなスーパーマーケットには行き当たらなかった。実際、そのあたりは家が立ち並んでいるばかりで、商店は一軒もないようだ。

二匹のネズミだけなら、そんなに沢山食べるわけでもないから、ちょっとしたパンのかたまりでも道端に落ちていれば、それでけっこうお腹がいっぱいになる。しかし、マクダフ、それからとくにビス丸の胃袋はそんなことではどうにもならない。困ったなあと思いながら二匹は走りつづけ、ポリバケツからまだ新鮮な食べ物のにおいが漂ってくる家を二軒ほど発見し、それをとりあえずの収穫としてひとまず帰ることにした。この問題に関しては何しろマクダフはプロだから、何らかのノウハウを持っているだろうと期待しながら。

そして、その期待が間違っていなかったことは、ほどなく証明されることになった。

公園に帰り着き、隠れ場所に向かおうとしていたとき、

「お兄ちゃん、ほら、あそこ……」とチッチが怯えたような声で囁いた。樹上にとまった一羽の大きなカラスが、意地悪そうな目つきでこっちを睨んでいるのがタータの目にも映った。ふたりは動揺して、一瞬、立ち竦んだ。

タータたちが全速力で走り出すと、カラスはただちに枝から飛び立って、ふたりの方へ向かってきた。余裕ありげに最初はゆっくり上昇したカラスは、羽ばたきをだんだん速くしながら急降下してきた。このままではあっという間に追いつかれてしまう。

ああ、解放感に浮かれすぎて、ちょっと油断していたなと、走りながらタータは唇を噛んだ。街の通りを走っているときはそれでも、猫に気をつけろとマクダフに言われていたこともあり、それなりに警戒を怠らなかった。公園に帰り着いたとたんに少し気が弛んで、上空まで確認しないまま日なたの地面に無造作に飛び出してしまったのだ。こりゃあ、まずい、まずいぞ。

カラスが凄いスピードで迫ってきた。ちらりと背後を振り返ったタ－タは、鋭い爪が襲いかかってくる直前、

「チッチ！　ジャンプだ！」と叫んだ。タータとチッチはそれぞれ別々の方向に、横っ跳びに逃れ、凶悪な鳥の攻撃を辛うじてかわした。カラスの爪がガッと地面にぶつかる音が

した。

よし、何とか、行けるかもしれないぞ……。いったん左右に別れたタータとチッチは、資材置き場の一角に入ったところで合流し、ブロックの山の間の隠れ場所をめざした。もう少し、もう少し……。バサバサッという羽ばたきの急速な接近に震え上がったタータがもう一度振り向くと、翼を大きく広げたカラスの獰猛なくちばしが、つい目と鼻のところまで迫ってきている。

だが、それに追いつかれる寸前、まずチッチが、続いてタータがブロックの山の隙間に転がりこんだ。マクダフとビス丸は、タータたちが必死の形相で駆けこんできたので、びっくりして立ち上がった。しかし、もっとびっくりしたのは、ネズミたちの後に続いてその隙間に飛びこもうとしたカラスの方だった。何しろ、唸り声を上げるマクダフといきなり顔が合い、しかもその背後にはそれよりはるかに大きなビス丸が、グルルル……とドスの利いた低い声で咽喉を鳴らしているのだから。

カラスはのけぞって横ざまに倒れたが、慌てて起き直って飛び去ろうとした。と、そのときマクダフが、

「何だ、おめえ、カラスのカアスケじゃねえか」と声をかけた。

「あ、これはマクダフの旦那《だんな》……」と、カアスケと呼ばれたカラスが言った。

「おめえ、何やってんだ、こんなとこで」と、マクダフ。

「へ、へい、何やるもどうするも、ございやせん。ただ、何て言うか、暇潰しにちょいと、ぶらぶらっとしてただけなんで……」

「暇潰しに、おいらの客人をいじめてたのか？」と、マクダフはぴしりと言った。

「ええっ！　いえいえ、め、め、滅相《めっそう》もございやせん！」カアスケは頭を左右にぶんぶん振った。

「まさかとは思うが、おめえ、おいらの大事な友だちを取って喰おうなんて、薄汚《うすぎたね》え料簡《りょうけん》を起こしちゃあ、いめえな？」マクダフは悠然と寝転びながら、物憂げに顔だけ起こし、ギロリとした鋭い一瞥をカアスケに投げた。薄汚れた小型犬のマクダフがそんなふうに偉そうにふんぞり返っているさまは、見ようによっては滑稽と言えなくもなかったが、カアスケはひたすら恐れ入って縮こまっている。

「まさかまさか、とんでもございやせん。えーと……じゃあ、そちらのちっこいネズミのおふたりさんは、マクダフの旦那のお友だちってわけで……？」

「おう、そうともよ」

「ははあ、それはそれは。いや実はね、可愛いネズミさんたちがいるなあ、こっちは退屈してるところだし、ちょっと遊んでくれないかなあ、なんてね、そんなわけで……。いや、何の悪気もなくて……」

「遊んでもらおうっていう態度には、全然見えなかったけど」と、まだ息を切らしているタータが喘ぎながら言った。「あんた、さっき、もう少しのところで……」

「すいません、すいません。いや、たしかに、ちょいとばかり乱暴すぎたかも。まったくもうカラスなんてえやつは、しょうもない不調法者《ぶちょうほうもん》でいけませんや。小さいおふたかた、どうか許してくだせえよ」と、両翼の先を人間が揉《も》み手《て》をするように擦り合わせながらカアスケは言ったが、タータもチッチもぷいと横を向いたまま返事もしなかった。

「カアスケ、お父《とっ》つぁんのカアベエは元気か？」と、マクダフ。

「はいっ、この頃ちょっと物忘れがひどくなりましたが、それ以外はおかげさまで、達者にしとります」

「そうか、そいつは何よりだあな。マクダフがよろしく言ってたって、伝えてやってくんねえ」

「はいっ、どうも有難うございますっ。旦那がお心にかけてくださっていると知ったら、おやじも大喜びすると思います」カアスケは畏《かしこ》まって言い、「ところで、旦那がこんなあたりまでご出張なんてずいぶん珍しいことで……。何か格別なご用の向きですかい」と尋ねた。

「うん、それがな……。例の、タミーの一件さな」

「ははあ、旦那のお友だちの、ゴールデン・レトリーバーのタミーさんが誘拐されたって、今、大変な噂で……」

「それそれ。可哀そうなことになっちまってなあ。で、何とかしてタミーを助けてやらねえわけにはいくめえっていうんで、この客人たちと一緒に、おいらみずから、こんなところまでわざわざ出張《でば》ってきたっていう、まあそんなわけだ」

「はあ、それはそれは……ご苦労さまなことでございます」

「そこでな、カアスケ、おめえに訊きたいことがあるんだ」

「はあ、何でも言ってくださいまし。あっしに答えられることでしたら……」

「このあたりの餌場は、いってえ、どんな具合なんだい？」

　するとカアスケは得々として、あっちの方にはゴミ集積場の管理の甘いマンションがあるとか、こっちの方には残飯を気前良く捨てている中華料理屋があるとか、ひとしきり喋りまくった。マクダフは、そうかそうか、ふんふんと半眼になって聞きながら、しっぽをぱった、ぱったとゆっくり地面に打ちつけていた。それからカアスケが、

「じゃあ、これで失礼させていただきやす」と言うと、マクダフは鷹揚な口調で、

「おう、そうか、ありがとよ。また何か困ったことがあったら相談に乗ってやるから、いつでも遊びにおいで」と言った。

カアスケは、へえ、有難うございます、お友だちのネズミさんたちに大変ご迷惑をおかけしやして、まことに申し訳のないこってしたなどと、なおもくどくどと謝り、何度も何度もお辞儀しながら後ずさりして、そのまま逃げるように去っていった。

「うん、そうか、マンションのごみ集積場ね……。そこが良いかもしれないな……。え、あれ、どうかしましたか、皆さん？」マクダフは、一同がぽかんと呆気に取られた表情で自分を見つめているのに気づいて、不思議そうに問いかけた。

「マクダフさん、あのカラスとどういう関係？」とチッチが訊いた。

「いや、あのカラス一家はね、以前、いろいろ面倒を見てやったことがありましてね。まあ、長い話になるんだが……。とにかく両親もしっかり者の実直なカラスだし、姉も妹も器量良しのうえに気立て良しだし、申し分のない家族なのに、長男のあのカアスケだけがいっとき、ちょっとぐれてしまってね。あいつの更生のためにわたしが一肌脱いでやったのです。それでてっきり立ち直ったものと思っていたが、今日の様子ではどうもまだまだ不良の番長気取りが抜けないようだ。困ったもんだ。今度また、両親とじっくり面談する必要があるな。チッチもタータも、痛いことをされなかったかい？」

「それは大丈夫だったけど……。マクダフさん、態度とか言葉遣いとか、何だか別の犬みたいだったよ」とタータが言った。

「なに、あの連中にはあんなふうに、上から頭ごなしにばんと出るのがいいんです。誰かにヘイコラするのがむしろ好きな連中なんですよ。こっちは普通の友だち付き合いをしたいんだが、いつの間にか、旦那だの親分だのと奉《たてまつ》られるようになってしまいましてね。まあ、それならそれで仕方ないから、こっちもそんなふうに振る舞ってやると、まあ向こうも喜んでいますのでね。ところで、食べ物探しはどうでしたか？」

「いやあ、ぼくらの方は碌な収穫はなかったよ。さっきのカラスが教えてくれたところの方が、ずっと見込みがありそうだ」

「あの連中とは、いつも餌場情報を交換しているんです。いや、人間が自分専用にすっかり作り変えてしまったこの世界で、われわれが何とか生き延びてゆくためには、われわれ同士でできるだけ助け合わなくちゃいけませんからねえ」

「人間って、ぼく、嫌いだよ」とチッチが言った。「ぼくたちの棲みかも、人間が壊しちゃったんだ。川のうえにも蓋をしちゃうって言うしさ」

「まったくもって、そういう連中だよ。でも、人間だって、悪いやつらばかりじゃない、良い人もいるからねえ。人間ってものを一概に憎んではいけないと思うんだ。それで、と……そう、カアスケが、食べ物が手に入りそうな場所を幾つか教えてくれたね。暗くなってから、ぼちぼち出かけてみることにしよう。さて、日が沈むまではまだけっこう時間があります。もうひと眠りするかな……」

学校の退《ひ》けどきになると、公園はいっとき子どもたちの歓声や走り回る足音で満ちたが、時間が経つにつれてそれもまばらになっていった。幸い、ロープをめぐらせた資材置き場の一角には子どもたちも入ってこず、隠れ場所でじっと息を潜めている動物たちの存在に気づく者はいなかった。

暗くなってひと気が絶えると、マクダフたちは公園を出て、カアスケに教えられたマンションのゴミ集積場をめざした。マクダフがカラス族の元締めみたいな役回りを務めていることにはすっかり驚かされたが、とにかくそのおかげで、たっぷりしたごはんにありつくことができたのは有難かった。

「あ、ビス丸、その魚の切り身は食べない方がいいよ」とタータが注意した。「ちょっと傷んでるみたいだから。何だか変なにおいが……。あーあ、そう言ってるのに、もう食べちゃったのか」

「うるせえ。おれの胃袋は特別製だから大丈夫さ」

「お腹をこわしても知らないぞ」

「でも、マクダフさんって変な犬だねえ」チッチがチーズのかけらを齧《かじ》りながら、つくづく呆れたように言った。「不良息子のカラスに説教してる犬なんて、ふつういないよ、世の中に」

「いや、カアスケは良い子なんですよ、本当はね」とマクダフは弁解するように言った。

「悪い友だちが周りにいてね。ちょっとした気の迷いで、突っ張ってみるのが面白いような気分になってしまっただけなんだ。ご両親がとても心配してね……」

「お父さんのカアベエさん？」

「そうそう。これはとても穏やかで温厚な、良い親父さんだし、おふくろさんも優しくて。だからカアスケに言ってやったんだ、家族のことを考えろ、世の中でいちばん大事なのは家族だぞ、ってね……」

「だってさ、マクダフさんは、いや、マクダフ親分は、独り暮らしでしょ」チッチがにやっとしながら言うと、マクダフは苦笑して、

「いや、わたしはいいんです。独りが好きだからね」と言った。

「ふーん」

「でも、正直言えば、ときどき淋しくなることはあるねえ……。チッチはいいなあ、お兄さんもお父さんもいてさ」

　チッチの頭に、川の上流の巣穴に残してきたお父さんの顔が浮かび、今頃どうしているかなあ、話し相手のお爺さんがいるから、そう淋しくはないだろうけど、きっとぼくらのことを心配しているだろうなあと思った。

「ねえ、タミーを救い出したら、その後、マクダフさん、うちに来て一緒に暮らしなよ」とチッチは言った。「ぼくらが今住んでいるあたりは川原も広いし、食べ物もいっぱいあるし、とっても素敵なんだよ」

「うーん……それも気分が変わって良いかもしれないなあ」

「ね、そうしなよ。ぼくらは助け合わなくちゃいけないって、さっきそう言ってたじゃないか」

「そうだね……考えておきます。まあ、何はともあれ、弱い者同士で助け合うのは大事なことだよ。実際、カラスたちと付き合っていると何かと便利なんだ。あの連中の情報網は発達していて、いろいろ役立つことを教えてくれるからね」

一同の腹ごしらえが終わりかけた頃、どこからともなくまたキッドが現われて、道の向こうから人間が何人か固まって近づいてくるから、そろそろ行った方が良いよ、と注意してくれた。そこで動物たちは慌てて出発し、キッドにガイドしてもらいながら、ひと気の少ない道を選びつつ、また旅を再開した。

その晩はしかし、あまり進むことはできなかった。桜の花が満開に近づいた土曜日で、夜桜見物の花見客たちがその足で街に繰り出し、そこから先は、どの道路もどの道路も、浮かれ気分の人たちの往来が絶えなくなったからだ。しかも、ちょうどその日、近所の大学で学園祭が開かれ、そこから流れた学生たちも街に溢れ出していた。

学園祭自体はそう夜遅くまでやっていたわけではないが、キャンパスの外に繰り出した若者たちは、近辺のレストランや居酒屋に大勢たむろして、二次会、三次会を開き、真夜中を過ぎてもほろ酔い機嫌で道路をふらふら歩いている。ずっと続いていた寒さが不意に弛んで、久しぶりのぽかぽか陽気が戻ってきた、気持ちの良い春の宵《よい》だった。人々はようやくコートやセーターから解放され、夜の道のぶらぶら歩きをいつまでも続けていたい気分になっていた。

動物たちは、人間の往来の少ない道を上空からキッドに探してもらったり、迂回したり、空き地を突っ切ったり、物蔭に隠れて通行人をやり過ごしたり、あの手この手で少しずつ前進しつづけた。しかし、通行人を避けて生け垣の蔭に隠れようとしたところを、その家の庭に繋がれていた意地の悪い犬に吠え立てられ、追い出されるに及んで、すでに神経を磨《す》り減らしきっていたマクダフが、とうとう音を上げてしまった。コインパーキングに駐車してある自動車の蔭に走りこんでようやくほっとしたところ

で、彼は嘆息混じりに、

「これはどうも、今夜はこれ以上はもう、駄目のようだな。とうてい進めないよ」と言った。

「何だよ、だらしねえなあ」とビス丸が嚙みつくように言った。「朝まではまだだいぶ間があるぞ。なあ、全速力でダッシュして、あの人間どもを蹴散らして、強行突破しようじゃねえか」

「いやいや。あんたの得意わざの『狂犬の芸』は非常手段です。いざというときのために取っておきましょう。それに、教会とやらでリルと落ち合うのは明晩という話になっていますからね。今夜のうちに行き着く必要はありません。今夜はあまり進めなかったが、なに、『急いては事を仕損ずる』と言いまして……」

「ええい、『仕損ずる』だか何だか知らないが、こうしている間もタミーはじいっと、おれたちの助けを待っているんだぜ。どんなひどい目に遭っているか、わかったもんじゃあねえ。ああ、タミーはよう、可哀そうになあ……」

「それはむろん、承知していますとも。しかし、『急がば回れ』ということわざもあり……」

「ことわざはもう、いいからよ！」とビス丸は怒鳴った。「おれは――」

するとそのとき、「あ、どっかすぐ近くで犬が吠えてる、凄い声……」「やだあ、怖い……。犬って、あたし、大っ嫌い……」という、女子大生だろうか、若い女の子同士の会話が、つい目と鼻の先の道路の方から聞こえてきた。

「しっ、静かに！」とマクダフが言い、ビス丸も仕方なく口を噤み、がっくりと肩を落として、地面にぺったり寝そべった。

結局、コインパーキングを出てもう少し先に行ったところで、なかに明かりが一つも灯っていない家を見つけ、その家の庭を避難場所にすることにした。マクダフが時間をかけて、その真っ暗な家の周りを嗅ぎ回ったり、慎重に耳を澄ましてなかの様子を窺《うかが》ったりした結果、ここは空き家に違いないと断定したのだ。

マクダフの指示に従って、ビス丸が門扉に身を寄せると、そこからタータが格子に跳びつき、その隙間をくぐり抜け、内側から掛け金を外した。マクダフがおでこでぐっと押すと、門扉はなかへ開いた。入った後で門扉を閉めるのをマクダフは忘れなかった。動物たちは狭い裏庭に回って、伸びほうだいになっている草の茂みに身を隠した。庭の隅に古ぼけた犬小屋があるのが目に留まり、一瞬ぎょっとしたが、なかは空っぽだった。ここの家の人たちは、犬を連れて旅行にでも出かけているのだろうか。

夜が更けていき、朝になった。その日は終日、逸《はや》る心を抑え、一同はそこでじっと我慢しつづけた。儲けものだったのは、家の壁面に寄せて置いてあるスチール物置の扉がちょっと開いていて、その隙間を押し広げ、なかを探ってみると、ドッグフードの大袋が見つかったことだった。

「ほら、犬の顔の絵が描いてあるでしょう。タミーに似ているね」とマクダフは言った。

「この中身は粒状のドッグフードです。しかし、この袋をどうやって開けるかな。これはけっこう分厚くコーティングしたビニールでねえ、以前に一度、経験があるんだが、なかなか歯が立たなくて……。犬が嚙み破るのはちょっと……」

「任しといて！」ここでもタータとチッチが役立った。小さいけれども鋭いネズミの歯で少しずつ齧り取っていけば、時間はかかるけれど、袋の隅を嚙みちぎるのはそう面倒なことではない。

　ネズミたちが開けた穴のへりをビス丸がくわえて、ぐっと力を籠めると袋はびりりと破けた。ドッグフードがざらざらとこぼれ出し、一同は歓声を上げて飛びついた。

「ほらほら、ビス丸、もうそのくらいにしておきなさい。食べすぎると動けなくなっちゃうぞ」

「だってよ……」目の色を変えてがつがつ食べつづけながら、その合い間にビス丸が言う。

「この機会によ……できるだけ喰い溜めしておかないとな……」

「知らないんですか、ことわざにいわく、『腹も身の内』、『腹八分目』とも――」

「ことわざは、腹の足しにゃならねえ」とビス丸がぽそっと呟いたので、マクダフは思わず笑ってしまった。

「そりゃ、まあそうだ」

「それにしても、今になってつくづく思うが、ドッグフードってえのはそう旨いもんじゃねえんだなあ。そもそもこれは、おれがふだん喰ってたような高級品じゃねえし……」そうぶつくさ言いながらも、ビス丸はがつがつ食べるのをやめようとしない。

「栄養のバランスが取れてて、健康には良いんですよ。まあ、食べすぎなければの話だが……。さ、きみたちもいっぱい食べたかな？」

「うん！」と声を揃えてタータとチッチが答えた。かりかり齧ると歯ざわりの良いドッグフードやキャットフードは、ふたりの好物の一つだった。

食事の後、マクダフに言われて、ビス丸が庭の隅にある水栓の蛇口をガキッとくわえ、ぐっと力を入れて回すと、水がじゃあっと流れ出した。食べるだけ食べ、飲むだけ飲むと、眠気が襲ってきた。慎重なマクダフは、ビス丸に指示して蛇口を閉めさせることも忘れなかった。

うまい具合に、陽が傾いて夕方になっても家の人たちは帰ってこず、動物たちはゆっくりと休養を取ることができた。十分に暗くなると、またどこからともなくキッドが現われた。お腹がいっぱいになり、眠るだけ眠った動物たちは元気いっぱいで、また出発した。

教会の裏庭で

その日は日曜日だったが、その先の道すじにはお花見ポイントがないのか、道路は閑散としていて、一同は大した苦労もなく進みつづけることができた。

「さ、この角を左に曲がると自動車通りに突き当たるよ」とキッドが言った。「突き当たったところの角にあるのが目的地の教会だ。車に気をつけて。ぼくは先に行ってるからね。教会の裏手に駐車場があるから……」なるほど、その曲がり角からはもう、てっぺんに十字架の付いた教会の尖塔《せんとう》が見えていた。

「あれだな」とマクダフは言った。「よし、もうひと息だ」

街灯の灯る夜道を、動物たちはひたひたと小走りに進み、やがて教会の裏庭の一角をなす駐車場の前まで来た。入り口に張られた鉄の鎖の下をくぐり抜けると、目の前には車が何台か停まっていて、そのうちの一台の蔭から、

「こっち、こっち……」というキッドの声がした。その大型バンの後ろに回りこんだマクダフたちは、そこにキッドがひとりぽつねんと、地面のうえに翼を休めている姿を発見した。

「きみだけかい？　リルはどうした？」とマクダフが訊くと、

「まだ来ないんだ」とキッドは心配そうに答えた。「どうしたんだろう、道に迷ったのかな」

「大丈夫でしょう。あれはしっかり者のスズメだから」

「タミーに会えないまま、まだあの倉庫の近所で粘っているのかもしれない。もしきみたちが先を急ぐなら、ぼくだけここに残ってリルを待つから――」

「いや、もう少し待ってみましょう。わたしたちも、タミーの様子をぜひとも知りたいしね」

「そうだ、そうしようじゃないか。リルを待とうぜ」と、いつもは先へ先へとどんどん突っ走ろうとするビス丸が、なぜか珍しく神妙な口調で賛成した。マクダフはちょっとおかしそうな顔になってビス丸を振り返った。

　実を言えば、棚からぼた餅のように見つけたドッグフードをいい気になって食べすぎたビス丸は、お腹が苦しくてたまらなくなっていたのである。ビス丸は、いよいよ出発ということになったとき、ちょっと待ってくれと言ってもう一度、もうこれ以上は詰めこめないというほどお腹に詰めこみ、その後もなお、残ったドッグフードをまだ未練がましく見つめつづけ、その挙げ句、まだ中身がかなり残っているそのビニール袋を、道中のお弁当として口にくわえて持っていけないかなと提案した。しかし、それはちょっと無理でしょう、やめておいた方が無難だよとマクダフに諭《さと》され、後ろ髪を引かれる思いで庭に残してきたのだった。

動物たちは待った。今夜も温かな春の宵で、気持ちの良い風が吹いてくる。自動車通りがすぐ脇にあるので、沢山の車がひっきりなしに通過する音が、流れ落ちる滝の水の轟《とどろ》きのように伝わってくる。小一時間も経たないうちに、小さな羽音が上空を行ったり来たりするのが聞こえ、それとともに、

「どこ？　みんな、どこにいるの？」というリルの声が上から降ってきた。キッドが静かな声で答えると、リルはすぐに舞い降りてきた。一同は再会を喜び合ったが、リルはその挨拶に時間を取られるのももどかしいように、

「タミーに会えたわ。話も出来た」と急きこんで話しはじめた。「まあ、元気は元気よ。ただ、思ってた以上に、ずいぶん痩せて、体が汚れて……」

「なに、何だとお！」ビス丸がいきり立って、不意にすっくと立ち上がったので、その太い後足で蹴られそうになったチッチが慌てて跳びすさった。「何てこったい！　タミーが痩せたあ？　汚れてるう？　この野郎……。タミーをそんな状態に追いやったやつらを、おれは赦《ゆる》しちゃおかねえぞ！　噛み殺してくれる！　いや、ただ噛み殺すだけじゃあ、飽き足らない。まず、そいつらの顔をバリバリ引っ掻いて――」

「いや、それはもう、やられちゃって、今その人、顔中、絆創膏だらけなんですって」リルの深刻な顔が不意に弛んで、チチチと可愛らしい笑い声を立てた。「スローロリスとか

いう動物がいてね……」

　そこで皆は、改めて腰を据えて、リルの話に聞き入った。タミーの怪我は大したことはないということ、しかし狭い檻に閉じこめられ、楽しみのない日々なので、気持ちが落ちこんでいるということ、とはいえオオアルマジロのソロモンだの、スローロリスのココとナッツの夫婦だの、倉庫のなかで友だちが出来たので、まったくの孤独というわけではないということ、救出部隊が来ると聞いて、涙を流すくらい喜んでいたということ、等々――。

「そうかあ！」と、あのときタミーは叫んだものだ。「マクダフかあ！　あいつはちっこいし、見た目はぱっとしないけど、ほんとに凄い犬だからなあ。あいつが来てくれるんなら、もう絶対、大丈夫だよ。それに、タータとチッチ！　あのタータとチッチかい？　あの二匹も実際、大したネズミたちだからなあ、賢くて、勇敢で。リルも知ってるだろ、あの兄弟はお父さんと一緒に、次から次へ襲いかかってくるいろんな苦難を乗り越えて、川の上流の今の棲みかまで、彼らにとっては途方もない大旅行をやり遂げたんだよ。そうか、嬉しいなあ、天才マクダフ、それにタータとチッチまでねえ……」

　――タミーがそんなことを言ってたわとリルが報告すると、

「で、おれは？　おれのことも何か言ってたかい？」と、ビス丸がハアハア喘ぎながら、急き立てるように尋ねた。

「そうねえ……たしか、言ってたわ、んん……えーとねえ……」リルの口調はとたんに歯切れが悪くなった。

実を言えば、タミーはビス丸についてはたったひとこと、「あのジャーマン・シェパードのビス丸？　みんなの足手まといにならないといいけどねえ」と言っただけだった。ビス丸は力持ちだし、きっとあんたの脱走を助けてくれるわよとリルの方から水を向けても、タミーはそれにはふっと苦笑を浮かべただけで、返事もしなかったのだ。しかし、リルとしてはそうしたことをそのまま伝えるわけにもいかない。

「えーとねえ……あんたに、よ、よ、よろしくって言ってたわ。たしか、そんな気がする……」リルはビス丸の顔から目を逸《そ》らしつつ、つっかえつっかえ、そう言った。

「おれがやって来ると聞いて、喜んでいただろ？」

「う、う、そうねえ……うん、大喜び、していたかな？　うん、たしかに、間違いなく、そんなふうに見えたわね……」

「おれのことも褒めていたかい？　勇気があるとか何とか……」

「ええ、その通り、とっても勇気がある犬だって言ってた！」リルはもうやけのやんぱちになって、「ビス丸は大きくて立派な、物凄くすばらしい犬で、ビス丸が来てくれたらもう嬉しくって嬉しくって、わんわん泣いちゃうだろうって！　タミーはそう言ってたわよ！」と叫ぶように言い、言い終わってふうとため息をついた。

「そうかあ！」ビス丸は嬉しさのあまり、バンの蔭から跳び出して、駐車場の空きスペースで、ぴょいん、ぴょいん、ぴょいんと、前足と後足を交互に跳ね上げながらぐるぐる回ってひとしきりはしゃぎ回り、それから息を切らして戻ってきた。

「そうかあ……。タミーはそんなに、おれのことを……」

「おいおい、不用意に明るいところへ跳び出して、そんな大騒ぎをしては……。通行人がいなかったから、まあ良かったようなものの……」とマクダフが慌ててたしなめたが、ビス丸にはそんな言葉も耳に入らず、うんうん、そうか、そうか、そうだろうなあ……と、前足をぴたっと揃えた伏せの姿勢になり、じーんと痺れたようになって、少し寄り目になった瞳をうるうるさせながら、あらぬ方をじっと見つめている。リルはそんなビス丸は無視することにして、

「あたしの思うに、タミーが痩せてしまったのは、餌が足りていないというより、悲しみとストレスから来ているんじゃないかしら」と話を続けた。「あたしと会って、みんなが来てくれると知って、心の底からほっとしたみたいだった。たぶんこれからはどんどん体調が回復してゆくと思うの」

「うん、そうだな、それは良かった」と、マクダフ。

　マクダフはさらに、いろいろ細かな質問をリルに浴びせかけ、その倉庫の大きさや構造、そこで動物たちを飼っている人間の兄弟の行動パターン、周辺の街の様子、タミーを繋い

でいるロープの材質、等々、様々な情報を聞き出した。だんだんと救出計画を練っていかなくちゃいけませんからね、と言いながら。

それから、ここから先、最終目的地の倉庫に着くまでの道筋についても、いろいろ質問した。土地の起伏はあるのか、どんな建物があるのか、川はあるのか、通行人はどのくらいか、自動車の混み具合はどうか、大きな通りを渡らなくてはいけないのか、などなど。

リルとキッドはふたりがかりで、それにも一生懸命答えた。

「ここから先はいよいよ、この東京という都会の中心部分に入って、そこをまるまる横断するわけだから、どんどん大変になってゆくと思うわ」とリルは言った。

「うーん……」とマクダフは唸った。

「二頭の犬が人目に立たずにこの大都会を横切ってゆくのは、大仕事だと思うわ。あたしも適宜、地元のスズメたちにいろいろ訊いて回って、情報を集めておくつもりだけど。今日もここまで帰ってくる途中、あっちこっち見て回っていたから、ちょっと遅くなっちゃったの」

「しかし、やるんだ、やらなくちゃいけねえ！　しかも大急ぎで！」とビス丸がまた立ち上がって、大声で怒鳴った。

「静かに、静かに……。そう、何とかやり遂げなくちゃいけません。タミーが待っていますから。でも、まあ、ここまでのところでだんだん調子が摑めてきましたからね、このペースで着実に進んでいけばいいでしょう」

「ともかく方角としては、ここからほぼ真東に進みつづければいいの。朝日が昇る方向ってことね。この自動車通りの先に大きな繁華街があって——渋谷という名前らしいんだけど——、そこは昼夜を分かたず人間も自動車も滅茶苦茶に溢れているから、とうてい突っ切れないと思う。渋谷を迂回しなくちゃいけないわね。少し南側に逸れて、そこから先はできるだけ静かな住宅街を縫ってゆくしかないでしょうね」

「そうか、わかった」と、マクダフ。

「で、そのまま東をめざしてずうっと行くと、とても、とても高い鉄塔があるわ。鉄骨を組み上げて、細長い三角形が空に向かってぐうっと突き出した形になっている。先端がぴんと尖っていて、全体が赤と白に塗り分けられているからすぐ分かると思う。東京タワーっていうんですって。そこを過ぎると海に出るわ」

「海って、聞いたことがあるよ」とチッチが言った。「池を千倍も万倍も広くしたような、物凄く大きな水溜まりなんでしょ？　一度、見てみたかったんだ」

「おれ、海、知ってるぞ」とビス丸が得意そうに言った。

「車に乗せられて、海岸に連れてってもらったことがあるからな。海のなかに入って、ちょっぴり泳いだこともある。いやあ、海はでかいぞ。それから、しょっぱいぞ」

「うーん、木原《きはら》公園の池の、何倍かな、一万倍でも利かないような気がするけれどねえ」とリルが言った。「その海の一部分を埋めて、陸地にした場所があって、それを埋め立て地と言うの。東京タワーの先は、そういう、島みたいになった埋め立て地が連なるエリアに入るのよ。豊洲《とよす》とか有明《ありあけ》とか月島《つきしま》とか……。島から島へ、次々と、橋伝いに渡ってゆくような感じ。タミーが捕まっている倉庫は、そんな埋め立て地の一つに建ってるの」

「橋を渡ってゆくのか……」

「少し南に下ると、レインボーブリッジというとても大きな、長い橋があるわ。それを渡ればいっぺんにずいぶん距離が稼げるけれど、でもあれは、自動車のための橋らしいから、あんたたちはとうてい渡れないと思う。大きなトラックとかバスとかが沢山、ひっきりなしに、轟々《ごうごう》と凄い音を立てて通っていて」

「なるほど、なるほど。ねえ、皆さん、ちょっと聞いてください」とマクダフは言った。「その東京タワーとやらは、とてもわかり易い目印だよね。それを非常用の最終チェックポイントにすると、今ここで決めておこう。つまり、そんなことが起こらないに越したことはないが、この先、リルやキッドが地上部隊のゆくえを見失うなんてことが起こらないともかぎらない。それから、われわれ地上部隊のメンバー同士にしたって、ひょっとして何らかの事故が起きて、離ればなれになってしまうかもしれない――」

　タータとチッチのみならず、自信たっぷりなビス丸さえも、もしも自分が他の三匹からはぐれ、西も東も分からないこの見知らぬ都会で独りぼっちになってしまったら――と想像し、その心細さを思って、一瞬、ぞっとした。そして、旅が始まってまだそう何日も経っていないのに、四匹一緒に――マクダフの言うところの――地上部隊の「チーム」を組んで行動していることが、すでに自分にとってどれほど心強い支えとなっているかを、改めて痛感した。独りっきりになり、空から道案内してくれるキッドやリルからもはぐれて迷子になり、どっちの道を行ったらいいかもわからなくなる――それは想像するだに恐ろしい事態だった。

「いいかい、万が一、あくまで万が一の話だが、そんな非常事態が起こった場合、はぐれてしまった者は、とにかくその東京タワーとやらをめざす、と。あらかじめそう決めておこうじゃないか」マクダフは考え考えそう言って、その言葉が一同の頭に染みこむのを待つようにちょっと間を置き、それから、「もし道に迷ったら、そこらの犬にでもネズミにでも、とにかく東京タワーへの道順を尋ねて、何とかそこへ行き着くんだ」と言葉を継いだ。「東京タワーの特徴は覚えたね？　三角形を空に向かって引き延ばしたような形の、鉄骨で組んだ、赤白に塗り分けた塔……」マクダフは皆の顔を見回した。一同は、うん、と頷いた。

「もし仲間とはぐれてしまったら、何としてもそこをめざす。最終的にそこで落ち合うことにしましょう」

「それは良い考えだわ」とリルが言った。

それから、リルはさらに細かい話を始めたが、これまでずっと、自然のままの趣きをたたえた川が流れ、まだ緑が豊かに残る郊外で暮らしてきて、そういうのどかな風景しか知らない犬とネズミには、渋谷はもとより、都心の真ん中の喧騒《けんそう》をどうすり抜けてゆくかという話など、いくらこまごまと説明されてもどうもピンと来ない。

「うーん、よくわかりません」とついにマクダフが言った。「これはもう、出たとこ勝負で行くしかないよ。大丈夫さ、何しろいざとなれば、われわれのチームには恐ろしい『狂犬』がいるからねえ」

「え、『狂犬』って、何？」とリルが不思議そうに訊き返した。

そこで皆は笑い転げたが、リルだけは何が何やらわからず、きょとんとした顔をしている。

話し合いはさらに続いた。だが、旅のルートの全貌がぼんやりとながらわかってきて、少々興奮気味になった動物たちは、とにかく一刻も早くタミーのところに行き着こうという気持ちになっていた。マクダフさえもそわそわしながら立ち上がり、さて、では今夜のうちにもう少し進みますかと言い出すと、皆それに賛成して、奮い立つようにして起き上がった。

次のチェックポイントは、この同じ自動車通りの先の黄色いマンションということになった。周囲が皆、灰色の建物ばかりのなかで、それだけ際立って高い、しかも遠くからも目立つ派手な真っ黄色のビルだから、すぐわかるはずだという。

「でも、自動車通りを進むのは、やっぱりやめた方がいいわね」とリルが言った。「裏道を行けばいいわ。いずれにせよ、あたしとキッドが要所要所で降りてきて、ちゃんとガイドするから大丈夫」

しかし、「大丈夫」ではなかったのだ。まったく、何が持ち上がるかわからないものだ。事件が起こったのは、こうして救出部隊の六匹のメンバー全員がようやく再集合し、前途の旅程についてじっくり話し合って、何となく安堵し、また改めて勇み立ち、さあ行くぞという昂揚《こうよう》感とともに出発した、その直後のことだった。

事件

彼らが教会の駐車場を出てさほど行かないうちに、前方に、小柄な女性の少し背中を丸めた後ろ姿が見えた。髪が真っ白なのとゆったりした足取りとからもう七十を超えていそうな年輩と見当をつけたマクダフは、そのまま脇を通り過ぎようと決断し、やや歩調を速めつつ走りつづけた。ところが、不意に背後から一台の自転車が猛スピードで走ってきて、マクダフを追い越し、あっと言う間にその老婦人に追いつくや、彼女が肩から提げていた大きなバッグをひったくると、よろけて倒れた彼女を尻目に、そのまま走り去っていったのだ。その一部始終を目撃していたマクダフは、ただちに全速力で走り出し、倒れた女性に近寄っていった。

イタタタ……と腰のあたりを押さえて呻きながら、女性は憤然とした表情で、上半身を起こそうとしている。

「うん、とくに怪我もないようだな。よし、ビス丸、行け！」とマクダフは早口に命じた。

「え？　え？　何？……『行け』って何だよ……？」とビス丸は途惑《とまど》いながら、もごもご言った。

「ほら、あの自転車を止めるんだ、『狂犬』の真似でも何でもやって！　急げ、急げ！　逃げられちゃうぞ！」

ビス丸が躊躇《ちゅうちょ》したのはほんの一瞬だけだった。もともと、騒動が好きなたちの犬である。この数日、ちょこちょこ走る小型犬の後にぴたっとついて、彼としては不本意なのろさで、とぼとぼと進みつづけ、また昼間は昼間で、隠れ場所にじっと蹲っているという生活だったから、血気盛んな若いビス丸としてはエネルギーがありあまって、一度くらい力いっぱい暴れてみたいとうずうずしていたところでもあった。

ビス丸は猛烈な勢いでダッシュした。タータとチッチはたちまち振り落とされ、地面に転がってしまったが、ビス丸はそれにも気づかないほど興奮して、走り去る自転車の後を追った。

黒いアノラックを着こみ、ぴったりしたフードで頭を包んだ男は、滅茶苦茶な勢いでペダルを漕いでいたが、本気でダッシュしたビス丸の走りはその自転車の速度を軽々と凌《りょう》駕《が》した。最初の曲がり角まで来る手前でビス丸は自転車を追い越して、その進路にいきなり割りこんだ。

男は、目の前に突然出現した大きな犬をよけようとして、「わ、わ、わっ」と叫びながら、ハンドルを横に切った。自転車はブロック塀に接触し、危うく転倒しそうになった。男はブレーキを掛けながら反対側にハンドルを切ったが、そこにはすでにビス丸が回りこんで、鼻すじに深い皺を寄せた恐ろしい仁王《におう》のような顔になり、物凄い唸り声を上げている。

自転車はもうふらふら揺れながら止まりそうになっている。男が蹴飛ばすようにして自転車を降りると、その自転車はガッシャーンという大きな音を立てて、横倒しになったまま ビス丸の方へ滑ってきた。ビス丸は横にジャンプして、それと衝突するのを辛うじて避けた。男はその隙に、女性から奪ったバッグを手にしたまま、ビス丸の脇をすり抜けて走って逃げようとした。ビス丸はすかさず男が摑んでいるバッグに跳びついて、その肩掛け紐をがっしとくわえこんだ。

引っ張り合いになった。ビス丸はぐっと腰を落とし、梃子《てこ》でも動かない強情さで足を踏ん張っている。男も必死になって引っ張ったが、気持ちが動転しているので、どうも及び腰になり、もう一つ力が入らない。結局諦めて、チッと舌打ちしながらバッグを放し、倒れた自転車の方に駆け戻った。それに乗って逃げようと思ったのだ。

ところが、横倒しになったままでまだ車輪が回っているその自転車の前に、妙ちきりんな小さい犬が足を踏ん張って、これもまた恐ろしい形相に顔を歪め、ウーッと唸っているではないか。自転車のハンドルに手を掛けようとすると、バウッ、バウッと吠えてその手に今にも嚙みつきそうなそぶりを示す。冷静に考えれば、そんなチビ犬の一匹や二匹、足で蹴飛ばすか何かすれば簡単に追い払えたはずなのだが、何しろ男は先ほど来のジャーマン・シェパードとの格闘で動揺しきっていて、とにかくもう犬には関わり合いになりたくなかった。

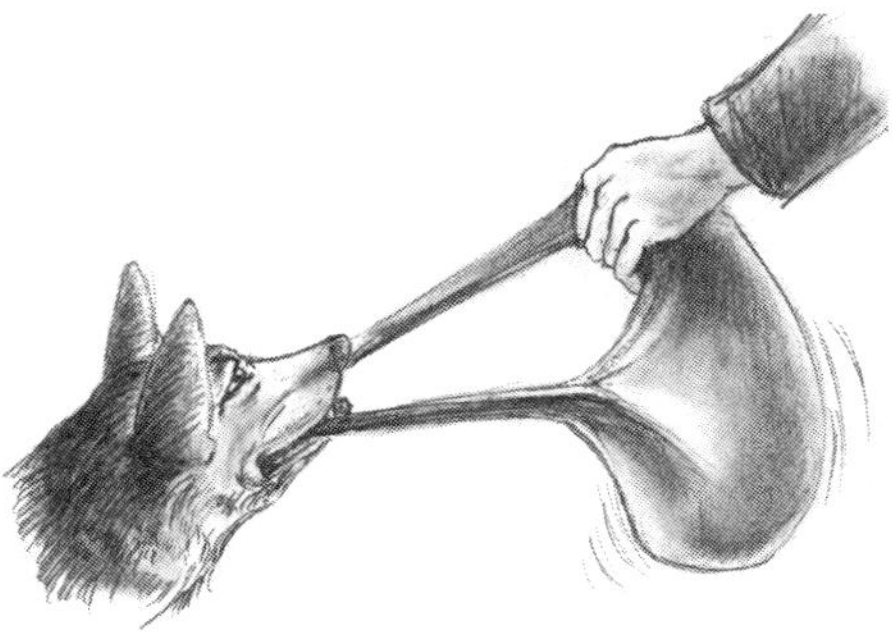

そこで、やっぱり走って逃げようとまた後ろを振り向くと、そこには、さっきのシェパードが頭を低くし、全身の筋肉を緊張させて身構え、口からだらだら涎を垂らしながら、

ぎらぎら光る目でこちらをじっと見つめているではないか。その犬の鋭い眼光に射竦《いすく》められた男は、こいつは本気でおれを嚙み殺しかねないぞと直感した。右に左に、隙をついて逃げようとしても、そいつもすばやく反応し、そのつど男の前に立ちはだかって動きを封じてしまう。

恐怖のあまり、男の気力が急速に萎《な》えていった。そうこうするうちに、こちらへ走って近づいてくる数人の足音が背後から迫ってくるに及んで、男は、体からへなへなと力が抜けて、その場にへたりこんでしまった。女性がようやく立ち上がったところへ三人連れの大学生が通りかかり、ひったくりと聞いて走ってきたのである。被害者の女性も少し遅れて走り寄ってきた。

「お婆《ばあ》さん、こいつですよね、バッグををひったくって逃げたのは？」と学生の一人が言った。

「そうだよ。でも、あたしを『お婆さん』なんて呼ばないでおくれ」と女性はぴしゃりと言った。なかなか気の強い性格らしい。

「あ、どうもすみません……。おい、一一〇番に――」

「もう掛けたよ」もう一人が携帯電話をポケットに仕舞いながら言った。そこへ、倒れた自転車の脇に落ちていたバッグを手に、三人目の学生が寄ってきた。

「これですか、バッグ……？」と言いながら女性に渡すと、

「そうそう、ああ良かった、盗られなくて……」と、女性は安堵の表情でそれを受け取った。そして、地面にしゃがみ込み、アノラックの男に向かってまだ唸っているマクダフに手を差しのべて、「このワンちゃんが心配そうな顔で駆けつけてきてくれたの。ほんとに、ありがとね」と言った。

実のところ、マクダフもビス丸も、その瞬間にさっと逃げてしまえば良かったのである。人間の助っ人が——それも屈強な男子学生が三人も——現われたのだから、マクダフとビス丸の役目はもうすでに終わっていたのだ。ところが、犬たちの方も突然の追跡劇の興奮がまだ冷めやらず、少しばかりぼんやりしていた。

だから、お婆さん——彼女には申し訳ないが、ここではやはりそう呼ばせてもらうことにしよう——にいきなりさっと抱き上げられたとき、マクダフは一瞬、何が起きているのかよくわからず、茫然としたまま体を委ねてしまった。

「どうもありがとね、ワンちゃん、あたしのバッグを取り返してくれたのね」

「いえ、どういたしまして」と、困ったことになったとようやく気づき、もぞもぞともがきながらマクダフは言った。「バッグが盗られなくて、それからお婆さんに怪我がなくて、本当に良かったですね。じゃ、わたしはここで……」

しかし、何を言われているか当然わからないお婆さんは、マクダフをぎゅっと抱き締めながら立ち上がり、

「この子が取り返してくれたのよ。その男を追いかけて」と学生たちに向かって繰り返している。そのとき、バウッという野太い吠え声が響いた。

「おいおい、バッグを取り返してやったの、むしろおれなんだけど」とビス丸が不満そうに言ったのだ。皆の視線がビス丸に集まった。

「あれっ、もう一頭、でかいのがいるぞ」と学生の一人がいった。

「あらまあ、ほんとだ。何だろう、野良犬かしら」と、お婆さん。

「『あらまあ』じゃないだろう。礼を言うなら、まずおれに言えよな……」

そのときになって、これは本当にまずい成り行きになったと蒼ざめたマクダフは、お婆さんの腕から逃れようと本気になってもがきはじめた。ところが、このお婆さん、小柄で痩せているのに妙に力があって、ぎゅっとマクダフを抱きすくめているその腕から、どうしても身を振りほどけない。

「いいから、いいから、良い子だから、じっとしてるの。あーあ、こんなに汚れちゃって。可哀そうな子……」

「いいえ、全然、可哀そうじゃないんです。自分の好みでこんなふうにしていますのでね。さ、ちょっと放してください。わたしたちには大事な用が……」

「だいじょぶ、だいじょぶ。まあまあ、すっかり怯えちゃってるのねえ。迷い犬かしら、野良犬かしら。大丈夫、あたしが面倒を見てあげるから。もう安心していいのよ」お婆さんは優しい声でマクダフに話しかけつづける。「ご主人のところへ連れ戻してあげるからね、良い子ちゃん。ご主人がいないのなら、あたしが飼ってあげるから――」

事態の深刻さに動揺したマクダフは、猛然ともがき、何とか逃げ出そうと必死になった。しかし、爪や歯を立ててこんな小柄な年寄りを傷つけてはいけないという気持ちがあるから、その暴れようもどこか遠慮気味になってしまう。

「そんなにジタバタしないの、良い子だから……。ねえ、あんた！」お婆さんは学生の一人に不意に声を掛けた。「そのバッグのジッパーを開けてちょうだい」

学生が言われた通りにすると、お婆さんはマクダフを、中身があまり入っていないその大きなバッグのなかに手際良く押しこんで、ジッパーを閉めてしまった。

「ああああっ、これは困ります！　駄目です、駄目！　早く出してください！」バッグのなかでマクダフは大暴れして、吠えたり唸ったりしたが、お婆さんは、

「良い子、良い子。今度はあたしが恩返しをする番だから」などと猫撫で声で言いつつ、バッグのビニール地越しにマクダフの体を愛おしそうにぽんぽんと叩いている。

「おい、マクダフ、そのバッグをくわえて逃げるからな！」と叫びながら、ビス丸が唸り声を上げて突進してきた。すると、

「まあ、この犬、このちっちゃな子をいじめるつもりだよ！」とお婆さんが声を張り上げ、学生の一人がビス丸の前に立ちはだかった。

「さ、向こうへ行け、しっしっ！」

「何でおれが、『しっしっ』なんて言われなくちゃいけないんだよ。バッグを取り返したのも、その男を捕まえてやったのも、おれなんだっていうのによ……」しかし、そのとき、バッグのなかから、

「ビス丸、あんたはとにかく姿をくらました方がいい」というマクダフの声が聞こえてきた。「そろそろ警察が来てしまう。さっき、誰かが『一一〇番』とか言っていたでしょう。わたしの経験では、人間が『一一〇番』っていう言葉を口走ると、決まって厄介なことが起きるんです。とにかくあんたは逃げなさい。わたしも隙を見て、後で何とか逃げ出すから」

　そこでビス丸は学生たちやお婆さんを警戒しつつじりじりと後ずさりして、ある程度まで距離を置いたところでぱっと身を翻し、だっと走り出した。

　ビス丸は走った。夢中で走って、走って、やがて前から通行人がやって来たので右に曲がり、すると今度は自動車が後ろから走ってきたので左に曲がり、さらに右に左に、左に右に、滅茶苦茶に進んで、しまいには何が何だかわけがわからなくなってしまった。そうこうしているうちに、あれれ……おれ、いったい何してるんだろ、という思いが不意に浮かんで、しだいしだいに歩調が緩《ゆる》くなってきた。

　そのうちに、ある小路に折れたとたん、それがすぐ突き当たりになっていて、目の前に

立ちはだかるブロック塀を見上げながら、ビス丸は仕方なく足を止めた。はあはあ荒い息をつきながら地面に体を伏せる。

タータとチッチがいなくなっていることにビス丸が気づいたのは、迂闊《うかつ》なことに、ようやくその瞬間のことだった。ここまでの旅の途上、ネズミたちは、あんまり体を揺らすなとか、もっとゆっくり行けとか、何やかやビス丸に注文を付けることをやめなかった。うるせえなあ、鬱陶しいなあと思いつつここまで旅を続けてきて、こいつらがいなくなったらさぞかしせいせいするだろうなあ、そのときが来たら思いっきり走ったりジャンプしたりして、憂さ晴らしをしてやるぞと、ずっと思っていたものだが、あの小さな二匹のわずかな重みがこうしていざ急に消え去ってみると、首のあたりにすうすう隙間風が吹きつけてくるようで、何だか妙に淋しいのだ。

おれ、独りぼっちになっちゃった……という心許なさが、不意に襲いかかってきた。どうしよう。ネズミたちも鳥たちも行方不明。しかも、肝心かなめのマクダフはお婆さんに捕まってしまった。ここまで自分がどれほどマクダフを頼りにしていたかということにも、そのときになって彼はようやく気づいた。駄目だ……こりゃあ、もう、駄目だよ。ビス丸がすっかり弱気になって頭を地面にぺったり付けたとたん、ブロック塀の脇の門扉ががちゃりと開いて、誰か人間が出てきた。弾かれたように立ち上がり、彼はこそこそと逃げ出した。角を曲がってしばらく走ってゆくうちに空き地があったので、そこに入りこみ、隣家の蔭になったできるだけ暗いところに身を潜め、そこにまたごろんと体を横たえた。

　さっきリルから聞いた話だと、この先、ずいぶん大変な道のりが待ち受けているらしい。おれ、ひとりで行けるのかな……。そもそも、つい今しがただって、どこをどう曲がったのか思い出せないような滅茶苦茶な勢いで走ってきたから、もうどっちがどっちだか、方角すらわからなくなってしまっている。

　もし万が一チームがばらばらになるようなことでもあったら、東京タワーとやらで集合することにしようと、たしかマクダフは言ってたな。でも、東京タワーっていったい何だ？　えーと、鉄の塔だとか何とかと言ってたっけ……。何もかもマクダフが把握しているとてっきり思いこんでいたから、ちゃんと身を入れて聞いておかなかったなあ。ビス丸は、救出作戦が成功したあかつきに、その作戦でヒーローの役割を演じた自分をタミーがうっとり見つめている表情などを想像し、ぼうっとしていたので、リルの話にほとんど注意を払っていなかったのだ。東京タワーとやらまで、おれひとりで何とか辿り着けるだろうか。

　そりゃあ無理だ、やっぱり無理だよ、という考えに、ビス丸はあっさり達した。タミーには悪いけど、自分がどこにいるのかもわからないようなこの体たらくでは、もう、救出作戦もへったくれもない。そうだ、とにかくうちへ帰ろう。ひとまずうちに帰って、あの冷暖房付きの犬小屋で体を休めながら、じっくり考え直すことにしよう。あそこなら朝晩、自動的にごはんが出てくるしなあ……。そのうえで、何か良い考えが浮かんだら、そのとき改めてタミーの救出に出発する、と。そうだ、そうしよう。それしかないぞ。

ビス丸は勇んで立ち上がった。が、次の瞬間、またぺったり腰を落とした。うちに帰ると言っても、どこをどう行けば帰り着けるのかさっぱりわかっていないことに、はっと思い当たったのである。

そのときになって、ようやくビス丸は心底怖くなってきた。おれ、いったいどうしたら良いんだろう。この見知らぬ街で、もうこのまま野たれ死にするしかないのかなあ。ビス丸は立ち上がって、ぐるぐるとその場で回り、また座りこんで、ウー、ワンと弱々しくひと声吠えた。心細さのあまり思わず声が出てしまったのだ。

そのとき、上空から羽音が近づいてきて、ビス丸の頭のうえに一羽の小鳥がちょこんと降り立った。

「何だ、あんた、ここにいたの」とリルが言った。「探し出すのに大汗かいちゃったじゃないの。途中までは何とかついていったけど、あんな勢いで走っていくからつい見失っちゃって……。何してるのよ、こんなところで？」

「うむ……」リルが自分を見つけてくれてビス丸は心底ほっとしたが、そんな安堵の気持ちを何とか押し隠しつつ、もったいぶった偉そうな口調で答えた。「いや、今な、じっくりと計画を練っていたところなのだ。マクダフがあんなことになってしまった以上、タミ

—の救出はひとえに、おれの肩にかかってきたのでな。何とかおれひとりで、可哀そうなタミーを……」

「馬鹿ねえ、あんたひとりでどうにかなるわけないじゃない」とリルはせせら笑うように言った。「マクダフがいなくちゃどうにもならないでしょ」

「う、う、そりゃあ、まあ……」ビス丸はリルの言葉にも、それを言う彼女の口調にも少なからず傷ついたが、心の底ではたしかにその通りと思わないわけにはいかなかった。

「そりゃあ、マクダフがいた方が、たしかに助けにはなるだろうが……」

「っていうか、そもそもマクダフがいなくちゃ、タミーは救えないの！」とリルは情け容《よう》赦《しゃ》なく、決めつけるように言った。

「そ、そうだな、たぶん……」

「たぶんじゃなくて、絶対、そうなの！　それで、今、キッドが、マクダフを連れ去ったお婆さんの後を追跡してるところだから。タミーを救う前に、まずマクダフを救わなくちゃ。厄介なことになったけれど、仕方がないわね。あたしたちはとりあえずさっきの教会の駐車場に戻りましょう。そこで落ち合う手はずにしたからね。タータにもそう言ってある」

「そ、そうか、手際が良いな。では、行くか」と言ってビス丸は立ち上がり、精いっぱいの威厳を見せながら歩き出した。

「そっちじゃないの。こっちでしょ」

「あ、そうか。うんうん、むろんそうだ。そうだったな……」

リルを頭のうえに乗せたまま、ビス丸は小走りに進んでいった。ビス丸の頭のうえに陣取ったまま、曲がらなければいけない角にさしかかるたびに、そのつどリルは、右ならばビス丸の右の耳を、左ならば左の耳をちょっと噛んで知らせた。

「おまえなあ、いい加減、下りろよ、おれの頭のうえから。こそばゆくってたまらねえじゃねえか」

「ここにいて道案内するのがいちばん確実で良いのよ」とリルは澄ましたものだ。

「あ、両脚の爪でそんなにぎゅっと摑んだらおれの頭の毛が抜けちゃうぞ。それから、噛むなよな、ひとの耳を。血が出たらどうする」

「怪我させるほど噛んでいやしないじゃないの。ほら、しっかり前を見てないと、電信柱にぶつかるよ」

「わかってるったら。いちいち、うるせえなあ」

リルに対して文字通り頭が上がらない状態で早足に進みながら、それでもビス丸は、頭を振ってリルを追い払おうなどとはいっさいせず、むしろ彼なりに気を遣って、頭をできるだけ一定の高さに保ち、スズメの体を揺らさないように一生懸命努めている気配さえある。

実を言えばビス丸は――そんなそぶりは毛ほども見せまいとしていたが――、リルにびしびし叱られるのが何だかちょっぴり心地良いような変な気分になって、自分でも途惑っていた。ふと気づくと、とっくの昔に生き別れになってしまったお母さんも、こんなふうにおれのことを叱ってくれたなあ、などと懐かしく思い出したりしていて、何でそんな妙ちきりんなことが頭に浮かぶのだろうと、自分でも不思議な気持ちになっていたのだ。

何しろ相手は、このちっちゃな鳥である。この旅に出る前までのビス丸には、スズメごとき、目の前をちょろちょろ動く邪魔っけな、ちょっと大きめのゴミといった程度の存在としか映っておらず、まともに言葉を交わせる相手たりうるなどとは、想像もしていなかった。そんな取るに足らないゴミのような動物に、いきなり懐かしいお母さんの面影を感じるようになってしまったなどというのは、いったいどういうわけだろうと、首をかしげつつ、また少し恥ずかしく思ってもいたのである。

そんなビス丸の心の動きの背景にあったのはたぶん、彼が自分で意識している以上にひどく愛情に飢えた子どもだったということのほかに、リルというスズメが、体こそ小さいけれど、豊かな感性を備えた包容力の大きな鳥で、つっけんどんな物言いの背後に、ビス丸に対する温かな気遣いを隠し持っていたという事実だろう。リルは、マクダフでさえ見抜くことのできなかったビス丸の心の複雑なひだを、直感的に理解していた。

彼女はこの粗暴なシェパードに初めて会ったときから、何だか可哀そうな子ねえと思っていた。動作一つ一つが乱暴だし粗雑だし、ひとの気持ちを思いやることも丸っきりできないし、そのせいで周囲から疎《うと》んじられていることにさえ気づかないほど鈍感だし、まことにもってしょうがないやつだけれど、それは、他の動物たちに対してどう振る舞うべきかをちゃんと教えられてこなかったという、ただそれだけの理由によるものだということが、リルにはすぐにわかった。そして、自分ではもうすっかり一人前の立派な成犬になったつもりで思い上がっているこの尊大なジャーマン・シェパードが、まだまだ何にもわかっていない幼稚な子どもであるうえに、自分ではけっきりとは意識していないけれど、実は何かを心の底から激しく、――必死にと言ってよいほど激しく求めていて、それを得られないかぎりこの「大きな子ども」は決しておとなになれないということも。

要するに、自分がこの「子」を庇ってやらなくてはいけないとリルは思っていたのだ。そして、その気持ちは実は、ビス丸に真っ直ぐに伝わっていたのである。言葉に出して言い合うよりはるかに多くの、はるかに豊かなことが、生き物と生き物との間には、以心伝心でぴんぴん伝わってしまうものだ。

教会の駐車場に戻ってきたリルとビス丸は、例のバンの裏側に早速行ってみた。タイヤの蔭に隠れていたタータが出てくると、リルはビス丸の頭から飛び降りて、

「キッドはまだ戻ってこないのね――」と言いかけたが、タータが真っ青な顔をしているのにすぐに気づいて、「どうしたの、何があったの?」と早口で問いかけた。

「あのね、チッチがいなくなっちゃったんだ」とおろおろした口調で言うなり、タータは頭を抱えて地面に蹲った。

マンション

チッチは、玄関脇のコート掛けに掛けられた丈の短いスプリング・コートのポケットから、そろりと頭を覗かせた。マンションの室内が真っ暗になってから一時間ほども経つので、まず間違いなくお婆さんは寝てしまったと思うけれど、用心するに越したことはない。あたりはひっそり静まりかえっている。よし、大丈夫だ。

チッチはポケットから身を乗り出し、コートの裾を縦に伝って、じりじりと降りていこうとした。が、ポリエステルの生地は滑らかすぎて爪を喰い込ませることができず、前足がつるりと滑って、そのまま床まですとんと落ちてしまった。しかし、落下したのは幸い毛足の長い敷き物のうえだったので、体を打つこともなく、すぐに起き上がることができた。

マクダフはどこだろう。チッチは細い廊下を進み、キッチンとおぼしい部屋へ向かった。マクダフの声も聞こえない。この部屋に着いた当初、マクダフは吠えたり唸ったりの大騒ぎを続けていたが、あるときを境に、その騒ぎがぴたっと止んでしまったのだ。彼の身に何か起こったのではないかと、チッチは不安でたまらなかった。

お婆さんはマンションに帰り着くやすぐコートを脱ぎ、玄関脇に引っ掛けたので、そのポケットのなかでチッチはじっと息を潜め、コートの生地越しに聞こえる物音だけから、何が起こっているかを推《お》しはかっていた。いつもならお婆さんはそのコートをハンガーに掛けてきちんとクローゼットのなかにしまうのだが、何しろこの晩は大暴れしつづけるマクダフを入れたバッグを持ち帰り、何とか静かにさせようと大わらわだったので、とりあえずコート掛けにひょいと掛けておく余裕しかなかったのである。クローゼットのなかにコートごと閉じこめられてしまう羽目に陥らなかったのは、チッチにとって幸運だったと言わなければならない。

チッチが耳を澄ましていると、バッグが開けられ、マクダフが飛び出した気配がした。

「あ、あ、どこですか？　ここはいったいどこなんですか？　わたしは行かないと……。もう行かなくては……。大事な用があって……。仲間が待っているんですよ……」などと叫びながら、部屋から部屋へ走り回っている。その後をお婆さんが追いかける。

「いいから、いいから、おとなしくするの。お腹が空いてるんじゃないのかい、咽喉は渇いていないのかい」などと優しく声を掛け、何とかマクダフを落ち着かせようと、お婆さんは一生懸命だった。

最終的にマクダフは、ここが出口だと見当をつけた玄関のドアの前に居座って、引っ搔いたり体当たりしたりをずいぶん長いこと続けた。その合い間にはお婆さんを振り返り、「お願いだから、どうか出してくださいよ」という懇願を繰り返す。チッチがポケットに潜むコートはそのすぐ間近に掛かっていたので、チッチは自分がそこにいることを何度か知らせようとしたのだが、お婆さんに聞きつけられるのが怖くて大きな叫び声を立てるのは憚《はばか》られたし、そもそものときのマクダフはもうすっかりパニック状態になっていたから、背後上方から降ってくるチッチのかぼそい声などまったく耳に入らなかった。

そのうちにマクダフはひょいと抱え上げられ、廊下の奥に連れ去られた。お婆さんの腕のなかでも相変わらずクーン、クーンと必死に訴えたり、キャンキャン吠えたりしつづけていたが、それが遠ざかり、やがてピシャリと扉の閉まる音、そしてジャージャーと水の流れる音が始まるに及んで、マクダフの声はぴたりと止んだのだ。それがチッチをとても心配させた。

その後、お婆さんが何本か電話を掛けて興奮した声でお喋りをしている気配があり（きっと、引ったくりの被害に遭いそうになったという体験を家族や友だちに話しているのだろう）、またしばらくの間テレビの音が聞こえつづけ、それがぷつんと途切れると、よう

やくあたりは静寂に包まれた。それからさらに一時間ほど辛抱強く待ち、これなら大丈夫だろうと見極めをつけたうえで、ようやくチッチはマンションの床に降り立ったのである。

そろりそろりと歩いていって、キッチンに入ると、マクダフのいる場所はすぐにわかった。隅に犬用ケージが置かれていて、そこからすうすう寝息が聞こえていた。ずいぶん長いこと興奮しきって大騒ぎしつづけたので、すっかり疲れきってしまったのだろう。

その犬用のケージの桟と桟の隙間は、マクダフが出るにはもちろん狭すぎるが、チッチがすり抜けるには十分なほど広い。チッチはケージのなかに体を滑りこませ、寝息を立てているマクダフのひげをつんつんと引っ張った。びっくりしたマクダフは跳ね起きて、危うく大きな吠え声を立てそうになったが、その寸前、隣りの部屋で眠っているお婆さんのことを思い出し、辛うじて口を噤んだ。

「何だ、何だ……？　あっ、チッチじゃないか。いったい、きみ、どうやってここにやって来たんです？」

「へへっ、驚いたでしょ、マクダフさん。実はね——」

物語は数時間前に遡る。自転車で遠ざかってゆくひったくり犯めがけてビス丸がダッシュしたとき、首輪から路上に振り落とされてしまったチッチは、即座に起き上がり、ビス丸の後を必死に追った。いつだか深夜のコンビニの前で、このシェパードが狂ったように吠え立てて人間を威嚇する場面に一度立ち会ったことのあるチッチは、そのときの興奮が忘れられなかった。ビス丸の首筋から頭のうえへ這い上がり、彼の両耳の間から、つい目の前で人間たちが竦み上がるさまを見物していたチッチは、まるで自分自身がそんなふうに偉そうに人間を恫喝しているような気がして、嬉しくなってしまったのである。

あれがもう一度見られるぞと期待で胸をわくわくさせながら、チッチは全速力で走っていった。他方、タータの方はと言えば、一瞬、頭がくらっとしているうちにチッチを見失い、てっきり教会の方へ戻っていったのだろうと思いこんで、逆方向のそっちへ向かっていっさんに駆け出してしまったのである。

途中でマクダフに追い越されたチッチが現場に到着したときには、しかし残念なことに、引ったくり犯とビス丸、途中からはマクダフも加わった大立ち回りのシーンは、もう終わった後だった。二頭の犬はお婆さんのバッグを取り戻し、悪いやつを路上に頽《くずお》れさせ、意気揚々と勝ち誇っていた。そのうちに人間たちの助っ人も現われた。そこまでは良かったのだが、駆けつけてきたお婆さんの手で、マクダフがあっと言う間にバッグのなかに捕われてしまったいきさつは、すでに物語った通りだ。

お婆さんがバッグにマクダフを閉じこめて、ジッパーを締めてしまったとき、これは大変なことになったとチッチは思った。たまたまその瞬間、チッチのすぐ目の前に、地面にしゃがみこんだお婆さんのコートのポケットがあり、それが半ば口を開いているのが見えた。そこでチッチは後先見ずに、ほとんど反射的にそこに跳びついて、ポケットのなかに潜りこんでしまった。一緒についていって、何とかマクダフを逃がす算段をしなければと思ったのだ。その場にいた人間たちはむろん誰一人、小さなネズミのジャンプに気づかなかったし、それは、上空を旋回しながら心配そうに事態の成り行きを見守っていたリルやキッドの目にも入らなかった。

その後に起こったことは、マクダフとチッチには、外で交わされる会話とか、サイレンが近づいてきて車が停まる音とかが、布地越しにぼんやりと、断片的に聞こえるだけだったので、よくわからなかったが、かいつまんで説明すれば次のようなことになる。

ほどなく、サイレンを鳴らしながらパトカーが二台も到着し、黒いアノラックを着た男にはすぐさま手錠が掛けられた。警官たちはお婆さんに、まず病院へ行って怪我の有り無しを検査してもらい、診断書を作ってもらってほしい、それから、調書を作成しなければならないので、被害届を出しに警察署へも来てほしいと言った。頑固で気丈なこのお婆さんはしかし、どちらもにべもなく断わった。

「こんなことがあって、もう疲労困憊《こんぱい》してしまったから、あたしはうちへ帰ってもう寝ますよ。あたしはねえ、被害者なのよ。もう真夜中近くだっていうのに、あんたたちはこんな年寄りを、病院だの警察だの、あっちこっち引き回すつもりなの！」と怒鳴りつけたのである。若い警官たちは頭を掻き掻き、まあ、それほど重大な犯罪でもないし、現行犯逮捕したことだし、見たところお怪我もないようだから、まあそういうのは明日でいいで

しょう、今日はともかくご自宅までお送りします、という話になった。お婆さんはたちまち機嫌を直し、

「まあ、嬉しい！　あたし、一度でいいからパトカーってものに乗ってみたかったの」と、相好《そうごう》を崩して言った。

そこで、マクダフを入れたバッグをしっかり抱えこんだお婆さんは、パトカーで送られてうちへ帰ってきた。彼女の住まいは、事件の現場から車で五分ほど北へ行ったところにある、六階建てのマンションの四階の部屋だった。

このお婆さんは、二年前に夫に先立たれた後、一緒に暮らそうという娘たちの誘いを断わり、以来、ミニチュア・プードルの愛犬と一緒に独り暮らしをしていた。ところが、十七歳まで長生きしたその犬も半年ほど前に死んでしまった。お婆さんは悲嘆に暮れ、チャミーが死んだときは夫がぽっくり逝ったときなんかよりずっと悲しかったわ、と今でも真顔で言って涙を流す。マクダフを見たとたん、自分の家に連れ帰りたくなってしまったことの背景には、そうした事情もあった。

チッチにとっていちばん危なかったのは、マンションの前でパトカーから降りたお婆さんが、何気なくポケットに手を入れた瞬間だった。お婆さんの手はたしかにチッチに触れた。一瞬、チッチの体をぎゅっと摑みさえしたのである。だが、彼女はそれを、キーホルダーの先についている小さなウサギのぬいぐるみだと思いこみ（彼女はウサギ年の生まれ

だった)、何も疑わずにそのままチッチから手を離した。まあふつう、自分のポケットに生きたネズミが入っているかもしれないなどと、ちらりとでも疑う人はまずいまい。

一瞬、心臓が止まるかと思って体を硬直させたチッチは、お婆さんの手が離れてとりあえず胸を撫で下ろした後、もぞもぞと体をポケットの奥へ移動させ、キーホルダーを自分の体のうえに押し出し、その下に縮こまった。マンションの部屋の前で、お婆さんは何事もなかったようにそのキーホルダーを取り出し、ドアを解錠し、やれ、今日は大変だったわと呟きながら部屋のなかに入って、マクダフを入れたバッグをよっこらしょと上がり框《がまち》に下ろした。——まあそういう次第だったのである。

「そうか、きみが来てくれたのか。きみは勇気のあるネズミだなあ」とマクダフは感激しながら言った。勇気があるというよりは、実のところ、怖いもの知らずの無鉄砲、と言った方がチッチにはずっとふさわしいのだけれど。

「あれ、マクダフさん、何だか良いにおいがするよ」とチッチが言った。

「うーむ……」マクダフの声が突然暗くなり、「実はねえ……わたしはお風呂に入れられてしまったのです……」と消え入るようなかぼそい声で言った。

「ははあ、お風呂に……」

「そうなんですよ。お湯をざぶざぶかけられ、犬用シャンプーで体中、ごしごし洗われてしまってねえ。その後、ガーガーと音のうるさいドライヤーとやらで熱風を吹きつけられ……」

「良かったじゃない、体がきれいになって。マクダフさん、けっこう汚れてたもんね」

「ええっ、何てことを言うんですか！」マクダフが興奮して声を高めたので、チッチはびっくりしてしまった。「こんなふうに真っ白になってしまって……。もう恥ずかしくて、表を歩けやしない。やめてくれと懇願しながら必死に抵抗したのですが、あのお婆さんに嚙みつくわけにもいかないしねえ。『まあまあ、お湯があっと言う間にこんなに真っ黒になって……おまえはこんなに汚れていたんだねえ、可哀そうに』なんぞと彼女が嬉しそうに言うのを聞いているうちに、わたしはもうすっかり意気阻喪《そそう》してしまいましたよ。それで、もう終わりだ、なるようになれというやけっぱちの心境に……」

マンションに連れてこられて以後のマクダフの大騒ぎが、不意にぴたっと止んでしまったのはそれだからなんだと、チッチにはようやく納得が行った。

「しかも、ちょっと、これを見てくださいよ。前に飼っていたミニチュア・プードルの遺品だとかでねえ、わたしが嫌だ嫌だと逃げ回るのを押さえつけて、無理やり……」立ち上がったマクダフが頭を横に向けると、その首に、細くて瀟洒《しょうしゃ》な、革製の首輪が付けられているのが見えた。色は上品なモスグリーンだ。それはとてもマクダフに似合っていた。つまり、思わず抱き締めたくなるような、一匹の非常に可愛らしい、お洒落な犬がそこにいたのである。が、そんなこと言ったらマクダフが腹を立てるに決まっているから、クク

ッと笑いが込み上げてくるのをこらえながらチッチは、

「へえ、かっこいいじゃない」とだけ言った。

「とんでもない！　シャンプーのにおいがする真っ白な毛皮に、この首輪！　これじゃあわたしはまるで、愛玩犬だよ！」

酔っぱらい

引ったくり事件でパトカーが駆けつけ、一時騒然となった深夜の街は、すでに野次馬も散って落ち着きを取り戻し、ひっそりと静まりかえっていた。教会の裏手の駐車場のバンの蔭で、ビス丸たちが深刻な表情で顔を寄せ合い、ひそひそ声で囁き合っているところへ、キッドが急降下してきた。

「わかった、わかったぞ！」ふわりと着地するや、すぐさまキッドは勢いこんで報告した。

「マクダフが連れていかれたマンションの場所を突き止めた！　バッグを抱えたあのお婆さんがパトカーから降りて、その建物に入っていったんだ。バッグがもぞもぞ動いているのが遠目にもはっきり見えたから、マクダフがそのなかにいることは確実だ。どの部屋なのかもだいたい見当がついた。それで……あれ、みんな、嬉しくないのかい？」

「それは良かったわ」とリルが言った。「あとは、何とかマクダフを逃げ出させる方法を……。でもね、もう一つ、問題が起きたの。あの騒ぎのどさくさのなかで、チッチがいなくなっちゃったのよ」

「えっ……チッチが……」

「そうなの。今、手分けしてこの近所を探して回ったんだけど、どうしても見つからないのよ」

「うーん、それは困ったね」

「で、マクダフは……？」と、リルが気を取り直して尋ねた。

「うん。お婆さんが建物に入っていった後、ぼくは少し遠ざかって、そのマンション全体を見渡せる木の枝にとまって、注意して眺めていたんだ。あまり時間が経たないうちに明かりが点いた部屋が、二つあった。で、彼女の部屋はそのどっちかだろうと思い、それぞれのバルコニーまで行ってみた。どっちも厚いカーテンが下りていて、なかはまったく見えなかったんだけどね。最初に行った部屋のなかからは、テレビの音が洩れ聞こえてくるだけだった。でも、二番目の部屋のなかでは、犬がキャンキャン吠えている声がかすかに伝わってきた。きっとあの部屋なんだと思う」

「それはお手柄だったわ」とリルが言った。「明日の朝でも、カーテンの開いていそうな時間を見計らって、ふたりでもう一度行ってみましょう。しかし、チッチはいったいどこへ行っちゃったのか……」

そのとき、変なことが起こった。どこから現われたのか、デブデブに太った、薄汚れたドブネズミが、不意にタタタッと駆け寄ってきて、深刻な表情で顔を寄せ合っていた一同の前で急停止したかと思うと、いきなりごろんと仰向けに引っくり返ったのである。皆、何事かとびっくりした。ビス丸でさえ慌てて跳ね起きた。

「いやはや何とも、何ともかとも……」そのネズミは仰向けになったまま、ごろんごろんと体を左右に揺らしながら、よく聞き取れない声でもごもごと呟いた。「こりゃまた、素敵な月夜だねえ……」

「月なんて出てやしないじゃないの」と、リルがぴしゃっと言った。「あんた、いったい、何なのよ」

「そう、たしかに……よく見りゃ、月は出てないね、出てません。見えるのはただ、でっかい犬の間抜け面ばかり、と来たもんだ」実際、ビス丸がそのデブネズミの体の真上に首を伸ばし、その顔をしげしげと覗きこんでいたのである。

「何をう、間抜け面とはいったい、どういう意味だ、この野郎！」ビス丸はウウ……という唸り声を上げたが、ネズミはまったく意に介さず、

「あ、こりゃまた失礼……。よくよく見てみりゃ、間抜け面とは大違い。とっても賢そうなお顔の、すんばらしいワン公だ。いや、ワンちゃんだ。おいらを見つめて、すんごい牙を剝き出しにして唸っているぞ、と。こりゃ、危ないぞ、食べられちゃったらどうしまし

よ、と。こりゃまたいったい、どうしたらいいんでしょ、と……」

「こいつ、何だ？　頭がおかしいのか？」とビス丸が言った。

「どうやら、酔っぱらってるらしいわね」と、リル。

「酔っぱらう……？」

「お酒を飲むとそうなるの。ほら、人間だってよくいるじゃない。顔が真っ赤になって、良い気持ちになって、わけのわからないことを喋り散らしたり、大声で歌ったり踊ったり――」

「あ、あ、歌う、とおっしゃいました？　歌ったり踊ったりと、そうおっしゃいましたか？　そういうことなら、この教会ネズミのマルコに任せてくださいよ。歌も踊りも得意中の得意でござる、とね……」

マルコという名前らしいそのネズミは体を起こし、さらに、よろよろ、ふらふらしながら、それでも何とか後足二本で立ち上がった。それから爪先《つまさき》立って、お月さまが何やらといったわけのわからぬ歌を調子っぱずれに歌いながら、同時に前足をゆっくり上下させつつ、くるくる回り出した。

「『白鳥の湖』のオデット姫でござい……。美しいオデットち

ゃんは、夜の間だけ人間の姿に戻れるんですよ、と……」だが、三回ほど回ったところでたちまち足がもつれ、マルコはその場にばったり、俯せに倒れ、そのまま動かなくなった。恐る恐る近寄っていったタータが、

「あーあ、眠っちゃったみたい」と言った。「うへえ、息が臭いぞ」

実際、マルコはその場に倒れたまま、幸せそうな寝息をすうすう立てている。

「おいおい、おまえ。寝るなよ、こんなところで」ビス丸が鼻先でマルコの体をつんつん突っついた。それでまた急に目が覚めたのか、マルコは大きなしゃっくりを一つした。それから、俯せになったまま、

「ううう……気分が悪い……」と、消え入るような呻き声で言った。「悪いけど、寝床まで連れてってくれないかな……」

「寝床って、どこだよ」するとマルコは、頭を地面に伏せたまま片方の前足をぐっと伸ばして教会の方を指さした。

一同がマルコの指し示した方角を見遣《みや》ると、そこは教会の建物の裏側で、地面からそう高くないところに窓の一部が見えている。地下に降りてゆく階段の手すりらしいものも見える。

「半地下の部屋があってね、物置に使われているんだ」とマルコは囁くように言った。

「おいらの寝床はそこにあるんだよう。うう……吐きそう……。どうも、くるくる回った

のが良くなかったみたいで……」

「あんた、馬鹿ねえ」と、リル。

「いや、こないだ、教会主催の恒例の土曜リサイタルで、近所のバレエ教室の発表会があってねえ。そこで小学生の女の子が演じた、白鳥のオデット姫の恋の踊りをやってみたんだが……」

「あんたみたいな汚いデブネズミが、白鳥とか恋とか、聞いて呆れる」とリルが情け容赦なく言った。「厄介事がまた一つ増えたわ。さあ、どうしたもんか……」

「ねえ、とにかく連れてってやろうよ。苦しそうだからさ」とタータが言った。同じネズミ仲間として、タータは何となくこの酔っぱらいネズミを庇ってやらなければいけないような心境になっていた。

　ビス丸がマルコの体をいきなりガブッとくわえて立ち上がった。マルコはシェパードの大きな口のなかに捕われて、恐慌を来《きた》すかと思いきや、酩酊《めいてい》して半ば意識を失っているからなのか、平然と身を委ねている。ビス丸の牙の間から頭だけを出し、目をつむったまま、「うう……すまんなあ」などともごもご呟いている。

　動物たちは、建物に接して取り付けられた幅の細い下り階段のところまで行った。それを十段ほど下りたところにスウィング・ドアがあり、ビス丸が頭を当ててぐっと押すと、それはすぐ開いた。不用心なことに鍵も掛け金も掛かっていないようだ。

「あたしとキッドは外にいるよ」とリルが言った。「手分けしてこの近所をちょっと飛び回って、もう一度チッチを探してみるわ」

マルコの言った通り、そこは教会の物置で、折り畳み椅子やら段ボール箱やら灯油ストーブやらがごたごたと積み上げられている。隅にちょっとした空きスペースがあり、古ぼけたソファが置かれている。小さな洗面台もある。

「そのソファのところまで運んでくれ。うう……すまんな」とマルコが言った。

ビス丸がマルコをソファのうえにのせてやり、口を放した。マルコはもぞもぞと起き上がり、ふうとため息をついた。

「ちょっと浮かれすぎたな。いや、あんたらがあそこに集まって、何だか楽しそうにしていたのでな、仲間に入れてもらおうかと思い……」

「楽しいどころじゃないよ」とタータが言った。「こっちは大変なんだぜ。弟がいなくなっちゃったし、マクダフも……」

「マクダフって、誰だ？　そもそもあんたら、この真夜中にあんなところで顔突き合わせて、いったい何してたんだい？　犬にネズミにスズメに、それにあの怖そうな顔つきの大きな鳥に……。何とも妙ちきりんな取り合わせじゃないか」

そこでタータとビス丸は、この旅に出発したいきさつを簡単に物語った。

「ふーん、大変なことをおっぱじめたな」と酔っぱらいネズミのマルコが言った。「ううう……吐き気がする……。そのタミーとかいう犬は、あんたらにとってはよっぽど大事な存在なんだな。東京タワー、海、埋め立て地か……うん、聞いたことがあるような気もするが、おいらにとっちゃあ、お月さまとおんなじような別世界さ。しかし、都会の真ん中の、人間たちがうじゃうじゃ溢れているところを横切っていくんだろ。ここから先が大変だぞ」

「何としても行かなくちゃいけないんだ」と、タータ。「ところが、マクダフとチッチがいなくなっちゃって……」

「そうだな。まあともかく、今夜はここでゆっくり休んでいけ。ここはほとんど誰も入ってこないからな。日曜のミサが終わった後は、この教会もしばらく静かになる。牧師さんもぐでんぐでんに泥酔して、さっき千鳥足で帰っていったところだし……」

「ボクシさん……？」

「ここの、いちばん偉い人さ。いや、とても親切で、誰に対しても優しい、立派な老人なんだが、唯一の欠点は酒に目がないことなんだ。家では奥さんが目を光らせていて酒を持ちこめないし、まさか外のバーや飲み屋にいくわけにもいかない。それで、ときどきここにこっそり下りてきて、浴びるほどウィスキーを飲んでいく。ほら、そこに飲み残しがあるだろ」

　ソファの脇の粗末なテーブルのうえにウィスキーの瓶《びん》があり、茶色い液体がまだ三分の一ほど残ったコップもあった。刺激的なにおいをぷんぷん発散させているその茶色い液体は、テーブルや床にもこぼれて小さな溜まりを作っている。

「牧師さん、酔っぱらうととたんにだらしなくなって、きちんと片付けていけばいいのに、こんな状態にしたままふらふら帰っちゃうんだ。まったく、この瓶やコップを誰かに見つかったらどう言い訳するつもりなのかねえ。しかし、おいらにとっちゃあ、好都合。飲み残しを頂戴して、良い気持ちになれるからなあ」

「良い気持ちのようにも見えないけど」と、両前足で頭を抱えて絶え入るような声で喋るマルコを見ながらタータが言った。

「まあなあ、良い気持ちになった後には必ずその報いが来る。痛《いて》て……。とにかく、この頭痛がなあ……」

何はともあれ、避難所が見つかったのは有難いことだった。マルコが「うう……」と呻きながら、ねぐらにしている段ボールの蔭に引き上げた後、ビス丸はそれと交代にソファのうえに遠慮会釈なく上がりこみ、そこにのうのうと体を伸ばすや、ただちに寝息を立てはじめた。よほど疲れていたのだろう。

ソファの下で丸くなったタータも、とりあえず体を休めておかなければと思い、多少なりとも眠っておこうとしたが、チッチのことが心配でなかなか寝付けなかった。以前、木原公園の川のほとりで、チッチがノスリにさらわれたときの絶望感がしきりに蘇ってくる。

あんなことがまたしても起こってしまったのだろうか。

それでも、煩悶《はんもん》しつつ寝返りを繰り返しているうちに、いつの間にかうとうとまどろんでいたらしい。はっと気がつくと、高いところにある小さな嵌め殺しの窓から射しこんでくる朝日が、室内をぼんやりと明るませていた。タータがソファの下からもぞもぞ這い出すと、先に目を覚ましていたらしいビス丸がすぐに気づいて、

「リルたちはチッチを見つけたかな」とソファのうえから声を掛けてきた。

「うん……」

「まあ、待つしかねえな。いずれにせよ、夜になるまでは行動できねえ」

ビス丸の言う通りだった。かなり元気を回復したマルコも這い出してきて、三匹でぽつりぽつりと言葉を交わしているうちに時間が経っていった。

やがて、何か硬いものをコツコツ叩く音がどこかから聞こえてきた。真っ先にそれに気づいたタータが顔を上げると、砂埃で薄汚れた高窓のすぐ向こう側から、キッドの顔が覗いていた。何か一生懸命に喋っているが、ガラス越しなのでよく聞き取れない。どうしよう……。

「タータ、おれの口のなかに入れ」と不意にビス丸が言った。

「えっ……何だよ、いきなり。口の中って」タータは途惑ってビス丸の顔を見た。

「つまり、だな……。ええい、面倒臭え」と呟くなり、ビス丸はぬっと近寄ってきて、問

答無用とばかりにタータの体をガブッとくわえ、そのまま上に向けてポーンと放り投げた。仰天したタータは「あああーっ」と悲鳴を上げながら宙を飛び、きれいな放物線を描いて、積み上げられた段ボール箱の山のてっぺんにぽてんと着地した。なるほど、そこからなら、体を伸ばせばすぐ高窓の框に前足がかかる。

「ほら、これがいちばん簡単だろ」とビス丸は澄ましたものだ。

「あのさ、前にも言ったけど、今からこれこれのことをするぞとかって、前もって言えよな。言ってからやれよ。まったくもう、ぼくの心臓がもたないだろ……」

「そんなことより、キッドは何て言ってるんだ」と、ビス丸。

この、無神経なデカ犬がよ、まったくもう……とぶつくさ言いながら、それでもタータは窓框に攀じ登り、汚れて曇ったガラス越しにキッドと向かい合った。キッドは開口一番、

「チッチが見つかったよ」と言った。

「えっ、ほんと？」

「チッチはマクダフと一緒にいる」

「ええっ……どういうこと？」

……その朝、キッドとリルは目当てのマンションの正面の樹上にとまって、人間が起き出す時刻を辛抱強く待っていた。キッドが見当をつけておいた部屋のカーテンが開くや、二羽は飛び立ち、ゆるやかに旋回しながら部屋のなかを偵察した。

マクダフの姿はすぐに確認できた。しかし、ちょこちょこと歩き回るマクダフの後ろに人間のお婆さんがぴったりついて、何やかや話しかけたり、ときどき抱き上げたりしている。うかつには近づけない。キッドとリルはとりあえず樹上の待機場所に戻って、さらに待ちつづけることにした。やがてキッドが、

「あっ、ほら、お婆さんが出てきたよ」と言った。たしかにマンションの入り口から出てきたのは、昨夜ひったくりの被害に遭いかけたお婆さんに間違いない。

二羽は、今度はマンションめがけて一直線に飛び、その四階の部屋のベランダに舞い降りた。カーテンが開けられているので、きちんと片づいた食堂の光景はよく見える。だが、そこにマクダフの姿はない。キッドがくちばしでガラス戸をコツコツと叩いた。何も起こらない。もう一度叩いた。と、ソファの下からひょこっと顔を覗かせた小さな動物がいる……何と、チッチがそこにいるではないか！　大喜びで駆け寄ってきたチッチが元気そうなのを見て、キッドとリルも心底ほっとした。チッチは、ガラス戸の向こう側のキッドたちに、前夜何が起きたのか、ひと通り事情を説明した後、

「ちょっと待ってて。マクダフさんに話してくるから」と言い、ちょろちょろと走って、廊下の向こうに姿を消した。ほどなく、キャンキャン吠えるマクダフの声がかすかに伝わってきた。だが、何を言っているかはキッドたちには聞き取れない。やがてチッチが戻ってきた。

「マクダフさん、とっても喜んでるよ。マクダフさんのケージは玄関脇の小部屋に移されちゃったんだ。食堂より、暗くした小部屋のなかにいた方が気持ちが落ち着くでしょって、お婆さんが言ってね」

「で、お婆さんは……？」

「病院と警察に行ったみたいだよ。いつ帰ってくるかわからない」

「よし、では、今のうちに計画を練りましょう」とリルが言った。「マクダフを逃がす計画をね。これは難しいよ。何しろここはビルの四階だからねえ。玄関には鍵が掛かっているだろうし。キッド、あんた、マクダフを爪で掴んで空を飛べる？」

「そりゃあ、いくら何でも無理だよ」とキッドが言った。「チッチなら掴んで運べるだろうけど」

「えっ、嫌だよ！　そんなの、絶対、駄目！」とチッチが震え上がって叫んだ。

「わかった、わかった」と、リル。「とにかく、じっくり考えてみましょう。何か方法があるはず。チッチ、悪いけど、もう一度マクダフのところに戻って、これから言う幾つかの質問をしてみてちょうだい。いい？　まずね――」

チッチが伝令役になり、ベランダと小部屋の間を行ったり来たりしながら、四匹の動物の間で綿密かつ慎重な作戦会議が開かれた。ガラス戸の掛け金の具合、ベランダの周囲の建物の外壁の様子などが詳しく調べられ、やがて、危険は危険だが、これなら何とか実行可能ではないかと思われる計画が、徐々に形をなしてきた。

求めよ、さらば与えられん

「……まあ、そんなわけなのさ」とキッドが話を締め括った。「決行は今夜だ。ぐずぐずしている理由はないからね。適当な時間を見計らって、ぼくかリルか、どっちかが呼びにくるから、いつでも出発できるように準備しておいてくれ。それじゃね」話し終えるとキッドはすぐ飛び去っていった。

タータは、積み上げられたがらくたの間を伝って、足掛かりを探りつつ少しずつ体を下ろしたり、小さなジャンプを繰り返したりしながら、最後にようやく床に降り立った。そして、キッドの言ったことをかいつまんでビス丸に話して聞かせた。

「で、その脱出計画というのは、いったいどういうんだ?」と、ビス丸。

「さあ、それは聞かなかったけど」

「だって、簡単じゃねえか。いいか、おれの立てた計画を言うぞ。お婆さんが帰ってくるんだろ。その後について、するっと建物のなかに入っちまう。で、そのまま部屋の前までついてって、お婆さんが玄関のドアを開けたとたん、隙をついてなかに飛びこみ、マクダフをかっさらって逃げてくりゃあいい。それだけの話よ……」

「あーあ、あんたは実際、苦労のない幸せな性格してるよ。ほんと、羨《うらや》ましいよ」

「え、何だ？　どこが悪いんだ、おれの計画の？　まあ、お婆さんが気絶したりするとまずいがな……」

「まあ、いいからさ。リルとマクダフがちゃんと考えてるから大丈夫だよ」

チッチのゆくえが判明し、しかも元気いっぱいでいるらしいことを知ってほっとしたタータは、それ以降、午後から夕方にかけての時間を平穏な気持ちで過ごした。前の晩は弟のことが心配でほとんど眠れなかったので、ソファの下の暗がりに戻って寝不足を取り戻すことにした。ビス丸も体力を蓄えると言って、またソファのうえに戻って体を伸ばした。

どのくらい時間が経ったのか、ビス丸の眠りがいきなり破られたのは、顔のうえに何かがどんと飛び乗ってきたからだ。

「何だ、何だ！」ビス丸が飛び起きた勢いで、その毛むくじゃらのかたまりは床に跳ね飛ばされたが、すぐ起き上がって、何かわけのわからぬことをわめき散らしながら、またソファに飛び乗ってきた。ぐでんぐでんに酔っぱらったマルコだった。

「何だよマルコ、おまえ、また酒を飲んでるのか」と、ビス丸。

「飲んでますよーだ」とマルコが言った。「さ、踊ろうぜ。踊りましょっ。くさくさしてても始まりませんぜ……」

「くさくさなんかしてないってば。おい、おまえなあ……」

「ほいやさのほいやさ、ほいやさのほいやさ……」マルコがソファのうえを跳ね回りはじめたので、ビス丸が慌てて床に下りた。「ほいほい、ほいほい、えらいやっちゃ、えらいやっちゃ、ヨイヨイヨイヨイ……」マルコは大声で叫びながら、でたらめな身振り手振りで踊り狂っている。ビス丸は手をつかねて茫然と眺めるばかりだ。

何事が起きたかと動転したタータも、ソファのしたから這い出してきたが、そのタータめがけてマルコが飛びかかってきたので、二匹は一緒くたになって床にごろごろと転がった。マルコはすぐに跳ね起きて、

「さ、さ、さ、みんなで、みんなで、ほいほいほい」と叫びながら、タータとビス丸の周りを跳ね回る。「ほらほら、ほらほら、踊る阿呆《あほう》に見る阿呆、同じ阿呆なら踊らにゃ損々……」いつまで経っても終わらない。

「おい、タータ、ちょっと訊くけど、おれ、こいつのこと、一発殴っていいかな？」とビス丸が言った。

「うーん……気持ちはわかるけど、まあ、やめといたら。そのうち静かになるよ」

「あ、あ、殴る、とおっしゃいました？　こいつを一発殴ると、そうおっしゃいました

か？　おう、上等じゃねえか！　相手になったろうじゃねえか！」マルコは突然怒声を発し、お座りの姿勢になっているビス丸の脇に回りこんで、その横腹めがけて飛び蹴りを喰らわせた。蹴りはたしかに入ったが、単にマルコが床にぽてっと落ちただけで、ビス丸は微動だにしない。立ち上がってもう一度。結果は同じだった。ビス丸は深いため息をつき、体を伏せて、

「おい、マルコ、おれを殴ってみるか？　さ、やってみな」と言った。

マルコはたたっと走ってビス丸の顔の真正面に来て、その鼻づらを左右の前足で力いっぱい連打した。ビス丸は目をつむって鼻歌を歌っている。やがてマルコの体の動きがだんだんのろくなり、勢いも弱くなってきた。ビス丸は大きなあくびを一つした。

とうとうマルコの動きが止まった。ビス丸の顔の真ん前で棒立ちになり、肩でぜいぜい息をしていたかと思うと、その場にぺたんと座りこんであぐらをかき、

「ええい、煮るなり焼くなり好きにしろ！　矢でも鉄砲でも持って来やがれ！」と怒鳴って腕組みをした。

「おい、タータ、もう一度訊くけどな、こいつを――」とビス丸が言いかけたが、タータはそれを遮り、

「駄目だよ、マルコを殴っちゃあ……。おい、マルコ、いい加減にしろよ。また気分が悪くなっちゃうぞ」

「もう駄目だ……。燃え尽きた……。おいらは真っ白になってしまったのだ」マルコは俯いてひとり言のように呟いた。「こんな間抜け面の犬一匹、始末できないようでは、おいらは……」

「何だと、こいつ！」

「まあまあ」

「おいらは……。おいらの人生っていったい……」マルコは今度はさめざめと泣き出した。

「こんな薄暗い地下室でなあ……。酒浸りの毎日……。ここにこそこそと酒を飲みに来る、しょうもない牧師の爺《じじ》いだけを友としてなあ……」

「その牧師さんとやら、親切で立派な人だって言ってたじゃないか」

「立派って言うけどな……。牧師っていうのは神様に仕える存在でしょうが。そういう者があんなふうに、むやみに酔っぱらっていいのか。え、いいんですか？　それを立派と言えるんですか、と。それはいけないことですよ、と。おいらは許さない。決して許しません！　お酒なんて飲んじゃいけません！　絶対いけません！」

「じゃ、あんたも飲むなよ」

「そう、おいらだって飲みたくないの。でも、飲まずにいられないの」

「どうしてさ」と、タータ。

「惨めだからですよ。ああ、惨めなんですよお！」

「何が惨めなんだよ」と、ビス丸。

「お酒を飲まずにいられない自分が、惨めなんですよお」

「話が堂々めぐりになってるじゃねえか」

「そうなんだ。堂々めぐりなんだ。毎日が堂々めぐりなんだ。堂々めぐりの毎日なんだ。だからもう、酔っぱらうしか……」

「おい、タータ、おれは寝るぜ。馬鹿々々しくてこれ以上付き合っちゃいられねえ」ビス丸はケッと吐き捨てて、ソファのうえに戻り、体を伸ばして目を閉じた。

「ああ、あんな間抜け面の犬にさえ馬鹿にされてしまった。おいらなんて、生きててもしょうがないんだ。何て、無意味な人生……」どっと涙が込み上げてきたようで、しばらくの間マルコの言葉が途切れた。

「そんなことないだろ、元気出せよ」とタータが言った。

「神様はおいらを見捨てたもうた……。いや、実はおいら、かみさんにも逃げられてなあ……」

「え、そうなの？」

「子どもたちを連れて、出ていっちまいやがった。子どもたちの教育に悪影響がある、なんぞと言ってなあ」

タータは、マルコのおかみさんの言い分ももっともだと思わないわけにはいかなかった。

実際、「オデット姫の恋の踊り」やら「踊る阿呆に見る阿呆」やら、昨夜からのマルコの振る舞いをちょっと思い浮かべてみるだけで、おかみさんの気持ちはまことによくわかる。

「ううう、また気持ちが悪くなってきた……。吐きそう……」

「おい、吐くなよ、ここで」

タータはその後、めんめんと続くマルコの愚痴《ぐち》を聞かされる羽目になった。今度は泣き上戸《じょうご》が始まったようで、「ああ、おいらはこんな地下室で、独りぼっちで酒を飲みながら、むなしく年を取ってゆくのか」とか、「あんたらはいいなあ、そのタミーとやらを助けにゆくという立派な仕事があってなあ」とか、「偉いなあ、大したもんだなあ、そこへ行くとおいらなんか……」とか、絶え入るような声でえんえんと喋りつづけている。かと思うと、突然立ち上がり、「生きるって、何だ？　生きることに、いったい何の意味がある？　神はなぜ、おいらの投げかける問いの前で、沈黙しつづけておいでなのか！」と叫んだりする。

酔っぱらいの繰り言にうんざりしながらも、まあ一夜の宿を提供してもらった恩もあるしと思いつつ、タータは「まあまあ」「そんなことないだろ」「お酒の量、少しずつ減らしていったら？」などと合いの手を入れながら、気長に相手をしてやった。

いつの間にかすっかり日が暮れて、その半地下の部屋も暗くなり、駐車場を照らす水銀灯の光が高窓からわずかに射してくるだけになっている。そのうちに、マルコはふと、変なことを口走った。

「東京を横切って、海の方へ行く、とね……。なあ、それじゃ、あんたら、地下鉄サムに会わなくちゃな」

「えっ、地下鉄サムって誰さ?」

「地下鉄サムに助けてもらえ。いや、おいらも会ったことはない。噂を聞いてるだけだが、何だか凄いやつらしい……」

「助けてくれるって、どういうふうにさ?」

「地下鉄サムさえ……手を貸してくれれば……もう、ばっちりだぞ……」マルコの声がだんだん小さく、間遠になってきた。

「そのサムさんって、どこにいるの?」

「さあな……地下鉄サムは神出鬼没だから……」

「どうしたら会えるのさ?」そのタータの質問には、いつまで経っても返事がない。ねえ、ねえ、と声を掛けながらマルコの体を揺さぶると、酔いどれ教会ネズミはごろんと床に転がった。もうぐっすり眠りこんでいて、タータが耳元で大声で怒鳴っても何の反応もない。

そのとき、高窓をコツコツ叩く音がした。キッドが出発の時刻だと知らせに来たのだろう。ビス丸もしばらく前から耳を澄まして待ち構えていたようで、その小さな音を聞きつけて即座に跳ね起きた。

「よし、タータ、行くぞ」

「うん。ねえ、マルコ、じゃあ、ぼくたち、もう行くよ」マルコの返事はない。

「放っておけって。そんなしょうもない酔っぱらい、うじうじしながら、この地下室で腐っていきゃあいいんだ」間抜け面と言われたのが、ビス丸にはよほど腹に据えかねたらしい。

「そんなひどいこと言うなよ……。マルコ、じゃあ、元気でね」マルコがかすかに口を動かしたような気がしたので、タータが耳を寄せると、

「求めよ、さらば与えられん……」という弱々しい呻き声が辛うじて聞き取れた。「タータ、ビス丸、頑張れよ。タミーを救ってやれ。道中、くれぐれも気をつけてな。おいらもここで、救出作戦の成功を神様に祈ってるから……」

数時間後――。

そのマンションの横に設置されている非常階段の地上出口には、脇にある自転車駐輪場を照らす水銀灯の光が届いているので、人目に立たずにその階段を出入りするのは難しい。たぶん防犯上の配慮から、そういう照明の配置になっているのだろう。だが、階段の裏側に回ると、ちょうどステップの真下に当たるところに、周囲の光がまったく届かない暗い凹みがあった。今そこに、堂々とした体軀《たいく》のジャーマン・シェパード、人間のてのひらにすっぽり収まってしまいそうなクマネズミ、それに、見るからに恐ろしいくちばしと鉤爪

を持つクマタカ――という、甚だ奇妙な取り合わせの三匹の動物が潜んでいた。

三匹は少々疲れていた。まず、体がすっかり濡れてしまっていたということがある。日が落ちてから降り出した小糠雨《こぬかあめ》は、それ以上勢いを増すことこそなかったものの、しとしとと執拗に降りつづき、当初は何ということもないように思われたのに、歩きつづけるうちに徐々に、しかし確実にビス丸とタータの毛皮に沁《し》み入っていった。

こんなの、平気、平気、おれ、土砂降りの雨のなかを駆け回るのが大好きな方だからよ、などと最初のうち意気軒昂としていたビス丸も、しだいに口数が少なくなり、長いこと黙りこんでは、ときたま「しかし、寒いな……」とぼそっと呟くだけといった状態になっていった。タータは、濡れて滑りやすくなったビス丸の首輪から手が離れないように、必死に摑まっていなければならなかった。

視界も悪い。風景が雨に霞んでいるうえに、雨滴がひっきりなしに目に入るので、つい気を弛めると不測の事態が起こりかねなかった。マクダフの先導なしで歩いてゆくので、ビス丸も緊張し、彼なりに一生懸命気を配っていたが、それでも一度、無灯火で走ってきた自転車に接触しそうになったときにはひやりとした。雨合羽《あまがっぱ》を着こんで自転車を漕いでいた男は、急ブレーキをかけて倒れそうになった自転車のバランスを辛うじて取り戻し、ビス丸に罵声を浴びせて走り去っていった。人間たちにとっても視界が悪くなっているのだろう。

さらに、教会から北上し、このマンションに着くまでの道筋の途中、大きな自動車通りを横断しなければならず、三匹はそこですっかり神経を磨り減らしてしまった。それは片側三車線ずつ、両方で六車線の幅のある幹線道路で、車の流れが途絶えることがない。ビス丸は、以前、車に乗せられて運ばれてゆく途中でこうした道路を通ったことがあり、そのとき窓から眺めた経験はあったけれど、歩いて渡ったことは——人間にリードで繋がれた状態でさえ——これまで一度もなかった。タータの場合、こんな巨大な道路は見るのも初めてで、水しぶきを撥ね散らし、轟々と地響きさえ立てながら行き交う車の往来に、目を見張った。

とにかくこれを渡って向こう側に行かなくてはならない。ビス丸は、じっくり左右を眺めて好機を窺った。いっとき車の流れが途切れたのを見計らい、とりあえず中央分離帯まで早足に渡りきってしまおうとした。ところが、足を踏み出して二、三メートルしか進まないうちに、手前の通りを曲がって不意にこの道路へ入ってきた一台のオートバイが、猛スピードで突っこんできた。ビス丸は飛び上がって元の歩道に駆け戻り、そのはずみで首輪から手が離れ、地面に落ちてしまったタータも、慌てて起き上がり、ビス丸の後を追った。

「おい、大丈夫か？」と、ビス丸。

「うん……。ともかく、轢《ひ》かれなくて良かったね」今度の場合、タータもさすがにビス丸の急激な動作を非難するわけにはいかなかった。

そこへ、キッドがさっと舞い降りてきて、「こっちだよ！」とひと声叫ぶや、また高度を上げつつ道路の歩道沿いにゆっくりと飛んでゆく。キッドの行く手を見やると、信号機のある交差点が目に入った。

「そうだ、信号だ！」とビス丸とタータが同時に叫んだ。信号の点滅する交差点はこれまでも通過してきたけれど、小さな通りばかりだったので、あまり気にすることなく渡ることができた。しかし、その際、マクダフが説明してくれた信号の仕組みを、二匹は同時に思い出したのだ。

「赤は止まれ、青は進め、だったよな？」とビス丸が言うと、タータは頷いて、「そう。でも、とにかく人間たちが渡るのに合わせて、一緒に渡っちゃえばいいんじゃない？」と答えた。それで良いような気がしたのだが、しかし、その「人間たちと一緒に」というところでひと悶着《もんちゃく》起こりかけたのである。

交差点まで来たビス丸は、横断歩道の手前で信号が変わるのを待っている人々の後ろに、こそっとついた。しかし、そのビス丸の姿に目を留めて、

「あれえ、何だ、この犬……？」と大きな声で言う人がいたのである。そこに待っていた四、五人の人々がいっせいに振り返り、ビス丸に視線を向けた。

「何だろ……お使い犬かな？　ひとりでお使いとは偉いもんだ」「野良犬じゃないの？」

「こんなところをうろうろしてたら、自動車に轢かれちゃうぞ」などと言い合う声がする。手を伸ばしてくる人がいたら、また狂犬のように唸って威嚇してやろうと思いながら、ビス丸はじっと待った。やがて、前方に見える歩行者用信号の赤い光が青に変わったのが目に入った。そそくさと歩きはじめる人がいる。

「行くぞ、タータ、しっかり摑まれ！」とビス丸は低い声で言うなり、だっと走り出した。人々の間をすり抜け、一気に道路を渡ろうとしたのだが、道路の反対側からも、同じ横断歩道を渡ってこちらに向かって歩いてくる人々がいる。その間から子どもが二人、はしゃぎながら前へ飛び出してくるのが直前まで目に入らず、中央分離帯のあたりで正面衝突しそうになったのには、一瞬、肝を冷やした。

ビス丸はとっさに進路を斜めに逸らし、危うく子どもたちをよけた。子どもたちがびっくりして叫び声を上げるのを背後に聞きながら、何とかかんとか向こう側まで行き着いた。歩道に飛び乗るや、右に曲がってそのまま走りつづけ、最初の角を折れ、さらに細い路地に入って、駐車中の車の蔭に入る。

「ふう……」ようやくひと息ついたビス丸が、「追いかけてこねえだろうな、あの連中……」と言っているところへ、キッドが舞い降りてきた。

「何とかかんとか、渡れたね。まずは良かった」

「何だか、人間の数が増えてきたね」とタータが言った。

「これからますます増えてくるよ。それに、ああいう大きな道路を幾つも渡らなくちゃいけなくなるぞ」

「参ったな……」と、ビス丸。「で、そのマンションっていうのは……?」

「うん、この後はもう、細い道を伝って行けるから。さ、案内するよ」

そういうわけで、三匹はようやくマンションまで辿り着いたのだが、ビス丸とタータは、体力こそそんなに使わなかったものの、雨やら道路横断の一幕やらで神経を磨り減らし、もう何日ぶんもの旅程をこなしたような気分になっていた。

一方、キッドも何だか浮かない顔をしていた。どうもこのあたりの街は空気が悪くて、あまり気分が良くない。とくにあの幹線道路のあたりに濛々《もうもう》と立ちこめる排気ガスが辛かった。飛んでいる途中で突然咳《せ》きこみ、羽ばたきが一瞬止まってバランスを崩しそうになったほどだ。リルのような街スズメは都会の汚れた空気も平《へ》っちゃらだけれど、キッドはもともと空気の清浄な里山で暮らすように生まれついた鳥である。大きな体や獰猛そうな顔つきにもかかわらず、案外デリケートなところがあり、ちょっとした環境の変化で体調を崩してしまう。吹けば飛ぶようなちっこいスズメの方が、けっこう鈍感でタフなのである。

しかしまあ、とにもかくにも三匹は、マクダフを連れ去ったお婆さんの住むマンションまでやって来た。非常階段の裏側の暗闇で体を休め、リルから連絡が来るのを待っていた。そのリルがようやく舞い降りてきたのは、夜も更けて、通りの往来も閑散となり、自転車駐輪場に出入りする人々もほとんどいなくなった頃だった。

「まだ、駄目なの」とリルは言った。「ベランダで様子を窺っていたんだけど、何だかお客が来ているみたい。話し声や笑い声が続いてるの。もうちょっと待ってて」それだけ言い残すや、リルはまた飛び去った。三匹はさらに待った。夜はさらに更けていった。

「どうしたのかな。チッチは大丈夫かな」痺れを切らしたタータが起き上がって、そわそわしながら、階段のステップの蔭から顔を出して外を見た。

「ううむ……」と唸りながらビス丸も起き上がった。

「今夜はもう駄目なのかな……。あ、やめろよ、水がかかるだろ！」ビス丸がぶるぶるっと胴震いして、はじけ散った水滴がタータにかかったのである。「まったくもう、ほんとに、あんたはなあ――」

そこへリルが舞い降りてきた。

「さあ、いいわ。お客が帰って、お婆さんも寝たみたい。部屋が真っ暗になって一時間以上経つから、もう大丈夫でしょう。チッチがガラス戸のところまで出てきて、話もできたし。さ、この階段を四階まで登るの。作戦開始よ！」

どうやってマクダフを脱走させるか

化粧簞笥《だんす》と壁との間のわずかな隙間に蹲っていたチッチは、夜が更けて、台所や浴室の方で物音が途絶えた後もまだしばらくじっとしていたが、やがて我慢ができなくなって、そろりと這い出した。部屋の隅に置かれたケージに走り寄り、そのなかにいるマクダフに、「お客さんたちが帰ってよかったね。さて、そろそろ……」と言った。

「いや、もう少し待とう」マクダフは慎重だった。「お婆さんがぐっすり眠りこんで、少々の物音では目を覚まさないくらいになるのをね。まだベッドで本でも読んでいるかもしれないし」

その夕方、お婆さんの長女が二人の子ども（つまりお婆さんの孫）を連れて訪ねてきたのは計算外の偶発事で、夕食が済んでもなかなか帰らないし、もしかするとそのまま泊まってゆくのではないかと、マクダフとチッチは気を揉んでいた。家に人間の数が多くなると、脱出計画が発覚するリスクもそれだけ高くなる。しかし、ずいぶん遅くまで喋ったり笑ったりした後、ようやくお客たちは帰っていき、マクダフたちはほっとした。

さらに一時間ほども待ってから、マクダフはチッチを偵察にやった。しばらくして戻ってきたチッチは、

「大丈夫だと思う。寝室のドアは閉まっていたんだけど、ドアの外でよく耳を澄ましてみたら、ゆっくりした、規則正しい呼吸の音が聞こえてきた。もうぐっすり眠りこんでいると思う。それから、廊下からリビングには、大丈夫、入れるよ。扉がちゃんと閉まってなくて、少し隙間ができてるから」と報告した。

「それは良かった」その最後の点はマクダフたちが気を揉んでいたことの一つだった。ベランダに面したリビングまで行けなくては、計画全体が崩壊してしまう。

「じゃあ、チッチ、今度はリルたちと連絡を取らないと。きっとベランダで待機していると思うんだ。行って、作戦開始だと伝えておくれ」

チッチはリビングに行き、ガラス戸の前に下りたカーテンの下をくぐって、ガラスにぴったり顔を付けた。そして、それを待ち受けていて、すぐに近寄ってきたリルに、

「作戦開始だって、マクダフさんが言ってるよ」と言った。

「わかった。頑張ってね」とリルが答えると、チッチはすぐにまたカーテンの向こう側に姿を消した。

そこからは自分の肩に大きな責任がかかっていることを、チッチは十分に自覚していた。チッチは二つのことをやり遂げなければならなかった。まず一つは、マクダフをケージか

ら出すことだ。

実は、この晩、マクダフが何とかケージに閉じこめられずに済み、部屋のなかを自由に歩き回れるようにしておいてもらえればいいんだが——と、動物たちは強く期待していた。そのために、お婆さんが娘たちと賑やかに談笑していた間中、マクダフは前夜のパニック状態の失態を多少なりとも取り戻すべく、「おとなしい、躾《しつ》けの行き届いた、可愛い家庭犬」を抜かりなく演じ、そこにいた一人一人に懸命にお愛想を振りまいたりもしていたのだ。ところが、マクダフもチッチもがっかりしたことに、お客たちが帰った後、お婆さんは、自分のベッドへ行く前に、「さ、チャミーも眠る時間よ」とか何とか言い（お婆さんはマクダフを以前の愛犬と同じ名前にすることにもうすっかり決めていた）、小部屋のケージに閉じこめてしまった。

このケージは、扉を閉めると、扉側とケージ本体側の二つの穴が重なり、そこにうえからピンを貫通して差しこみ、ロックする仕掛けになっている。以前、〈田中動物病院〉で、チッチたちの家族が三匹一緒に入れられていたケージと同じ構造である。ただし今回は、チッチがケージの外側にいる。これは大きな違いだ。

チッチはケージの格子に攀じ登り、ピンの頭の穴に前足を入れて、それを何とかうえへ押し上げようとした。ケージの横の桟に引っ掛けた後足を踏ん張って、ピンを持ち上げてゆく。

ピン自体は大して重いものではない。ただ、それはけっこう長さがあり、チッチが目一杯背伸びしても、まだ下端が穴に引っ掛かっていて、もう少しのところで外れない。もう一段うえの横桟に後足を掛けようとしてもがいているうちに、前足がピンの穴から外れ、後足も踏み外して、チッチは床に転がり落ちてしまった。

「大丈夫かい？」と、マクダフ。

「うん。もう一度やってみる」

二回目の試み。もう少し……もう少し……後足を上げ、うえの桟に引っ掛けて……うまく行くかな……。が、今度もまた転がり落ちてしまった。

三回目、チッチは顔を真っ赤にして踏ん張った。後足がうえの横桟に掛かる。しかし、体がぐらついて持ちこたえられそうにない……ピンが重くて前足が痺れてきた……あと、一センチ半……あと、一センチ……やっぱり駄目か……。そのとき、温かな鼻息がチッチの顔にかかって、

「チッチ、その空いている方の前足でわたしの鼻を摑んでごらん」という声がした。いつの間にかマクダフが、格子のすぐそばまで顔を寄せてきていた。

チッチは言われた通り、もう一方の前足の先でマクダフの鼻先を掴んだ。そのままマクダフがぐんと顔を上げると、チッチの体も跳ね上がり、その勢いでピンはすぽっと抜けた！　チッチはまたしても床に転がり落ちたが、

「やったあ！」と叫んで、にこにこしながらすぐに起き上がってきた。マクダフも笑顔になって、掛け金の外れた扉を頭で押し開け、外に出てきて、ぶるぶるっと胴震いを一つした。

「よーし。有難う、チッチ。さあ、では次だ」

二匹は足音を忍ばせながら小部屋を出て、廊下を抜け、リビングに入った。厚手の薄茶色のカーテンの前に立つ。マクダフがカーテンの合わせ目を頭でかき分けると、ガラス戸の向こう側にぴったり張り付くようにしてリルが待ち受けていた。三匹は緊張した顔で頷き合った。

さて、何とかこのガラス戸を開けて、外のベランダに出なければならない。チッチに託されたもう一つの任務とは、このガラス戸の解錠だった。しかし、そんなことがはたして可能なのか。

「できるかな……？」とチッチは自信なさそうに首をかしげている。マクダフも掛け金を見上げながら、

「うーん……」と難しそうな顔で唸っている。「まあ、何とかやってみてくれ。わたしに

は、あそこまではちょっと飛びつけそうにない。飛びつけるかもしれないが、大きな音がして、お婆さんが目を覚ましてしまう危険もある」

チッチはカーテンを登りはじめた。それがつるつるした合成繊維のカーテンではなく、肌理《きめ》の粗い麻の布地のカーテンだったのは好運だったと言うほかない。織り地の隙間やほつれ目に前足の先を食いこませ、体を引き上げては、後足を同じように布地の織り目に引っ掛けて、足場を確保する。それからまた前足をうえに伸ばす。チッチはじりじりと登りつづけてゆく。

ようやくガラス戸の掛け金と同じ高さのところまで来た。だがその掛け金は、カーテンにしがみついているチッチの体の背後にある。チッチは片方の前足をカーテンから外し、体をひねって、背後の掛け金を手探りした。掛け金に前足の先が掛かった。さて、ここからが難しい。

かなり複雑な動作をいちどきにやらなくてはならない。チッチは、掛け金に掛けた前足に力を入れながら、体のひねりを大きくしつつ、もう一方の前足をカーテンから離し、二本の後足で布地を蹴って、一挙に掛け金に跳びつこうとした。……駄目だった。跳びつきそこねて、呆気なく床まで落ちてしまった。

「チッチ、大丈夫か？　どこか打ったかい？」マクダフが心配そうに、仰向けになったチッチのお腹を舐める。

「大丈夫……大丈夫だよ……。待って……ちょっと、息が切れちゃって……」チッチは起き上がり、荒い呼吸が収まるのを待った。それから、えいと自分に気合いを入れると、もう一度、えっちらおっちらと登りはじめた。カーテンを攀じ登る要領がわかったので、今度はさっきよりも短い時間で掛け金の高さまで到達できた。そこからさらにもう少し登って、掛け金を見下ろせる位置まで行く。

中途半端なやりかたでは駄目だ、とチッチは思った。一気に跳ばなくては……。ぶらんこの要領で自分の体ごとカーテンを前後に揺らしつつ、何度も後ろを振り返って掛け金の位置を確かめつつ、間合いを見計らった。そして、えいやっとばかりに前足二本をいっぺんに離し、同時に後足で蹴って、ジャンプ一発、見事、掛け金に跳びついた。

「よし！」と、マクダフが床のうえで、片方の前足を宙に突き上げる。

いや、まだまだ、問題はこの後だ、とチッチは心のなかで呟いて、気を引き締めた。

この掛け金は、半月型をしているのでクレセント錠と呼ばれる、ごく一般的なもので、その半月型から突き出した棒状のバーを押し上げたり押し下げたりすることで、施錠したり解錠したりすることができるようになっている。今、バーは真上に垂直に持ち上がっている。これがロックされた状態だ。ロックを外すには、バーをぐるりと回して、真下の位置まで持ってこなければならない。

チッチはバーとガラス戸の間に入りこみ、前足をバーに、後足をガラス戸にあてがって、深呼吸を一つした。それから、ぐっと力を籠めて両手両足を突っ張った。そのマンションは築年数が古くて、建てつけがちょっと悪くなっているのか、クレセント錠はけっこう固く嵌まっていて、顔が真っ赤になるまで頑張ったが、どうしても動かない。力を弛め、ひと息つく。それから、今度は後足でガラス戸を蹴りつけるようにして、全身全霊の力を籠めて一気に押した。動いた！　クレセント錠は少々軋《きし》みながらぐるっと九十度回転し、水平状態になった。それが急に動いたはずみに、力余って前方に放り出されそうになり、チッチは危うく身を縮めて踏みとどまった。

しかし、ロックはまだ解けていない。完全に解錠するには、水平になったバーをさらに九十度回転させ、真下に向く位置まで持っていかなくてはならない。どうしよう……。両後足でクレセント部分をぎゅっと挟んで体を固定し、前足を伸ばしてみたが、バーの先までは届かない。そもそも、たとえ届いたとしても、それを摑んで真下に押し下げようにも、支えがないから、力の籠めようがない。

ええい、面倒だ、いっそのこと……と心のなかで呟き、チッチはたっと跳ねてバーに摑まり、体をだらんと垂らして、一挙に体重を掛けた。それでうまく行ったのだ。そのクレセント錠は、水平位置までは固かったが、そこから先はもう嵌まり具合が弛くなっていて、ほんのクマネズミ一匹の重みが掛かっただけで、素直にくるりと回ってくれた。かちゃりという小さな音とともに、見事、ガラス戸の掛け金は外れた！

マクダフがガラス戸のへりに鼻先を押しつけて横にぐいっと引き開けると、戸は音もなく滑って細い隙間が出来た。よし、いいぞ。マクダフとチッチはその隙間からベランダに滑り出て、リルと顔を合わせ、緊張した笑みを交わした。さて、いよいよこれからが本番だ。

「ベランダからベランダへと渡ってゆく――そう言ったよね」と、マクダフ。

「そうよ、こっちよ」リルはマクダフをベランダの端へ案内した。なるほど、外壁に沿ってコンクリのへりがのび、隣りの家のベランダまで繋がっている。その先に、さらに隣りの家のベランダがあり、そのさらに向こうに非常階段の踊り場があって、お座りの姿勢になっているビス丸の心配そうな顔が、薄暗い常夜灯の明かりに、遠く小さく浮かび上がっていた。マクダフの姿を認めたビス丸は耳をぴんと立てて小さくワンと吠えかけたが、タータかキッドにたしなめられたのか、すぐに口を噤んだ。マクダフも体の底から温かいものが込み上げて、思わず声を上げそうになった。実際、ビス丸の武骨な顔を見てこんなに嬉しくなるとは思ってもいなかった。

「マクダフさん、けっこう高いよ。ほら、下を見てごらんよ」チッチがベランダの端から恐る恐る下を見下ろして、ぶるぶる震えていた。たしかにここは四階だから、落ちたら、まず、死ぬだろう。「あんな細いへり、ぼく、とうてい渡れないよ。足が竦んで、動けなくなっちゃうよ」

「じゃあ、わたしの首輪に摑まっていたら、どうかな」とマクダフが言った。実際、彼の首には今や、お婆さんから貰ったモスグリーンの細い首輪が巻かれている。チッチはマクダフの背中に攀じ登って、その首輪に摑まってみた。

「うん……いい感じ、かな？」

「よし、じゃあ、行くよ」マクダフはベランダの隅の鉄柵の隙間からするりと出て、建物の外壁を取り巻く、その幅二十センチほどのへりに足を掛けた。

　雨がしとしと降っている肌寒い晩だった。マクダフは用心のうえにも用心しながら、そろそろと進んでいった。体の左側には、ちょっとでも下を見ると、そのまま吸いこまれていってしまいそうな奈落がぽっかり口を開けている。

「じっとして、目をつむっていたまえ。大した距離じゃないからね」マクダフはそうチッチに言って、少しずつ歩を進めていった。わたしも下を見ちゃあいけないぞ……真っ直ぐ前だけを見て、そろそろ歩く……大した距離じゃない……そう、そのはずだ……もう少し……もう少し……。

　うまく行った。鉄柵の隙間をくぐって、マクダフは隣りの家のベランダに滑りこんだ。この家ももう寝静まっているよ

うで、カーテンがぴっちり閉め切られた部屋のなかは真っ暗だ。

　チッチを背中に乗せたマクダフは、そのままベランダの向こう端に行き、また鉄柵の隙間から出て外壁のへりに跳び移った。またそろそろと進んでゆく。よし、やれるやれる、楽勝じゃないか。次の家のベランダまで来た。ここは住人がまだ起きているようで、部屋の明かりが煌々と灯り、テレビか何かの音が洩れてくる。とはいえ、ここもカーテンが引かれているので部屋のなかから姿を見られる心配はない。マクダフは足音を忍ばせてベランダの向こう端まで行き着いた。そこまで行けば、もう非常階段はつい目と鼻の先だ。そこにはビス丸がいる……キッドも、タータもいる……皆、不安と嬉しさが入り交じったような表情で、近づいてくるマクダフをじっと見つめている。

　マクダフはまたベランダの柵の隙間から出て、へりに足を掛けた。が、その場所で、小さくあっと叫び、体を凍りつかせてしまった。何と、その最後のへりは途中で途切れていて、非常階段の踊り場までは続いていないのだ。マクダフはじりじりと進んで、へりが途切れている、その端っこのところまで行ってみた。ビス丸たちはもう手の届きそうな近さにいて、声を掛けてくる。

「おい、マクダフ、やったな。さあ、あと、ほんの少しだぞ！」

「いや、そのほんの少しが……。ほら、へりが途切れていてさ……」

「跳べ！　跳ぶしかないぞ。ジャンプだ！」ビス丸の声が思わず知らず高くなり、それを脇からタータが「しっ！　静かに！」とたしなめた。へりの端っこと非常階段との距離は、さあ、ほんの一メートルくらいのものだろうか。そりゃあ、ビス丸ならほんのひと跳びだろうさ、とマクダフは苦々しい思いで舌打ちした。

本当はマクダフだって、その程度の距離をジャンプするのは大して難しいことではない——ただし、ふつうの地面のうえでなら、の話である。この一メートルを跳ぶということは、真下に何もない、完全な虚空《こくう》を横断するということだ。もし失敗すれば、そのまま四階下の地面まで一挙に墜落してしまう。

足が竦むとチッチが言った、その言葉の意味が初めてマクダフにはわかった。体ががたがた震えて、じっと立ち止まっているだけなのに、足を踏み外してしまいそうな気がする。ちょっと首を前に伸ばして、真下を見下ろしてしまったのが良くなかった。非常階段が下方へ向かって地面まで、遠ざかるほどにだんだん細く小さくなりながらずっと延びている。途方もない距離の彼方に、豆粒のような自転車の列が見える。彼はめまいに襲われ、体が前のめりになって、そのまますうっと落ちてゆくような気がした。

はっと気を取り直し、目をつむって何度か大きく深呼吸を繰り返した。そして、ビス丸の言う通りだ、跳ぶしかないと自分に言い聞かせた。後戻りして、お婆さんの部屋へ戻ることはできる。が、それは要するに、この脱走計画はおじゃんになるということだ。もしそうなったら、今度いつまた脱走の機会が廻ってくるかわからない。引ったくり事件に巻きこまれてしまったせいで、もうすでに時間をずいぶん無駄にしている。タミーはわれわれの到着を待ちわびているだろう。もう一刻の猶予もならない。今、ここで、ジャンプするしかない。

皆、息を殺してマクダフの挙動を注視していた。もし失敗したらどんなことになるか、その深刻さに初めて思い至ったのか、

「おい、マクダフ、大丈夫か？　さっきはあんなふうに言っちまったが、もし危ないと思うんなら――」とビス丸がおろおろ声で言いかけたが、マクダフはそれを遮って、

「いや、ジャンプしてみます。跳べるはずです……たぶんね」と言った。

その「たぶんね」で皆はひやりとしたが、その一同の蒼ざめた顔を、マクダフはにこにこしながら眺めている。

「何だ、冗談言う余裕があるんなら、大丈夫だろ。よし、行け！」と、ビス丸。

マクダフは、踏み切り地点をじっくりと確かめたうえで、背後のベランダの鉄柵ぎりぎりのところまで後ずさりした。それから、「しっかり摑まってるんだよ」とチッチに声を掛けると、たたっと助走して、一気に跳んだ。

踏み切る瞬間に足を踏み外さないようにと、慎重になりすぎて、やや後方地点からのジャンプになり、それで着地点がぎりぎりになってしまった。それでも、ぎりぎりとは言え一応、安全に着地できたはずなのだ――もし雨さえ降っていなければ。

コンクリ剥き出しの踊り場の床は、横から吹きこんでくる雨でびしょびしょに濡れて、滑りやすくなっていた。踊り場のへりに一度は掛かったマクダフの後足が、つるっと滑り、宙を蹴った。マクダフは必死になって前足で床をがりがりと引っ掻き、体を引き上げようとしたが、その前足の爪も濡れた床のうえを滑って、力が入らない。ずるずる滑り落ちてゆく……ああ、駄目だ……もう前足もへりに掛かってしまった……これではもう体を支えきれない……。もう、死ぬんだなという思いが彼の頭に閃いた。死ぬこと自体は、そう悲しいこととは思わなかった。これまでやりたいことをやって生きてきたのだから、自分自身に対しては何の悔いもない。悔いがあるとすれば、結局タミーを救えなかったということだけだった。せっかくここまで、みんなで頑張ってやって来たのになあ……。

そのとき、マクダフの首すじが何か硬く強いもので、がっきと挟みこまれたかと思うと、彼の体はあっと言う間に引き上げられていた。すばやく駆け寄ったビス丸がマクダフをくわえて引き上げたのだ。

「あ、ビス丸、有難う……助かった……」床に横ざまに転がったマ

クダフは、荒い呼吸で激しく胸を上下させながら、弱々しい声で言った。が、次の瞬間、ぱっと跳ね起きて、「わたしの首すじ……チッチは？　チッチはどこだ？」と叫んで、血走った目で周囲を見回した。チッチがいない！　チッチはどこだ？

踏み切った瞬間、チッチはたしかにマクダフの首輪に掴まっていた。「しっかり掴まってるんだよ」と声を掛け、「うん」という緊張しきった返事を聞いているし、何やらけっこう長く感じられた滞空時間の間に、あの子がひゃあというような悲鳴を上げたのもたしかに耳にした。しかし今、チッチはどこにもいない。では、後足がずるっと滑って体がずり落ちかけたあの瞬間、その衝撃で、あの子は首輪から手を放してしまったに違いない。チッチが墜落した！

スクランブル交差点

「ああーっ……」と長く尾を引く叫びを上げながら、チッチは落ちていった。

雨にびっしょり濡れたマクダフの首輪は、つるつる滑って掴みにくく、建物のへりを進んでゆく間中、チッチは必死にしがみついていなければならなかった。マクダフが跳躍して非常階段にうまく着地したときには、何とか持ちこたえ通したぞとほっとしたが、次の瞬間、衝撃が来て、マクダフの腰がいきなりがくっと下がった。ほっとして気持ちが弛んでしまった直後のことだったので、思わず指が滑ってチッチは首輪から手を放してしまったのだ。

くるくる回りながら、一直線に落ちてゆく。体の周りを風がびゅうびゅう吹きまくって、その勢いがどんどん強くなってくる。チッチは最初から目をぎゅっとつむってしまっていて、瞼《まぶた》の裏になぜかあの懐かしい川の風景がフラッシュのように閃いた。優しい夕暮れの光が川面に照り映えて、きらきら光っている。ああ、もう一度あそこに帰りたかったなあ……。

気がついたときには、チッチの体はもう何かに包まれていた。最初はそおっと触れてきたその何かは、あれあれと思ううちにどんどん強く締めつけてきて、いつの間にかチッチの体を固く抱きかかえていた。あれ……ぼく、もう落ちていないみたいだぞ……。相変わらず風が体の周りでびゅうびゅう唸っているけれど、そう、たしかに、チッチはもう墜落していなかった。えっ……ぼく、空を飛んでるの……？

恐る恐る目を開けてみた。地上からほんの数メートルほどの高さをチッチは水平に飛んでいて、ちょうど上昇に移ろうとしているところだった。えっ、どうしちゃったんだ、いったい何が起こったんだ？　そのとき、すぐ間近のところで、

「ちょっとちょっと、じたばたしないで、じっとしててよ」という落ち着き払った声が聞こえた。キッドの声だった。

チッチが滑り落ちたと鋭い目で見てとるや、キッドはさっと飛び立ち、二度、三度と力強く羽ばたいて急加速したかと思うと、後はチッチめがけて翼を縮め、弾丸のようなスピードで急降下していった。有難いことに毛並みの白いチッチは夜の闇のなかにくっきり浮かび上がって、はっきりと見分けることができる。うまく追いついて、キッドはチッチの体を両脚の爪でしっかりと抱えこんだ。

チッチの体を上手に摑み取ったキッドは、旋回軌道をとりながらゆるやかに上昇し、いったんマンションの屋上ほどの高さまで至ると、今度はそこから下降に移って、動物たちが待つ非常階段の四階の踊り場をめざした。そこに到着すると、大きな羽ばたきを二つほどして、一瞬、宙空に静止し、爪の力をそっと弛めた。チッチの体がぽとりと床に落ちる。それからキッドもふわりと着地し、一度大きく翼を広げてから、また閉じた。

俯せになったままじっと動かないチッチの周りに、皆がどっと駆け寄った。

「チッチ、おい、チッチ、大丈夫かい？　どこか怪我でもしたかい？」と言いながらタータがチッチの体を揺さぶった。チッチはごろんと寝返りをうって仰向けになり、それからぴょこんと起き上がって、ふうとため息をついた。

「お兄ちゃん……大丈夫……。ぼく、大丈夫だよ……」まだ体の震えが収まらないが、タータ、リル、マクダフ、ビス丸の心配そうな顔を順繰りに見回し、何とか笑みを浮かべようと努力しているうちに、血の気の失せていた顔にだんだん生色が戻ってきた。それからチッチは、自分の翼にくちばしを突っこんで悠然と羽根繕《づくろ》いをしているキッドに、「どうも有難う……」と小さな声で言った。キッドは何も答えず、ただ軽く頷いただけだった。

チッチは何やら変な気分だった。以前、ノスリにさらわれかけたことがあるチッチは、偶然の成り行きで一緒に旅をすることになったこの猛禽のことが、ずっと苦手だった。まさか、自分を襲って食べようとしたりなどはするはずがないと頭ではわかっていても、キッドの恐ろしいくちばしや鉤爪を見ると、何だかお腹の底が冷たくなるようなそこはかとない恐怖を、ついつい感じずにはいられなかったのだ。しかし、今回、まさにそのキッドの鉤爪のおかげで、地面に叩きつけられて死なずに済んだ。空中でしっかと摑んだときも、舞い上がってきて床のうえに落としたときも、キッドがチッチの体を傷つけないように細心の注意を払ってくれていたことが、チッチにはよくわかっていた。キッドの両脚の物凄い鉤爪は、今やまったく違ったものとしてチッチの目に映じるようになっていた。

そのがっしりした鉤爪は、ついさっきまではチッチの目に、自分の体を一気に引き裂きかねない凶悪な武器のように見えていたものだ。しかし、そうではないのだ。それはとても頼りになる、温かな救いの手だったのである。それに、キッドに運ばれながらのつい今しがたの短い飛行は、実を言えばちょっぴり楽しくないわけでもなかった。むろん怖いことは怖かったけれど、あのぞくぞくするようなスリルは、そう悪いものではなかった！

「まあ、ともかく、マクダフ脱走作戦は成功ね」とリルが明るい声で言った。

「みんなに心配をかけたね」ようやく安堵したマクダフは、お座りの姿勢になった。「いや、ひょんなことに巻きこまれて、思わぬ道草を喰ってしまいました。しかし、これでようやくまた、チームのメンバー全員が揃ったね。あのお婆さんは本当に良い人でね。こんなふうにこっそり逃げ出してきて、心が痛むよ。お婆さん、朝になって起きてきて、わたしがいなくなっているのを知ったら……。しかも、ベランダのサッシが細く開いているわけだからね。地面に落ちたんじゃないかとか、きっといろいろ考えて、ひどく心配するだろうなあ。実際、親切な人でね、わたしを引き取って可愛がってくれるつもりだったんだ。本当に申し訳ないことだが、しかしまあ、仕方がないよね——え、何だよ、ビス丸？ 何だか変な顔をしてるじゃないか……」

実際、ビス丸はさっきから鼻すじに皺を寄せ、しかめっ面ともつかない妙な表情を浮かべていた。が、マクダフがそう言ってじっとビス丸の顔を見つめたとたん、もう我慢しきれなくなって、ぷっと吹き出してしまった。ビス丸は笑いをこらえていたのである。

「ぶわっはっはっはっ！ おい、マクダフ、おまえ、そんな真っ白になっちゃって！ おまえ、何だか、物凄く可愛いぞ！」

「え、いや、まあ、その……」マクダフはどぎまぎしながら、慌ててごろんごろんとコンクリの床のうえを転げ回った。あの薄汚れた灰色の毛皮の「ふだん着」に戻ろうとしたのだが、使い古したもじゃもじゃのモップのような元通りの外見は、そう簡単には取り戻せない。

「おまえ、おれのことを高級シャンプーで洗ってもらってるだの何だの、馬鹿にしてたけどな」とビス丸が言った。「おまえこそ、さては、優しいお婆さんにお風呂に入れてもらったな。どうやらドライヤーで乾かして、丁寧にブラシをかけてもらったうえに、櫛《くし》で毛を梳《と》かしてもらった——どうだ、図星だろ！」

「そうですよ、お風呂に入りました！　櫛で梳かしてもらいました！　それの、いったい何が悪いんですか！」観念したマクダフは開き直って、すっくと立ち上がった。しかしそれで、マクダフがいちばん見られたくなかったものが、皆の目に丸見えになってしまった。

「おっ、ぷぷぷっ、その首輪！」もう大喜びでひいひい言いながら、今度はビス丸の方が床のうえを転げ回って、涙を流しながら大笑いしはじめた。「ああ、マクダフちゃーん、素敵よ、そのお洒落な首輪、素敵だわ、可愛いの、あまりにも可愛いのよお！」などと、誰の声色を使っているつもりなのか、わけのわからない甲高い声を上げて、うひゃうひゃと笑い転げている。「ああ、撫でさせてちょうだい、頬擦りさせてちょうだい、マクダフちゃーん、この愛くるしい、ぬいぐるみさん！」

「ええい、何ですかね、この馬鹿々々しい大騒ぎは。わたしはもう、知りません！」憮然《ぶぜん》としたマクダフは、ぷいと横を向き、ビス丸にお尻を向けてごろりとふて寝してしまった。

しかし、マクダフの言った通り、ともあれこうしてチームの全員が再集合できたのは喜ばしいことだった。ビス丸がようやく大笑いをやめ、チッチの震えも収まり、皆が落ち着きを取り戻すや、ただちに短い作戦会議が開かれた。

「思わぬことで時間を無駄にしてしまいました。タミーはわれわれの到着を今か今かと待ち暮らしているでしょう」とマクダフが沈痛な顔で言い、その言葉で、まだにやにや笑いを浮かべていたビス丸もたちまち粛然とした表情になった。

「渋谷とかいう繁華街がある、と。しかしそこは避けて、遠回りをした方が良いっていう、たしかそういう話だったよね、リル？」マクダフが確かめるようにリルの顔を見ると、スズメはこくりと頷いた。「しかしねえ、もうのんびり遠回りをしている余裕はないような気がする。その繁華街を一気に突っ切ることにしようと思うんだが、どうだろう？」

もうぐずぐずしてはいられないということで、即刻、旅の続きを再開することになった。非常階段を四階から地上まで降り、道路に出て、そのまま進路を東に取る。たしかに、このマンションに来るために、当初想定していたコースからかなり北の方へ逸れてしまったので、このまま東に向かえばそこはもう、その渋谷という街の真ん中に突き当たってしまうことになるのである。

そぼ降る小雨のなかを、空が白みはじめる頃まで歩いて、とある小さなマンションの裏手に、あまり使われていなさそうな、庇のついたプレハブ物置を見つけ、そこを仮の避難場所にすることにした。この二日ほどは誰にとっても心労と緊張の多い時間が続いたので、皆ぐっすり眠り、疲れを癒やした。

　お昼過ぎになると雨は上がった。リルとマクダフは、まあ良かった、しかしこれからが大変だと言い合い、それからよもやま話をぽつりぽつりと交わしていたが、そのうちにリルがふと、

「でも、マクダフ、ビス丸はあんなこと言ってはしゃいでたけど、あたしはあんたの首輪、とっても良いと思うわ」と言った。

「ううむ……。そうですか。じゃあとりあえず、しばらくの間は付けていますかねえ。あのお婆さんにとっては大事なものだったらしいし。キッドやタータに頼めば、何とか外してくれるとは思うけど」

「付けてれば良いじゃないの。ぜんたい、あんた、いったい何でまた、愛玩犬扱いされるのをそんなに嫌がるのよ」

「うーん、それには長い話がありましてねえ。もともとわたしはある人間の一家の家で育てられて、まあそれなりに可愛がってもらっていたんですが……。そう、ビス丸が言ってたあれは、ある意味で正しい。とても親切な、良い人たちだったんだけど、その可愛がりようというのがねえ……。『良い子のピョンちゃん、可愛い可愛い、ぬいぐるみさん』ってなもんで――」

「え、ピョンちゃんって……?」とリルが訊き返すと、マクダフは、しまった、つい口が

滑ったという極《き》まり悪そうな表情になって顔を赤らめた。それから、もう仕方ないという諦めきった顔になって、

「そうです。その家でのわたしの呼び名はピョン太だったのです」と言った。

「ピョン太……可愛い名前じゃないの」とリルはなだめるように言ったが、マクダフが恥ずかしさの極みとでもいった、消え入るような声でそれを「告白」したのが、内心、おかしくてたまらなかった。リルの声に笑いをこらえているような響きがちょっぴり滲んでいるのを、神経がぴりぴりしているらしいマクダフは聞き逃さず、

「いや、どうにでも笑い者にしてください」とふて腐れたように言った。

「笑い者になんか、してやしないわよ。ほんとに可愛いと――」

「ええい、可愛い、可愛いって！　わたしはそれが嫌だったんですよ！　ただピョンピョン、ピョンピョンと、阿呆みたいに跳ねてればいいって言うんですか！　わたしは世の中の役に立つようないろんなことの出来る、一人前の犬なんだ。ちゃんとした、立派な、おとなの犬として、それなりの敬意を払ってほしかっただけなんです。それなのに、まるでもうただの『動くぬいぐるみ』みたいな扱いで……」

「それで、家出しちゃったんだ？」

「そうです、独立独歩の人生を選ぶことに決めたのです。以来、いろいろ苦労をしてきたけれど、その決断を後悔したことは一度もありませんよ」

「ふーん……。じゃあ、『マクダフ』っていう名前は？」

「自分で選んだのです。良い名前でしょう？　わたしは自分の受け継いだスコットランド系の血筋を大事にしていますのでね」ウェストハイランド・ホワイトテリアの血が混じっている小さな犬は、昂然と胸をそらし、誇らしそうに言った。

夜になって、動物たちは出発した。しかし、その先に広がっている都市の繁華街はもう未知の世界で、二頭の犬はめまいのするような混乱のただなかにいきなり投げこまれ、右往左往する羽目に陥ってしまったのである。

そこでは、まず、夜が更けると人通りが少なくなるという、これまで慣れ親しんできたパターンとはまったく別のことが起こっているようだった。くねくねした道を進むほどにますます通行人が増え、また周囲がどんどん賑やかになり、煌々と照明された店ばかりが立ち並んで、一時的に身を隠せる物蔭など、ほとんど見つからなくなっていった。

実は、渋谷を突っ切るのは真夜中過ぎの本当に遅い時刻か、いっそ明け方近くまで待った方が良いとリルは忠告したのである。しかし、犬たち、ネズミたちは言ってみれば田舎者で、大都会の繁華街というものがどういうものか、本当のところは何もわかっていなかったし、ぐずぐずしてはいられないという焦燥感に急き立てられていた。とくにビス丸が気が逸《はや》って、早く早くと主張し、最初は慎重論だったマクダフも結局、彼の焦燥に引きずられる形になった。ひょっとしたら最悪と言ってもいいかもしれない時刻に、渋谷のいちばん雑踏の激しい地域に迷いこんでしまったのは、そうしたわけなのだ。

ただし、行き交う人が周囲の出来事に冷淡というか無関心で、自分の前を真っ直ぐ見ながらさっさと行き過ぎ、あるいは連れとの会話に夢中になってあたりにまったく目を向けないでいるのは、マクダフたちにとっては有難いことだった。こういう場所に来ると人間も余裕をなくして、周囲に気を配らなくなってしまうものらしい。大小二頭の犬がすたすたと歩いてくるのに出会って、ちょっと不審そうな顔をしても、自分には無関係のことだとばかりにすぐ目を逸らしてしまうのだ。

動物たちは下り坂になっている自動車通りに出た。マクダフはちらりと振り返って、すぐ後ろにビス丸がついて来ていることを確かめた。ますます雑踏が賑やかになってきた。あちこちの店からうるさい音楽が聞こえてくる。道路いっぱいにすし詰めになっている自動車の列は、ゆっくりとしか動かず、時おり苛立ったようなクラクションの音が鳴り響く。

この坂を下りきったところにある大きな交差点を渡り、上に高架線が走っているガードを潜《くぐ》り、さらにもう一つ広い自動車道路を渡れば、いちばん大変なところは抜けたことになる、というのがリルの指示だった。そこから先は今度は上り坂になるから、その坂のふもとのあたりで合流して、また方角を教えるわ、とリルは言っていたのだが、しかし、はて、そのリルは、そしてキッドはどこにいるのだろう。マクダフは時おり頭を上げて空を見たが、スズメとクマタカの姿はどこにも見当たらなかった。

リルの方にも誤算があった。上り坂のふもとで落ち合うことにしようと一応言ってはおいたけれど、犬たちがそこまで行く途中も、何か事件が起きればすぐさま降下して駆けつけられるように、上空から目を光らせつつずっと後をつけてゆくつもりだったのだ。しかし、もともと鳥というものは夜は苦手で、あまり視力が利かなくなる。本来、スズメやクマタカが活動する時間帯ではなかった。

そこへもってきて、繁華街の夜は、ネオンサインやらショーウィンドウやら車のヘッドライトやら、人工の光が氾濫《はんらん》し、それらが互いにぶつかり合い反射し合っている。闇を切り裂くそれらの光の交錯に瞳を凝らしているうちに、目がちかちかして、しまいには頭の芯が痛くなってくる。街路樹や建物の屋根を伝いながら、リルとキッドは一生懸命に犬たちの後を追っていったが、混雑した人ごみの間をすり抜けてゆくマクダフとビス丸の姿を、ほどなく見失ってしまった。助けを求めるようにマクダフがあたりを見回しても、頭上にはただ白っぽい空がよそよそしく広がっているばかりで、そこを横切るものの影は何一つ見えないのは、そうしたわけだった。

やがて、雑踏がますます密度を増し、人間にぶつからずに歩くのが難しいほどになってきた。きゃあ、可愛いワンちゃんがいるう……という若い女性の叫びが上がり、伸ばされた手の下をするりとかいくぐって、マクダフはダッシュした。彼を庇うように、ビス丸がすぐ後に続く。その首輪には二匹のネズミがしがみついている。

「凄いところへ来たね」とタータが息を切らしながらチッチに囁いた。チッチは返事をする余裕もなく、光と音の洪水に圧倒され、目を真ん丸にして左右を見ては、頭がくらくらしてまた目をつむるということを繰り返している。

どうやら、坂は何とか下りきったようだ。交差点のすぐ手前にそびえる丸いタワーの天辺の方には「SHIBUYA 109」と大きな字で書いてあったが、むろん犬たちにもネズミたちにもそんなことは知るすべもない。

まず通りを一つ渡り、さらに少し行ったところに、今度こそ本当に大きな交差点があった。交差点というよりそれはむしろ、けばけばしいネオンサインを点滅させる高いビルで四方を囲まれた広大な空間で、そこを人間たちがぞろぞろと行き交っている。リルが言っていたものとおぼしい黒々としたガードが、向こうの方に見えている。二頭の犬は、膨大な数の通行人が四方八方から行き交う、渋谷の駅前のスクランブル交差点を前にしていたのである。

「よし、ここだ、ここさえ渡れば……。さあ、行くぞ」とマクダフは背後に声を掛けて、歩道からぴょんと飛び降り、人間たちの後ろについてその空間を横切りはじめた。ただ、さ

すがのマクダフもこの途方もないお祭りのような場所に身を置いて浮き足立ち、気もそぞろになっていたので、ビス丸がちゃんと背後についてきているかどうかを確かめる気持ちのゆとりを失っていた。実はビス丸は、不意に割りこんできた若い人たちのグループに進路を遮られ、ちょっと遅れをとっていて、そのマクダフの言葉は聞こえていなかった。ただ、人々の足の間に、早足にちょこちょこ進んでゆくマクダフの姿がちらちらと見えてはいたので、それに追いつこうと焦って、闇雲にぐんぐん進んでいった。

マクダフもビス丸も、スクランブル交差点などというものはむろん見たことも聞いたこともなかった。だから、真正面から来る人々ばかりでなく、斜め前から、斜め後ろからどんどん押し寄せてくる人の波に巻きこまれ、たちまち方向感覚を失い、互いの姿も見失ってしまった。すぐ目の前を歩く人たちの後について、そのまま渡ってしまえばいいと思っていたのに、その人たちが不意に別れてそれぞれ違う方向へ進んでゆく。かと思うと、すぐ目の前を横切って、あさっての方角へどんどん歩いてゆく人たちもいる。まごまごしていると、地面を見ずにどんどん歩いてくる不注意な男女に蹴飛ばされそうだ。

「おーい、マクダフ、どこだ、どこにいる？」とビス丸は叫んだ。それに応えてマクダフがキャンキャン吠える声が遠くから聞こえたが、それは思っていたのとは全然違う方角からだった。ビス丸はそちらに向かおうとしたが、人の波に遮られてまともに前に進めない。すばやく迂回しようとしたが、あっちからもこっちからも人間たちがどんどん押し寄せてくる。

右往左往しているうちに、また方角がわからなくなってしまった。そんなふうにビス丸がまごついている間に、はて、いったい何が起きたのか、今度は人の波が急にさあっと引いていって、いつの間にかビス丸はその広大な空間の真ん中に取り残されかけている。あれれ……いったいどうしちゃったんだろう……？　狼狽《ろうばい》して周りを見回したが、色とりどりの人工照明があっちでもこっちでもぎらぎら輝いて、目を射られるようだ。いろんな色が混じり合ったその強烈な光の渦のなかに、人の姿も物の形も溶けてしまい、くらくらめまいがして、何が何だかわからなくなってしまった。

とにかく、どっちでもいい、急いで走って、ひとまず歩道に辿り着かなければ。ビス丸はひと飛び大きなジャンプをして走り出そうとした。ところが、その瞬間、物凄い唸りを上げて、じっと止まっていた車の列がいっせいに動き出したのである。

その先頭を切って走ってきた自動車が、あわやビス丸にぶつかりかけ、キキキッーというう耳障りなブレーキ音とともに急停止した。プワーンという耳を聾《ろう》するようなクラクションの鋭い音が、こちらも急停止したビス丸の――ビス丸自身の実感で言えば――すぐ耳元で轟き渡り、頭の中まで突き刺さってきた。体が竦んだビス丸めがけて、運転席の男の口から激しい怒声が飛んだ。それでビス丸はもう、完全に混乱してしまった。

二跳び、三跳びジャンプして歩道に飛び移ったが、信号が変わるのを待ってそこにぎっしり固まっていた人々の真っ只中に飛びこんでしまったので、ちょっとした騒ぎになった。大小の悲鳴が上がり、慌てて飛びのく人がいるかと思えば、ビス丸に手を伸ばしてくる人もいる。

もう、「狂犬の真似」をする余裕もなかった。ビス丸は人々の手を逃れ、全速力で走り出した。走って走って、そのまま五十メートルほども行き、ようやく速度を落とし、どうしたらいいのか、気を静めて考えようとした。すると、そこでもまた、飲み屋からほろ酔い機嫌で出てきたサラリーマンのグループに取り囲まれてしまったのである。おお、犬、犬がいるぞ、でかいなあ、などと嬉しそうに言いながら、顔を真っ赤にした酔っぱらいが、後ろからビス丸の腰に手を回し、押さえつけようとする。

また走り出したビス丸は、横丁を右に折れ左に曲がりしてゆくうちに、飲み屋街の真っ只中に迷いこんでしまった。眩しい光と騒音の氾濫に加え、どっちを見ても人、人、人で溢れかえっていて、ほんの数メートルごとに人間に突き当たらずには歩き進むことができないほどだ。神経の太いビス丸もこれにはさすがに参ってしまった。

建物と建物との間に細い隙間があるのをようやく見つけて、そこに入りこみ、座りこんでひと息ついた。が、次の瞬間、ビス丸はあっと叫んで、いきなり立ち上がった。首輪にしがみついていたはずのタータとチッチがいないではないか！

第二部　危機

渋谷駅前

離散したチーム

まずいな……まずいぞ、これは……。ここまで走ってくる途中のどこかで振り落としてしまったに違いない。さっきの、とんでもない音量で鳴りわたった耳障りなクラクションの音と、ビス丸に罵声《ばせい》を浴びせかけた運転手の男の、怒りに歪《ゆが》んだ形相《ぎょうそう》が脳裡《のうり》にまざまざと蘇《よみがえ》った。タータとチッチがあのだだっ広い交差点で、車に轢《ひ》かれてしまっていたら
——という考えが閃《ひらめ》き、ビス丸はぞっとした。

探しに行こう、と、いったん跳《は》ね起きたビス丸は、目の前の小路の賑《にぎ》わいに臆《おく》して、すごすごとまた蹲《うずくま》った。とてもじゃないけど、これではとうてい無理だ。少し様子を見るしかない。

背後から食べ物のにおいが漂ってきているのに気づき、振り向くと、蓋《ふた》のはずれかけた

発泡スチロールの弁当が転がっている。ビス丸は鼻で蓋を押しのけ、なかにかなりの分量残っていた、カレー弁当の食べ残しをがつがつと掻《か》っこんだ。うへえ……辛いな……まずいな……。でも、人間が食べるものなら、おれにも食べられるはず……。

終電の時刻が過ぎると、その小路もさすがに多少閑散《かんさん》としてきた。ビス丸はそろりと這《は》い出して、どっちから来たのか見定めようとした。通行人は少なくなってきているが、立ち並ぶ店はまだどれも開いていて、呼びこみの声が飛び交っている。

ビス丸は路上のにおいをくんくん嗅《か》いで、方角の見当をつけようとした。ところが、しこたま香辛料を効かせたカレーごはんをさっき食べてしまったせいで、鼻が馬鹿になってしまったらしく、どうもちゃんとにおいが嗅ぎ分けられないのである。

もともとその小路は、かつてビス丸が経験したことがないほどいろんなにおいがいちどきに混ざり合っている場所だった。あらゆる種類の食べ物や飲み物のにおいが立ちこめているうえに、道を行く老若男女の人間たちも種々雑多なにおいを発散させている。犬の嗅覚《きゅうかく》には香りがきつすぎて、胸が悪くなってしまうような香水をぷんぷんさせている女性も多い。しかも、雨上がりの湿った大気は、それらのにおいのすべてをいっそうなまなましく増幅させていた。

カレーのスパイスの刺激で鼻の奥がひかひかしているビス丸は、そうした混沌《こんとん》とした空間に投げこまれて、もう何が何だかわからなくなってしまった。犬という動物は、かなり優れた空間把握《はあく》の能力を持っているが、彼らが自分の頭のなかにしまいこんでいる地図の大部分は、においの信号の分布によって構成されている。混乱し、しかも（自分では認めたくなかったが）すっかり怯《おび》えてしまっているビス丸は、初めてきたこの場所で、その大事な嗅覚がどうもあまり役に立たなくなっているのを知って、もう完全なパニック状態に陥ってしまった。何はともあれ、あの交差点に戻らなければ――とにかくその一心で、こっちと見当をつけた方角へ向かって闇雲《やみくも》に走り出した。

その頃、タータとチッチは、地下鉄の改札口近くのキオスクの横に置かれた、新聞雑誌のラックの脇で、身を寄せ合いながら縮こまっていた。

歩道の人垣のなかに飛びこんでしまったビス丸が、右に左に跳ね回って人間をよけていたとき、彼らは二匹いっぺんに振り落とされてしまったのだ。「ビス丸！　待って、待って！　落ちちゃったんだよ、ぼくら……」と口々に叫んだが、その声は車の騒音にかき消されてビス丸の耳には届かなかった。動転して一目散に走り去っていったビス丸の後ろ姿がどんどん小さくなってゆくのを、ネズミの兄弟は茫然として見送っているしかなかった。しかも、ただぼんやりと立ち竦《すく》んでいる余裕もなかった。人間たちがあっちからこっちから近づいてきては通り過ぎてゆき、うかうかしていると、今にも蹴《け》られるか踏まれるかしかねない。そのとき、ほんの数メートルほど先の目の前に、地下へ続く階段が口を開けているのが、同時にふたりの目に留まった。

顔を見合わせて、よし、と頷《うなず》き合うや、兄弟はそこに駆けこんだ。だが、その階段も、降りてゆく人、昇ってくる人でごった返している。

タータもチッチも、少しばかりビス丸を馬鹿にしていたところがなかったわけではない。しかし、いざ彼に置き去りにされてみると、自分たちがいつの間にかあのがさつなシェパード犬をけっこう頼りにするようになっていたのだと、つくづく思い知らされた。何しろ、一対一で人間に立ち向かって、相手を怯《ひる》ませることすらできるのは、チームのなかでは彼だけなのだ。ところがそのビス丸でさえ、無数の人間たちで溢《あふ》れ返っているこの繁華街の真っ只中に足を踏み入れるや、どうやらすっかり竦み上がってしまったような気配ではないか。

タータとチッチは、自分たちが丸裸に剥《む》かれてしまったように感じていた。人間からも猫からも、他のどんな危険からもふたりを守ってくれていた番犬はもういない。ふたりは今や、ちっぽけで無力な、ただの二匹のクマネズミに戻ってしまった。勝手の知れたあの川べりの原っぱでならまだしも、何しろここは、ふたりが未《いま》だかつて一度も身を置いたためしのない、途方もない異次元世界のような場所なのだ。

二匹は壁際にぴったり身を寄せながら、階段をそろそろと降りていった。チッチの毛皮の白さがまたしても、重大な危険を招きかねない剣呑《けんのん》なしるしとしての意味を帯びることになった。そうだ、マクダフの真似をして、チッチにも少しばかり自分の体を砂埃《すなぼこり》で汚させておけば良かったな、とタータはちらりと思ったが、むろんもう後の祭りである。

階段を降りきったところで、タータは一瞬迷ったが、とにかくとりあえずどこかに身を隠さなければならない。通路を斜めにさっと走り抜け、血走った目で周囲を見回すと、新聞や雑誌が沢山並べられたキオスクのラックが目についた。あそこだ、とタータは即座に心を決めた。タータが飛び出すと、チッチもすかさず後を追う。ラックの後ろに回りこみ、ここにいればさしあたり人目にはつかないはずだと考えて、ほんの少しだけ緊張が弛《ゆる》んだ。それにしてもしかし、ビス丸は、そしてマクダフは今頃どうしているだろう。いったいどうしたらあの犬たちに再会できるのか。

キオスクの店仕舞いにかかった売り子の若い女性は、疲れて注意が散漫になっていたのか目があまり良くないのか、ともかく彼女の動きに合わせてちょろりちょろりと逃げ回るタータとチッチには、最後まで気づかないでいてくれた。折り畳んで重ねたダンボールを紐で括《くく》った、その束を彼女が壁に立てかけたので、ふたりがその蔭にさっと滑りこみ、息を殺していると、やがて彼女がばたばた動き回っていた気配がはたと止んで、静かになった。どうやら後片付けを終え、帰っていったらしい。

しばらく経って、タータはそっと顔を覗《のぞ》かせてみた。そのキオスクの先の方からは、人間たちがまだざわざわとうごめいている気配が伝わってくるが、さっき降りてきた階段の方角は、ひとけが絶えて足音も響いてこない。チャンスだ、とタータは思い、チッチを促してダンボールの束の蔭から飛び出し、そちらに向かって走った。階段を駆けのぼる。人間の姿はまったくない。とにかく早く地上に出て、ビス丸かマクダフを見つけなければ……。

ところが、のぼりつめたところには、鋼鉄製のシャッターが下りているではないか！　これでは人間の往来がなくなるわけだ。何とかすり抜けられる隙間《すきま》でもないかと、一生懸命あたりを探して回ったが、固く閉まったシャッターは、ふたりの進路を無情に遮断している。仕方がない。ふたりはすごすごとまた階段を降り、ほかに行き場もないので、結局また元のダンボールの後ろに身を隠すほかなかった。

「あのシャッター、朝になったら開くのかな」とチッチが呟《つぶや》いた。

「たぶん、ね……」タータは頭を掻いた。「でも、ビス丸やマクダフが心配しているだろうなあ。できるだけ早く地上に戻らなければ。たぶんシャッターの閉まっていない、別の階段があるんじゃないかな」

「つまり、この先の、人間たちがざわざわしている方へ行けば……」

「うん。その人間たちっていうのは、どこかの階段から降りてきたり、これからそこをのぼって行こうとしたりしているんだろうからさ」

「そうかあ……でも……」と言って、そのままチッチは黙ってしまった。

チッチの感じていることが、タータにはよくわかっていた。人間が押し合いへし合いしているような場所に、わざわざこっちから近づいてゆくようなことはしたくないという気持ちは、タータも同じだった。それでは、朝になってあの階段のシャッターが開くのを待つか。でも、今この瞬間にもビス丸たちはぼくらを探してこの付近をうろうろしつづけているかもしれず、それは犬たち自身が自分の身を危険にさらしていることを意味する。

「まあともかく、もうちょっと待って様子を見よう」とタータはとうとう言った。「この先の混雑もだんだん収まってゆくみたいだし、そうしたら偵察に出て——」

不意に、こっちに向かってずかずか近寄ってくる足音がしたかと思うと、タータたちの目の前から、ダンボールの束がいきなりかき消えた。チッという舌打ちとともに、その束を両手に抱えて歩み去ってゆく制服を着た男の後ろ姿が見える。キオスクの女性が資源ゴミを所定の置き場に片付けていかなかったのを見つけた駅員が、明日彼女が出勤してきたら注意してやらなければと少々腹を立てつつ、持ち去っていったのである。

幸い彼は、狼狽《ろうばい》してその場に硬直していた二匹のネズミにはまったく気づかなかった。しかし、遮蔽物《しゃへい》を奪われたふたりは、丸見えの状態になってしまった。こうなってはもう、前へ突き進むしかない。「行こう！」とひと声叫んでタータが飛び出すと、チッチも後に続く。

実のところ、何とか終電をつかまえて帰宅しようとしている人々で、改札口のあたりは先ほどよりもむしろ混雑の度合いがひどくなっていた。たしかに、その人々の間をすり抜けられれば、その向こう側にはまだシャッターの下りていない階段が幾つかあったのだ。ところが、「あっ、ネズミ！」という叫び声が上がり、それに釣られて何人かの人々の視線がタータたちに集まった。数人が一点を注視しているのに気づけば、気づいた人もまた、何だろうと思って当然、同じ方向を見る。二匹のネズミに目を留める人々の数は、たちまち増えてゆく。

「駄目だ、チッチ、方向転換するぞ！」ふたりは直角に右に折れ、通路に沿って続いていた柵の間をすり抜けた。こうしてタータたちは、地上世界からどんどん遠ざかってゆくことになってしまった。彼らは改札口を抜け、地下鉄の構内に入ってしまったのである。……

さて、それではマクダフはどうなったのか。

夜が更《ふ》けて、闇がいちばん深くなる時刻を過ぎ、徐々に朝の気配が近づいてくる頃、大通りからちょっと入った、とある雑居ビルの裏手の物蔭に、しょんぼり蹲っている小さな犬がいた。街はかなり静かになってはいたが、そんな時刻でも表通りではまだ車の往来は続いている。その騒音がかすかに伝わってくる小さな空き地で、マクダフは暗い思いで自分を責めながら、夜が明けるのをじっと待っていた。

渋谷の真ん中を強行突破するという計画は、ものの見事に失敗してしまった。都会を甘く見すぎていたな、すべてはわたしの責任だ、とマクダフは惨《みじ》めな気持ちで考えた。ここまで、引ったくり事件に巻きこまれるという予想外のトラブルはあったとはいえ、路上を旅してゆくこと自体にはさしたる困難はなかった。なので、このままこの調子で無事に旅していけるのではないかと、何となく思いこんでしまった。ここから先が大変よ、とリルが繰り返し言っていたことの意味を、本当にはわかっていなかったのだ、とマクダフは唇を噛《か》んで考えた。

そうだ、鳥たちと徹底的に相談して、いちばん安全なルートを精密に、正確に決定してから出発すべきだったのだ。お婆《ばあ》さんに関わり合って時間を無駄にしたという焦りが先に立ち、わたしはつい浮き足立って、後先見ずに、みすみす自分から、いちばん危険な場所に飛びこんでいってしまった。いや、わたしだけならまだいい。わたしの判断を信じてついて来てくれたチームのみんなまで、あんな危険にさらしてしまった。すべてはわたしの責任だ。

マクダフには、あのスクランブル交差点でビス丸たちの身に何が起きたか、まったくわからなかった。彼が対岸の歩道に何とか辿《たど》り着いた直後、背後で、急ブレーキの音に続いて男の怒鳴り声が聞こえた。あれはいったい何だったのか。押し合いへし合いする群衆の間を縫って、ときどき蹴られそう

になりつつ、何とか人々の脚の隙間からビス丸の姿を捉えようとしたが、どうしても見当たらない。と、次の瞬間には交差点はもう、轟々《ごうごう》と音を立てて怪物染《じ》みた機械が流れてゆく「自動車の川」と化してしまった。

信号が変わってふたたび歩行者が横断しはじめるのを待って、元の歩道にもう一度戻ってみた。その途中で、路上にネズミたちが蹲っていやしないか、ひょっとしたらその死骸が転がっているのではないかと、ひやひや、びくびくしながら左右に目を凝らしつづけたけれど、幸いにしてというか、それも見当たらない。

そのままマクダフは、交差点を何度か渡ったり戻ったりしながら、ビス丸たちの姿を探し求めた。そのうちにだんだん、スクランブル交差点の仕組みとそれを突っ切る要領もわかってきた。路上をくんくん嗅ぎ回り、付近の物蔭にも片っぱしから当たってみたが、すべて徒労だった。その挙げ句、群衆の間をすり抜けながらこんなふうに徘徊《はいかい》しつづけるのも、もう神経と体力の限界だと思った。

とにかく仮の目印にしておいた上り坂のふもとまで行こう、そこで彼らが来るのを待とう、とマクダフは心を決めた。彼は後ろ髪を引かれる思いでもう一度スクランブル交差点をじっくり見渡して、それから身を翻《ひるがえ》し、ガードめざして走り出した。

そのガードをくぐり、もう一つ交差点を渡ったところが、どうやらリルの指示した集合地点に間違いない。ひょっとして先回りしたビス丸がそこに待っていてくれたらという希望も、しかし、到着してみてただちにうち砕かれた。あまつさえ、そこにも人間たちがうじゃうじゃと群れていて、チームの他のメンバーが合流するまで待機しているのに好都合な隠れ場所など、どこにもなさそうだ。

それにしても、鳥たちはどこにいる？　マクダフは夜空を見上げた。それは、マクダフが生まれてから一度も見たことのないような、不気味に明るい夜空だった。明るいというよりむしろ奇妙に白々としていて、夜という時間特有のあの優しい親密感も、あの奥深い神秘性もない、ぺったりと平板で、スクリーンのように薄っぺらな空だった。そこを横切って飛んでゆく鳥の影など、一つたりと見えはしない。気持ちの良い風も吹いてこない。心を癒やしてくれるせせらぎの音も聞こえてこない。何だか嫌な場所だなあ、とマクダフは思った。

あっちからもこっちからも人間が歩いてくる。ここにいつまでもとどまっていることはできない。マクダフは坂を駆け上がっていった。最初の角を左に曲がると、あまりひとけのない、やや薄暗い街並みに入ったので、少しほっとした。さほど行かないうちに、建物全体が真っ暗になっている四階建ての古びた雑居ビルを見つけた。その脇を塀沿いにぐるりと回ると、長いこと人が足を踏み入れた気配のない、雑草が伸びほうだいになっている小さな裏庭のようなスペースがあった。

ここでとにかく少し時間が過ぎるのを待とう、とマクダフは考えた。人々の足をよけながら夜の繁華街を駆け回るのはもう真っ平だ。というか、これ以上は無理だ。多少明るくなって、街の雰囲気が変わるのを待とう。それから出かけていって、仲間を見つけるのだ。

迷子

その日の明け方、ようやく明るみはじめた渋谷の空を見上げた人は、都心では日頃あまり見かけたことのないような一羽の大きな鳥が、差し渡し一メートル半以上にもなろうかという翼をいっぱいに広げ、悠々と空を舞っている雄渾《ゆうこん》な光景を見て、いささか驚いたかもしれない。鳥は、地上の何かを探しているかのように、地面すれすれまで降下してきたかと思うと、また舞い上がり、空の高みをゆるやかに旋回《せんかい》し、少し離れたあたりでまた地上に突進してゆくという動作を繰り返していた。まだ始発電車が動き出したばかりで、通行人の数はそれほど多くなかったが、動物園でしか見たことのないような猛禽《もうきん》が自在に大空を飛翔する勇姿に目を留めて、思わず見惚れてしまう人もちらほらいないではなかった。

仲間がどうなったのか、気が気ではなかったものの、前夜の疲れから、マクダフはついうとうとと眠りこんでいた。何かの拍子ではっと目が覚め、起き上がって何となく首を上げた瞬間、その裏庭から見えている、ビルとビルに挟まれて限られたごく狭い視界の隅を、大きな鳥がさっとよぎるのがちらりと目に入った。キッドだ、あれはキッドに違いない！

マクダフはビルの脇をすり抜けて、道に飛び出した。空を見る。鳥の姿はない。そのまま全速力で走って、前夜の道筋を逆に辿り、上り坂になっているあの広い自動車通りの歩道に出た。四方八方の空を必死に見回す。いた！　しかし、鳥はどんどん遠ざかって、もう高架線のガードを越え、その彼方のビル群めざして上昇しつつある。ガードの向こう側にはあの魔のスクランブル交差点があるのだ。駄目か……。

だが、鳥は方向を変え、弧《こ》を描いてこちらに戻ってきそうな気配を示した。いいぞ……そうだ……こっちへ来い……。マクダフは、「キッド！　キッド！」と大声で叫んだ。ところが、その叫びも耳に入らないらしく、鳥はガードの真上あたりで大きな羽ばたきを一つ、二つしたかと思うと、そのまま旋回を続けて、元のコースに戻ってしまいそうになっている。

マクダフはそのとき、一世一代の遠吠《とおぼ》えをした。この小型犬は、そんなことを今まで一度たりともやったことがない。

――オオーン、オオオーン……！

マクダフは四本の足でしっかりと地面を踏み締め、首を精いっぱい上方に伸ばし、目をつむって、声をかぎりに叫んだ。ようやく朝の光が漲《みなぎ》りはじめた路上で、ちっちゃな犬がそんな必死の遠吠えをしているさまは、見るからに異様だった。坂を下りてきてちょうどそこを通りかかった二人連れの若い男（水商売か何かの仕事明けだろうか）が、思わずのけぞって、気味悪そうにマクダフを迂回《うかい》し、通り過ぎた後も何度も何度も後ろを振り返っている。

三回、四回と叫んで、長く尾を引く最後の遠吠えが、声とも息ともつかぬ掠《かす》れた音になって途絶えると、マクダフは精根尽きてその場にぐったりとへたばってしまった。駄目か……駄目だろうな……。しかし、顔を上げて目を開けると、彼方のキッドが、こっちに真っ直ぐ進路を取ろうとしているのが目に入った。やった！

ぐんぐん近づいてきたキッドが下降して、マクダフの脇にばさばさっという羽音を立てて降り立った。

「キッド！　良かった、会えて……」

「さっきからずっと、きみを探してたのさ」とキッドは息一つ乱れていない落ち着いた声で言った。それに続いて、

「で、ビス丸は……？」という言葉がふたりの口から同時に出た。

「そうか、ビス丸は行方不明か……」とマクダフが暗い声で呟いた。

「ビス丸と、はぐれちゃったのかい？」とキッドは尋ねた。それに答えようとしたマクダフは、坂の上からも下からも通行人が近づいてくるのに気づき、

「ともかく、ちょっと身を隠そう。きみの姿はとても目立つからね」と早口で言った。

「ついて来てくれ。静かな場所を見つけたんだ」

マクダフが元のビルの裏庭まで早足で戻ると、そこにほどなくキッドも合流した。マクダフは前夜の次第を物語り、それを聞きながらキッドはいやはやと首を振りつづけていた。

「そうか……。いや、この街は、とくに夜は、何だか本当に凄《すご》いね。空気もひどく汚れてるしなあ」とキッドは言った。「ビス丸たちはきっとどこかに隠れているんだろう。大丈夫、見つかるよ。いや、ぼくとリルがきっと見つけてみせる」

「わたしももちろん、これから探しに出て――」

「いやいや、きみが地上を走り回るより、ぼくらが空から探す方がずっと能率的だよ。きみはここに身を潜《ひそ》めていた方がいい。少し休んでいろよ、マクダフ。何だかひどい顔をしているぞ」実際、疲労に加えて、自責のあまりの惨めな気分が、マクダフの顔にははっきり現われていた。

「じゃあ、そうしてもらうかな」とマクダフは弱々しい声で言った。「何しろあいつはあの大きさだから、良くも悪くも目立つはずだよね。それとも、どこかの物蔭に身を隠してしまっているかなあ……」

　その日いちにち、キッドとリルは、ビス丸の姿を求めて、暗くなるまで渋谷の空を飛び回った。ときどき地上近くまで接近しながら、繁華街の上空をまる一日、縦横に飛び回りつづけたキッドは、ちょっとした話題になってしまった。関東地方に幾つもある「猛禽愛好会」の関係者の間で情報が飛び交い、何人もの人たちがカメラを手に渋谷に駆けつけた

ものである。一方、リルはスズメ仲間に声を掛け、協力を頼んだ。好奇心が強くて気の良いスズメたちも、派手な黄色の首輪を付けたシェパード犬を一生懸命探してくれた。

しかし、成果はなかった。ビス丸は煙のように消え失せてしまったのだ。

実は彼は、夜のうちに渋谷の中心区域からずいぶん遠ざかってしまっていた。スクランブル交差点へ戻ろうとして、大雑把に見当をつけ、闇雲に走るうちに、どんどん北へ逸《そ》れ、住宅街に迷いこんでしまったのである。そういうわけで、夜が明けた頃、完全に迷子になってしまったビス丸は、ちょうどマクダフが見つけた隠れ場所と同じような小さなビルの裏手の暗がりに、しょんぼりと蹲っていた。

本当は彼は、臭跡《しゅうせき》を辿ろうとしたり方角の見当をつけようとしたりするよりもむしろ、マクダフがそうしたように、空を注視していれば良かったのだ。今彼がいる場所は、鳥たちが想定していた捜索圏内からはかなり外れていたが、それでも、ひょっとしたらという思いから、キッドもスズメたちも、そのあたりの上空を一度や二度は通過していたのである。だが、タータとチッチを振り落としその場に置き去りにしてきてしまったという思いで、がっくりうなだれていたビス丸の目に、上空を横切ってゆくクマタカの姿は映らなかった。

ビス丸が気を落としていた理由がさらにもう一つあった。彼は自慢の首輪を失ってしまったのである。

とある公園にさしかかったとき、汚いハンチング帽をかぶった初老の男がベンチに座っているのが見えた。そばには自転車が停めてあり、ハンドルの前のかごにも後部の荷台にも、荷物が山盛りに積み上げてある。ビス丸を見ると男は満面の笑みを浮かべ、両手を広げて、来い、来いという身振りをした。友だちになろうっていうのかな、何か食べ物をくれるのかな……。ビス丸がしっぽを振り振り、のそのそと近づいてゆくと、男は、「おう、よしよし」と言いながら、ビス丸の首に手を回した。

「おや、おまえ、ちょいと立派なものを付けてるな」と言いながら、男は手早くビス丸の首輪を外し、それを値踏みするようにじっくりと調べた。それから、「何だ、こんなもの……」と呟くと、不意に馬鹿にしたような冷たい表情になって、その首輪を自転車のかごのなかにぽいと投げこむと、もうビス丸とは目を合わせようとせず、片手を振って、体を反らし、しっしっと追い払う身振りをする。

「何だよう、返してくれよ、おれの首輪……」とビス丸は言いながら、男にずいっと一歩近づいた。男の顔から笑みが急に消えた理由がよくわからず、何かの冗談のつもりなのかと思ったのだ。すると男はいきなり顔を醜く歪め、とんでもない大声を張り上げて、ビス丸には理解できない、理解したくもない、何かとてもひどいことを叫んだ。ビス丸はびっくりして、思わず後ろに跳《と》びすさった。

それでもビス丸は、男が何かの遊びを仕掛けているのかと思い、耳を伏せ、おずおずと近づいていこうとした。すると男は前にもまして大きな罵声をビス丸に投げつけ、握り締めた片手のこぶしを前へ突き出しながら、しこでも踏むように、振り上げた片足をどんと地面に叩きつけた。

何だよ、おれを蹴る気か？　おれが何をしたっていうんだよ？　あんた、さっきあんなににこにこしてたのは、いったい何だったんだよ？　唸《うな》って吠えて、首輪を無理やり奪い返すことも、できなかったわけではない。でも、それをせずにビス丸がくるりと踵《きびす》を返し、すごすごと立ち去ったのは、何だかとても悲しい気持ちになってしまったからだ。

その男が実は臆病な小心者で、ただ虚勢を張っているにすぎないということは、実はビス丸には直感的にわかっていた。もしビス丸が本当に恐ろしい唸り声を上げ、牙《きば》を剝《む》いて攻撃のそぶりを見せたら、たちまち震え上がって逃げ腰になり、案外簡単に首輪を返してよこしたに違いないということも。

だが、ビス丸は、犬相手に威張《いば》ることしかできないそんな哀れな卑怯《ひきょう》者を、本気になって威《おど》しにかかるなどというのは、何だか恥ずかしいことのような気がした。少なくとも、マクダフだったらそう考えるに違いあるまいと彼は思った。公園を飛び出して闇雲に突っ走りながら、ビス丸はただひたすら情けなくて、惨めだった。頭の単純な犬を騙《だま》して、首輪ごときを巻き上げようとするそのちゃちな男の、陋劣《ろうれつ》な根性が情けなかったし、そんな男と友だちになれるかもしれないとほんの一瞬でも思いこみ、男の作り笑いと猫撫《ねこな》で声に心を許して、うかうかと呼び寄せられてしまった自分自身も惨めだった。やはり心が弱くなっていて、何かに、誰かにすがりたくなっていたんだろうな……。

いいさ、あんなものが欲しいんならくれてやるさ、とビス丸は考えた。一昨日の晩、首輪を付けられてしまったマクダフと再会したとき、そうは言わなかったけれどビス丸は内心、なるほどたしかに犬というものは、本当は裸一貫、首輪なんかない方がかっこいいのかもしれないなと思ったものだ。洒落《しゃれ》た首輪で飾られた小ぎれいなマクダフより、みっともないぼろ雑巾のようだった以前のマクダフの方が、ずっと「尊厳」を備えていたな、と……。それにしても、ずっと慣れ親しんできた首輪をこんなかたちで失うのは、やはり侘《わび》しく、悲しいことだった。

それに、首輪がなかったら、タータとチッチを摑《つか》まらせてやることがもうできないじゃないか。あの子たちをタミーのところまで運んでやるつもりだったのになあ……。たしかに、ネズミごときが救援チームのメンバーだなんて笑わせる、と最初は思ったものだ。でも、あのちっぽけなやつらもそれなりに、意外な働きをするということがだんだんわかってきて、ビス丸はネズミたちを見直しはじめていたのだった。

ああ、チッチは今ごろどうしてるかな。あの子、おれのことを、尊敬の籠《こ》もったきらきら輝く瞳でじっと見つめていたっけなあ……。ビルの裏手の暗がりで、ビス丸はがっくりうなだれて目を閉じた。とにかく少し、眠ることにしよう。

〈渋竜会〉

タータとチッチは、階段を降りてホームに出ると、鈴生《すずな》りになって終電を待っている人々の目を避け、壁のきわに体を寄せながらまっしぐらに走っていった。「あ、ネズミ……」という、幾つもの呆れたような声に背後から追い立てられ、走って走って、ホームをまるまる走り抜け、その端から飛び降りる。人間の気配のない静かな暗がりへ入って、ようやくほっとした。

しかし、その静けさは長くは続かなかった。しばらくすると、目の前の金属のレールが不気味な響きとともに振動しはじめた。響きも振動も急速に大きくなってくる。あれっ、いったい何が起きるんだろう……。

しかし、それに続いて起きたのは、ふたりの想像を超えた途方もないことだった。まず、光が、それから轟音《ごうおん》が近づいてきた。すぐ続いて、馬鹿でかい金属のかたまりが物凄い勢いで迫ってきて、チッチが、次いでタータが上げた金切り声の悲鳴をその轟音でかき消しながら、ふたりのすぐ近くを通り過ぎた。四角な箱が幾つも幾つも関節で繋《つな》がっているその機械の怪物の胴体はとても長くて、いつまでもいつまでも通過しつづけているような気がした。ようやく轟音が止み、恐る恐る目を開けてみると、それはふたりがさっき走り抜けてきた駅のホームに停まっていて、人間たちが乗り降りするざわめきが伝わってくる。

「あれ、電車、だよね……？」とチッチが自信なさそうに言った。

「そう、そうだろうね、たぶん……」タータもまだ本当には信じられない気持ちだった。

「こんな地下を、電車が走ってるなんて……。こういうのもみんな、人間が作ったものなのかな？」

「たぶんね……」タータは、たぶん、たぶんとしか繰り返せない自分が馬鹿みたいだと思ったが、この茫然自失のなかでは、ほかに言葉を見つけることができない。

しばらくすると、ホームの方で耳をつんざくようなベルの音が響き、停まっていた電車がまた動き出し、だんだん速度を上げながら遠ざかっていった。やがて逆の向きの電車が来て、タータたちの前を通過していった。さらに、最初のものと同じ向きの電車がもう一台だけ来て、それが去り、しばらく経つと、ホームの照明が消えた。

「今夜はこれで終わり、なんだろうな、きっと」と、タータ。「あの電車、朝になるとまた走りはじめて、それが真夜中のこの時間まで続く――そういうことになっているんだと思うよ」

「じゃあ、夜の間は、ここには人間はいなくなるんだね。よし、それなら地上に戻れるじゃないか。ビス丸やマクダフを探しに行こうよ！」

「うん、でも、もう少し待ってみよう。ほら、ホームを誰かがまだ歩いている気配がするぞ」

　ふたりは線路脇の暗がりに身を潜め、時間の経過をじっと耐えた。それから、慎重に行動を開始した。ホームに攀《よ》じ登り、来た道を逆に辿って、階段を昇り、改札口のところまで戻る。ところが、地上へ上がれる階段を見つけようとする試みは、ことごとく徒労に終わった。薄暗い照明だけになったそのかなり広い地下空間を、ふたりはあちこち走り回ってみたが、いたるところにシャッターが下りている。最初に降りてきたのとは別の昇り階段も幾つかあったのだが、昇っていってみると最後にはやはり金属製のシャッターが無情に立ちはだかっている。失望に次ぐ失望で、だんだん気が滅入ってきたが、最後にゴミ箱と壁との隙間にビスケットが数枚落ちているのを見つけ、それをかじって少し元気を回復した。

「どうも、駄目みたいだね。朝になるのを待つしかないか……」と、タータ。

「朝になれば、外へ出られるよね？」

「うん、シャッターは開くと思う。でも、その開いた入り口から、また人間たちがぞろぞろ入ってくる……」

「あーあ……」

「でも、ともかく、とりあえずさっきの暗がりに戻ることにしようよ。ここは何だか妙にだだっ広くて、体がすうすうして落ち着かないからね」

　そこでふたりはまた改札口を抜け、階段を降り、ホームの端から線路際に飛び降りた。コンクリート壁の凹《くぼ》みに身を寄せ合って丸くなる。

「ビス丸やマクダフさんはどうしてるかなあ」と呟いてチッチがため息をついた。

「うん……。ともかく、ちょっと眠ろう。ぼくはもう、本当に疲れちゃったよ」

「ぼくも……」

　疲労の極に達していたネズミの兄弟はことんと眠りに落ちた。が、まともに眠ったような実感もろくろくないうちに、ホームに拡声器で響きわたるアナウンスの声で飛び起きることになった。いつの間にかもう数時間が経過していたのである。ほどなく始発電車が目の前を通過し、ホームに停まった。また新しい一日が始まったのだ。

「さあ、チッチ、行くよ」とタータが言うと、チッチはのろのろと体を起こした。ふたりは眠い目をこすりこすり、だるい体に鞭《むち》打つようにして、また出発した。ホームに這い上がって改札口をめざす。幸い、朝のそんなに早い時間は乗客も少なく、ホームは閑散としている。ところが、ほうきとちり取りを手にホームを掃除中の、若い駅員に見つかってしまった。

「あっ、こらっ」と駅員は叫び、ほうきを振り回しながら追いかけてくる。ふたりはくるっと振り返り、一目散に走って、またホームから飛び降り、もとの暗がりに逃げこんで身を縮め、息を潜める。駅員もそこまでは追いかけてこないようなので、やがて緊張が少しだけ弛んだ。

「もうしばらく、様子を見るほかないかな……」とタータが言った。

しかし、時間が経つほどに、ホームで待つ人々の数は増えていった。電車の行き来もしだいに頻繁になってきた。レールの振動から始まって、轟音の接近、そしてついに化け物のような機械が到来し、ふたりのすぐ眼前をいつまでもいつまでも通過しつづける——それが大して間を置かずに繰り返されるのだ。ときたま、ホームの手前でブレーキを掛けた拍子に、車輪とレールの間でぴかっと火花が散り、それがふたりの体に降りかかりそうになったりもする。

「お兄ちゃん、ぼく、もう……」とチッチが半ば目を閉じ、背中をぶるぶる震わせながら呻《うめ》くように言った。

「もう少し、トンネルの奥へ行ってみようか」と、彼自身ももう神経が参りかけているタータが言った。「駅から離れれば、もう少し静かに隠れていられる場所があるかも……」

そこで、ふたりは駅のホームを背後にしてトンネルを進みはじめたが、ほどなく、「あれっ」とタータが小声で叫んだ。数メートル先で、何やら黒い影がちらりと動くのが見えたような気がしたのである。

こわごわ近づいてゆくにつれ、鼻筋に大きな傷痕のあるごついドブネズミが腕を組んでいる姿が、トンネルの壁に灯った明かりに徐々にはっきりと浮かび上がってきた。少し手前でタータたちが立ち止まると、そのネズミは自分の方から近寄ってきて、

「見かけねえ面《つら》だな」と横柄《おうへい》な口調で言った。「何だ、おまえら、誰に断わってここいらで商売してるんだ、あん？」

「商売なんか、してないよ。ぼくら、うっかり迷いこんじゃっただけで……」

「そっちの白いチビ公は震えているじゃねえか」

「弟はちょっと怖くなっちゃったんだ。だって、ぼくら、こんな地下を電車が走ってるところなんて来たことないからさ」

「兄弟か、おまえら。そうか、おまえら、地下鉄ってものを見たことがなかったのか」ドブネズミはフフンと鼻先でせせら笑って、口ひげをぴくぴくさせた。

「これ、地下鉄って言うのか……。こんなところ、初めてだよ。ぼくらはもともと川べりに住んでいるネズミでさ……」

「何だ、田舎者《いなかもん》か」とそのドブネズミが馬鹿にしたように言ったので、タータはちょっと腹を立てて、

「ああ、そうとも！　こんなところ、本当は来たくはなかったんだよ。でも、ある事情で、どうしようもなく……」

「ふん、まあいいさ。さあ、行け。あんまりこの辺をうろちょろするんじゃねえぞ。このあたりはおれら、〈渋竜会〉の縄張りだからな」

「しぶりゅう……？」

「何だ、〈渋竜会〉も知らねえのか。間の抜けたやつらだぜ。さ、行け、行け。田舎者に付き合ってる暇はねえ」

そのとき、今聞いたばかりの「地下鉄」という言葉に触発されて、タータの頭にふと、あの教会ネズミのマルコが、酔いの覚めぎわに、うわごとのように洩《も》らした言葉が蘇ってきた。「あんたら、地下鉄サムに会わなくちゃな……地下鉄サムに助けてもらえ……」と、たしかそう彼は言ったのではなかったか。

「ねえ、サムさんって、知ってるかい？」とタータは何気なく言ってみた。すると、ドブネズミの顔にぎょっとしたような表情が浮かんだ。

「なにっ、何だって……？」

「サムさんだよ。ぼくら、地下鉄サムに会いたいんだ」

しばらく黙って何かを考えていたドブネズミは、やがて、「ついて来い」とひとこと言い、くるっと後ろを向いて歩き出した。タータは、こうなったらもうなるようになれと思って、その後におとなしくついていった。その間も時おり彼らの傍《かたわ》らを、轟々と物凄い音を立てて電車が通り過ぎてゆく。

突然、前を歩いていたドブネズミの姿がまるで手品のようにかき消えた。あれっ、どうしちゃったんだろう……？　おたおたしながら左右に目を走らせると、トンネル壁が砂利《じゃり》を敷いた地面と接するきわのところに、小さな穴が口を開けているのが見えた。ドブネズミはそこにするりと身を滑りこませたのだ。

タータたちもその穴に潜《もぐ》りこんだ。最初は窮屈だったその横穴は、すぐに広くなり、後足二本で立ち上がっても頭が天井につっかえないほどになった。この空洞が〈渋竜会〉とやらのアジトなのだろうか。わずかに洩れ入ってくる薄明かりに、何匹かの小動物の体の輪郭が浮かび上がっている。いっせいにこちらを振り返ったらしい彼らの目がぴかっと黄色く光るのを見て、タータたちは足が竦んだ。

「何だい、その二匹は？」というしわがれた声が、その広い空間の奥の方からいきなり飛んできた。

「はっ、実は……」と、ここにタータたちを案内してきたドブネズミが慌てて言い、すばやく奥の方へ駆けてゆくと、誰かに何かをこそこそと囁《ささや》いているのが聞こえた。やがて、そのしわがれた声が、

「こっちにおいで」と言ったので、タータたちはそこらに蹲っているネズミたちの体の間

を縫いながら前へ進んだ。

「あたしがサムだよ。何の用だい？」

それは、干《ひ》からびたように痩《や》せこけた、ひどく小さな――チッチよりもさらにひと回り小さな――婆さんネズミだった。抜け目なさそうなぎょろりとした目と、首の周りに掛けた、銀色に輝く数珠《じゅず》玉を繋げたようなネックレスに、タータの目は吸い寄せられた。いったい何歳なのかわからないが、ともかくたいへんな高齢なのは間違いない。すっかり緊張したタータは、

「あの……ぼくら……」とつっかえつっかえ言いはじめた。「あなたに会うようにって言われて……。マルコっていう、教会に住んでるネズミに……」

「知らないね、マルコなんて」と、サムはタータの言葉をつっけんどんに遮《さえぎ》った。

「マルコも、あなたの噂を聞いたことがあるだけだって言ってました。でも、ともかく、あなたがきっと助けてくれるだろうって」それに続いてタータは、自分たちの旅の目的とここまでのいきさつを簡単に物語った。婆さんネズミはひとことも口を挟まず黙って聞いていたが、交差点でビス丸から振り落されて地下道に逃げこんだくだりまで来ると、ヒャ

ッ、ヒャッ、ヒャッと気味の悪い笑い声を立てた。

「ネズミ二匹を首にしがみつかせた犬が、あの交差点を渡る！　はっはあ！　こんな面白い話はここんとこ、聞いたためしがないよ。それでおまえたち、こんな地の底まで降りてきてしまって、途方に暮れているってわけかい」

「そうなんです。できるだけ早く地上に戻りたいんです。きっとビス丸もマクダフもぼくらを探していると思うから」

「どうだかねえ。犬なんてものは、あたしらを追いかけ回して喜んでいる、幼稚で意地悪な連中さ。下手をすると、面白半分にネズミを嚙み殺すような奴もいる。それでも、猫よりは少々ましだが……」

「いや、ビス丸とマクダフは違うんです。ぼくらは友だちだから……」

「友だち！　友だちとはね！」サムはまたヒャッ、ヒャッと笑った。「こりゃあ、いよいよ面白い。友だち！　そうそう、そんな言葉もあったっけねえ」

「とにかく、何とかして地上へ……」

サムは一瞬沈黙し、それからどことなく狡《ずる》そうなにやにや笑いを浮かべながら、

「そりゃあ、まあ、無理だろうねえ」とゆるゆると言った。

「えっ、無理って……」

「どっちにしても、この時間になってしまっては、もう無理。駅にどんどん人間が増えて

くるからねえ。まあ、ちょっとした抜け道もないではないが……」

「えっ、そうですか！　それをぜひ、教えてください！」

「ううむ……。いずれにせよ、夜中まで待たなくてはね。まあ、心配しなさんな。今日のところはここでゆっくり休んでおいき。ここまでの長い旅で疲れきっているんだろ。食べ物も分けてやるから安心しな」

結局、その日まる一日、タータたちは〈渋竜会〉のアジトにとどまることになった。たしかにそこは、行き交う地下鉄電車の騒音もある程度遮られ、落ち着いた静かな隠れ処《が》ではあった。サムは約束通り、干からびたチーズやカビ臭いパンのかけらを分けてくれた。それを有難く頂戴しながらも、タータたちは気が気ではなかった。今この瞬間にもビス丸たちがぼくらを探し回っている……。

地上ではもう夜も更けたと思われる頃、タータは恐る恐るサムに近づいて、「あのう、そろそろ……」と言った。

「そろそろ、何だい？」

「そろそろ、いいかなって……。ほら、地上への抜け道があるって、サムさん、言ったでしょ……」

「ああ、ふんふん、そういうのも、ないわけじゃない。しかし、ねえ、タータ、という名前だったね、たしか？　地上に出ても、この界隈は人間と自動車でごった返して、何しろ凄いことになっているんだよ。あんたらもういい加減、身に染みただろうが。踏みつぶされるか、車に轢かれるか、そんなあたりが関の山さ」

「でも、行かなくちゃいけないんです、だって……」

「うんうん、犬が探してる、とね。しかしねえ、いったいあのごった返しのなかで、いったんはぐれてしまった犬にもう一度出会えるなんて、本気で思ってるのかい？」

「でも……」

「ねえ、それよりもっと良い考えがあるよ。あんたら、はぐれてしまったら東京タワーで落ち合おうっていうことにしてたんだろ？　じゃあ、何でそうしないんだい？　犬と別れてもうずいぶん時間が経っているから、今から地上に出たって、きっともう手遅れだよ。犬の方でももうそのつもりになって、東京タワーに向かっているさ」

「だって、ビス丸に乗せてもらわずにそんな遠いところまで、ぼくらだけで行くのは、とうてい……」

「ヒャッ、ヒャッ！　あたしが何で『地下鉄サム』と呼ばれていると思うんだい。地下鉄に乗って行けばいいのさ！　あたしは東京中に張りめぐらされた地下鉄路線図を隅々まで熟知している。東京タワーまでおまえたちを連れていってやるなんて、苦もない話さ」

「えっ、あの電車に乗れるの！　ぼく、嬉しい！」とチッチは快哉《かいさい》を叫んだが、

「それは、とっても有難いことですけど……」とタータはちょっと口ごもった。そうか、

そう言えばそうだと思い、絶望的に見えていた事態に一筋の光明《こうみょう》が射したようにタータが感じたのは事実だ。地下鉄サムに助けてもらえってマルコが言ってたのは、なるほど、そういう意味か……。だが、その一方でタータは、少しばかり狐に抓《つま》まれたような気持ちにもならないわけではなかった。何より、この狡賢《ずるがしこ》そうなお婆さんネズミのことが、どうももう一つ信用できないような気がしてならない。

何だかんだ言って、その地上への抜け道というのは結局、教えてくれないじゃないか。それに、地下鉄で行けというなら、今朝そう言ってくれてもよかった。まず抜け道の話をして、待てと言い、時間が経って、もうビス丸たちもぼくらを探すのを諦めているかもしれない、地上へ出ても手遅れかもしれないという段階まで来てしまってから、今度は地下鉄で直接、東京タワーへ行けという話をする……。

「そうですね。そうかもしれません。じゃあ、地下鉄の乗りかたを教えていただけますか」とタータは丁寧に言ってみた。すると、タータがそう言うのを待っていたかのように、サムは得たりとばかりに、

「そうだよ。そうおしな。ただし……」と言った。

「ただしって……？」

「ただし、それを只で教えてやるわけにはいかないよ。こっちの好意には好意でもって応えてもらわないとね。おまえたち、そうでなくてももうすでに、あんなに美味しいものを

ここで飲み食いさせてもらって、〈渋竜会〉に一宿一飯の恩義を受けているわけだよねえ。まずそれを返してもらおうじゃないか」

「あのパン、カビが生えてたけどな」とチッチが横を向いて小さな声で呟いたのを、サムは聞き逃さなかった。

「何てことを言う！　この恩知らずのくそガキが！」とチッチを怒鳴りつけたサムは、

「おまえの弟は礼儀ってものを知らないのかい！　躾《しつ》けがなってないね！」とタータにも癇癪玉《かんしゃくだま》を破裂させた。

「あ、どうも、申し訳ありません」とタータは慌てて謝り、「あのう、どうか教えてください」と精いっぱいの礼儀正しさを籠めて頼んでみた。「お願いですから。地下鉄に乗って東京タワーへ行くやりかたを……。もちろんぼくらに出来ることは何でもやりますから」

「最初からそう言えばいいんだよ」サム婆さんは顎《あご》をしゃくり上げ、ふんぞり返って横柄に言った。「じゃあ、さっそく働いてもらうよ。このアジトは隅の方にちょっと崩れてきているところがあるんでね。まずその修繕からやってもらおうか」

タータたちが連れていかれたところには、たしかに崩れた土砂が山になっていた。ふたりはそれをかき集め、裏口の穴の外に出すという、単調だが骨の折れる作業をやらされた。すでにそれにかかっていた二匹のドブネズミは、タータたちに仕事の手順を教えると、あーあと伸びをしてごろんと横たわり、怠けはじめたが、遠くの方からサムの鋭い叱声《しっせい》が飛ぶと、慌ててぴょこんと起き上がり、また熱心に働きはじめた。

ここのネズミたちにとって、サムの権威には何か絶対的なものがあるようだった。そして、彼らを畏怖《いふ》させ服従させているその権威は、どうやらサムが首に掛けている銀色のネックレスと関係があるらしいということが、タータたちにはだんだんわかってきた。というのも、

「ちぇっ、何でこんなことやらなくちゃいけないんだよ、けち臭いなあ、あの婆さん……」とチッチがふて腐れて呟くと、ドブネズミの一匹が、

「しっ！　馬鹿、そんなこと言うもんじゃない」と、動転したようなおろおろ声で囁きかけてきたからだ。「もし組長に聞こえたら、どうする。あのネックレスで呪いを掛けられちまうんだぞ」

「呪い……？」

「そうとも。おまえら、死にたいのか？　いや、組長はあのネックレスの魔力で、ただ死ぬより、もっと苦しい、もっと忌まわしい目に遭《あ》わせることができるんだ」

「死ぬより苦しいことって、いったい何さ？」とチッチは疑わしげに言った。

「それはわからん。わかりたくもない。ただ、そういう目に遭ったネズミが、いやネズミだけじゃないぞ、猫でも犬でも、何匹もいるという噂だ」

「猫や犬も……？」

「おう、そうとも。いや、それればかりじゃない、組長があのネックレスからビビビッと『念』を飛ばすと、何と、人間だって体が痺《しび》れて、ちょっとの間動けなくなってしまうらしい。それで危ないところを助かった仲間が何匹もいるって話だ」

「本当かなあ……？」

「本当だって！　だからよ、組長の近くにいるかぎり、おれたちは何の危険もなく、心安らかに暮らしていられる。むろんその代わり、言われたことはちゃんとやらなくちゃいけない。こういう仕事も大変は大変だが、みんなのためにもなることだしな。いや、おまえたちもほんとに幸運だったなあ、〈渋竜会〉の組員にしてもらえてよ」

「ええっ、ぼくら、別に、〈渋竜会〉とかに入ったわけじゃないよ」とチッチが言った。「入りたくなんかないしさ、そんなもん。あのチビの婆さんの命令なんか聞きたくないし……」

「このアホ、声が大きいぞ！　もし組長の耳に入ったら……」

「だって……」チッチが口を尖《とん》らかしてさらに言いつのろうとすると、

「もう、知らん！　おまえら、これっきりもう、おれに近づくなよ、いいな」ドブネズミはそう言い捨てて、異様なものでも見るような怯えた視線をタータたちに投げながらじりじり後ずさりし、それ以降はいっさい口を利《き》かずに、少し離れたところで一心不乱に働きはじめた。

その日はぶっ続けで半日ほどもその壁の補修をやらされ、タータたちは体中の筋肉ががちがちにこわばるほど疲れきって、またパンとチーズを貰うなり、ぶっ倒れて、泥のように眠りこんだ。そして、目が覚めるとただちに、今度はアジトを広げるための穴掘り工事を言いつけられた。

「お兄ちゃん、こんなこと、いつまで続けるのさ？」とチッチに訊《き》かれたタータは、うーん……と困惑するばかりで、何と答えたら良いのかわからなかった。どうもサムのことは信用できない。いったいいつになったら、こっちが知りたいことを教えてくれるのか――いやそもそも、教えてくれる気が本当にあるのかどうか。もう〈渋竜会〉には見切りをつけて、さっさと逃げ出し、自分たちで何とかする手段を探した方が良いのかもしれない。

ところが、どうやらそう簡単には逃げ出せないらしいということを、タータたちに身に沁みてわからせるような事件が、その日のうちに起きた。

地下の食品売り場

陽の目の見えない地下だから、時間の経過がよくわからないが、午後もだいぶ遅くなったと思われる頃、突然アジトの外が少々騒がしくなった。タータとチッチが何だろうと訝《いぶか》しく思っているうちに、裏口のやや大きな穴から、ぐったり肩を落とした一匹のネズミがよろめきながら入ってきた。入ってくるやいなやはたと立ち止まったそのネズミは、しかし次の瞬間、いきなり前につんのめってばったり倒れた。彼の背後にぴったりついていた図体の大きなネズミに、後ろからお尻をどんと蹴られたのである。

さらにどやどやと数匹の、やはりひときわ大柄なネズミたちが入ってきて、倒れたネズミを取り囲む。「この野郎、隙を見て逃げようとしやがって……」「図々しいんだよ。これまであんなに〈渋竜会〉の世話になってきたってのに」「そう簡単に『足抜け』できると思ってたのか、あーん？」「明日からはこれまでの二倍、働いてもらうからな」などと口々に言いながら、倒れたネズミを後足で小突き回す。彼はどうやらもうすでにさんざん殴られたり蹴られたりしているらしく、小突き回されても無反応のままで、ときどきかすかな呻き声を洩らすだけだ。

その乱暴な連中がペッと唾《つば》を吐いて行ってしまった後、取り残されて呻いているネズミには誰ひとり近寄ろうとせず、遠巻きにしてこわごわ見つめているばかりだ。タータが思いきってそばに寄って、

「小父《おじ》さん、大丈夫？」と声を掛けると、

「うーん、やられた……。駄目だった……」と囁くように言った。

「逃げようとしたの？」

「女房と子どもたちが心配で……」

「えっ、奥さん……？」

「ああ……。今頃、向こうでもさぞかし心配してるだろうなあ」そのネズミはようやくのろのろと上半身を起こした。「この地下鉄の線路をずっと行った、一つ先の駅の近くにおれたち一家の巣穴があるんだ。いや、おれはな、三週間くらい前、食糧探しでちょっと遠出しすぎて、このあたりまで来ちまった。そうしたらここの組員のひとりに出会って、うかうかとこのアジトに引き入れられちまった。何しろ渋谷はネズミの天国だ、何でもあるぞ、贅沢《ぜいたく》ざんまい、栄耀栄華《えいようえいが》のやりたいほうだいだ、なんて聞いて、おれも馬鹿だなあ、すっかり頭に血がのぼって、ぼうっとしちまった。で、美味しいものをどっさりみやげに持たせてやるから、その代わりにここで二、三日働いていけって、そう言われてな」

「それで、三週間……？」

「そうさ！」とそのネズミは憤然と言って起き上がり、しかしすぐ、痛《いた》た……と呻いてまた体を横たえた。「あいつら、ひどく殴りやがって……。そうだよ、それでもう、三週間さ！　もう帰るからと――みやげなんぞ要《い》らないからと、何度も何度も言ったのに、あいつら、どうしてもおれを行かせてくれようとしないんだ。最初は愛想笑いでなだめよう、言いくるめようとしてたのが、だんだんこわもての脅《おど》しになって……。そんなら、女房たちを連れてくるから、ここで家族と一緒に住まわせてくれとおれは言った。ところがあの組長のやつ、女は要らん、組に女が混ざると組員たちの士気が下がって、いろいろ問題が起きるからと言いやがる。子どもも要らん、役に立たない無駄飯《むだめし》喰らいだから、なんぞと言いやがる」

「ひどいね……」

「ひどいだろ！　それで、もう逃げるしかないと、今朝心を決めたんだ。おれは今日、〈食糧隊〉に入れられて、外に出たんだが、列の最後尾について、少しずつ遅れるようにして、皆からだんだん距離を空けていった。それで、皆の注意が逸れている瞬間を見計らって、くるっと後ろを向き、一気に走った。が、たちまち気づかれて、追いかけられ……。横穴に飛びこんだり、何とか追跡を撒《ま》こうと必死になって、あれこれやってみたんだがな、結局追いつかれちまった。それから後は――」それきり言葉が途切れ、また呻き声になった。

「あのひとたち、体がでかくて目つきが悪くて、乱暴そうだし、何だか怖いね」とチッチが言った。

「あいつらは組長の側近の、親衛隊だ。体のがっしりした連中が選ばれて、組長の警護に当たってるんだ」タータたちが最初にトンネルで出会った、鼻筋に傷痕のあるごついやつもそのひとりだったのだろう。「何しろみんなよりも良いものをたらふく喰ってるから、ますます体は丈夫になる一方だし、元気いっぱいでなあ。走り比べになったら、腐りかけの残飯ばかり喰わされてひょろひょろしてるこっちが、あいつらから逃げきれるはずもない」

「そうなんだ……」

「それにな――」ネズミの声に恐怖のトーンが加わった。「あいつらのひとりひとりには、組長があの銀色のネックレスでもって、何か特殊な力を授けてるって話だからな。立ち向かったって、とうてい敵《かな》うわけがない……」

「特殊な力って何？」

「わからん。わからんから、なおのこと恐ろしい。ああ、おれはもう、一生、この〈渋竜会〉の下働きとして、こき使われつづけるのかなあ」そう言っている間にも殴られたところが腫《は》れ上がって、だんだんひどい面相になってきたネズミは、がっくりと首をうなだれた。「女房にも子どもたちにも、この世ではもう金輪際《こんりんざい》、会えないのかなあ。あいつら、元気かなあ、ちゃんと食べてるかなあ。下の子は喘息《ぜんそく》持ちで体が弱くて、食も細くてなあ。旨《うま》いものをどっさり持って帰って、喜ばせてやるつもりだったのに……」最後の方は聞き取れないほどの呟きになり、また言葉が途切れ、ネズミは目をつむった。

その声の絶望的な響きにタータたちはぞっとして、背筋に冷たいものが走った。ふたりの頭にすぐさま、かつてあの懐かしい川のほとりで、榎田橋《えのきだ》と迫村橋《さこむら》の間の一帯を鉄の軍律で支配していた、凶悪な〈ドブネズミ帝国〉の記憶が蘇ってこないわけにはいかなかったのだ。あのチビの婆さん、ああ見えて、実はあの〈帝国〉に君臨していた化け物染みたボスネズミに匹敵するような、恐ろしいやつだったのか。教会ネズミのマルコときたら、とんでもないことを教えてくれたもんだ、とタータの心に怒りがたぎったが、もう後の祭りだった。

実際、タータたちはもうすでに、下っ端《したば》の組員扱いされているようだった。サムのことを組長と呼べと言われ、また、組長には這いつくばってお辞儀してからでなければ話しかけてはいけないなどとも言われて、ふたりはげんなりしたし腹も立ったが、さしあたり、わかりましたとおとなしく答えておかざるをえなかった。しかし、その一方で、チッチなどはそれですっかり喜んでしまうような、ちょっと面白いこともないではなかったのである。

次の日、タータたちは、〈食糧隊〉に加わるようにと言われた。「足抜け」しようとしてひどい制裁を受けたあの可哀そうなネズミの言っていた、食糧調達の遠征に出る一隊のことである。〈渋竜会〉の組員は何匹くらいいるのか、尋ねてみても、相手によって三十匹と言ったり五十匹と言ったりで、よくわからないが、ともかく入れ代わり立ち代わり、常時その半数ほどは「外回り」に出ているのだという。いよいよタータたちもそれに参加しろというのだ。

六匹からなる〈食糧隊〉の一行は、縦列を組んで出発した。アジトから地下鉄のトンネルに出て、ホームに攀じ登り、階段をめざす。穴倉のなかでしばらく暮らすうちにタータとチッチは時間の感覚が混乱し、昼夜の区別がよくわからなくなっていたが、電車の騒音が途絶えてからずいぶん時間が経つし、薄暗いホームにはまったくひと気がないところを見ると、どうやら今は真夜中過ぎの時刻らしい。ところどころに常夜灯がともって薄青い光を広げているので、周囲がまったく見えないわけではない。

「もうホームの清掃も終わって、夜勤の駅員も事務室に引き上げているはずだが、当直の見回りにばったり出喰わす危険もないではないぞ」と、隊のリーダー（たまたまそれはタータたちが最初に出会って、彼らを〈渋竜会〉に誘いこんだあの鼻筋に傷痕のあるネズミだった）からあらかじめ言い渡されていた。「足音や懐中電灯の光の接近には十分注意していてくれ。いざというときは、散り散りになって一目散に逃げるんだ、いいな」

うまい具合に、人間には誰も会わずに階段を昇って、上の階まで行くことができた。そのまま改札口を抜けるのかと思っていると、リーダーはくるりと向きを変え、男子用トイレのなかへ走りこんでゆく。タータとチッチを含む他の五匹も無言でその後に続く。タイル張りの床の隅にある排水口の前まで行くと、リーダーともう一匹が、その排水口にはまっていた蓋を手慣れたしぐさで外した。

「この蓋はゆるくなっていてな。人間どもはいつまで経っても直そうとしない。こっちにとっちゃあ、有難い話さ」とリーダーが得意そうに説明した。

一同は排水管のなかに次々に入っていき、列の最後尾についていた筋骨隆々《りゅうりゅう》としたネズミが最後に体をもぐりこませると、背伸びして前足を伸ばし、蓋をずりずりっと引っ張って元通りの位置に直した。そこからは湿っぽい排水管の迷路を這い進んだ。タータたちは、かつて決行した、グレンの図書館から川べりまでのあの必死の縦走を思い出さないわけにはいかなかった。あのときは大変だったなあ……。タータはひとりはぐれて迷子になるし、チッチとお父さんはいきなり襲ってきた奔流に呑《の》まれて、もみくちゃにされてしまった……。

「ねえ、ここ、水が流れてくることはないの？」とチッチがリーダーに尋ねた。

「ああ、一度、そういうことがあったらしいな。そのときはみんな一挙に水にさらわれて、ちりぢりばらばらになり、なかにはとんでもないところまで押し流されちまったやつもいたそうだ。今に至るまでとうとう行方不明のままになっている一匹もいるとか聞いたな。しかし、この時間帯は基本的には水は流れてこないんだ。それに……ほらよ、もう着いたぞ」

太い排水管からの分かれ道を左に折れ、さらにもう一度左に曲がって、細い管をしばらく這い進むと道は突き当たりになった。リーダーはそこでうえを見上げている。

「さ、ここを登るぞ。落ちないように注意しろよ、いいな」

いったいどんな場所に這い出したのか、タータたちには最初は見当もつかなかった。ぶーんという低い唸りが聞こえていて、それが換気装置の音だということもかなり時間が経つまでわからなかった。それ以外にはそのかなり広い空間には静寂が支配していて、むろん人間の気配もまったくない。

しかし、その場所に首を突き出した瞬間、タータたちの嗅覚《きゅうかく》は衝撃を受け、頭がくらくらっと痺れるような気がした。食べ物のにおいが充満しているのだ！　そこは地下鉄の駅に隣接しているデパートの地下の食品売り場だった。ありとあらゆる食べ物がいたるところにひしめき合っているのが、タータたちには即座に直感できた。

「えーっ、凄いぞ！　何なんだ、ここは！」とチッチが叫んだ。

「しっ、大きな声を出すんじゃない」とリーダーが怖い声で叱りつけた。「ここも夜の間に何回か、デパートの警備員の見回りがある。おれたちが出没しているのがばれるとやばいことになるからな」

「お兄ちゃん、あっちこっちに食べ物が山積みになってるよ……」と、それでも興奮を抑えきれない声でチッチが囁いた。

「いやいや、たしかに大量の食べ物があるんだが、その大部分は閉店時に冷蔵ケースのなかに仕舞いこまれてしまうから、おれたちには近づけん。ここに漂っているにおいは『残り香』ってやつさ」

「えーっ、においだけか……」チッチは一転して落胆した声になったが、

「いやいや、それでも多少は現物が手に入る」と言ってリーダーはにやりとした。「しかし、その前にまず、ひとこと言っておく。重要なのは、証拠を残さないことだ。今この瞬間だけたらふく喰うのは簡単だが、そいつは馬鹿のやることだ。おれたちが喰い散らかした痕跡が見つかったら、人間どもは何らかの手を打ってくるぞ。『殺鼠剤《さっそ》』というものがあってな、それは……まあ、いいや、帰ってからゆっくり説明してやる。とにかく、おれたちの気配を悟られてはならんのだ。そうすれば、この先、ここをおれたちの餌場としてずっと、ずうっと利用できる」

「うーん……頭が良いねえ」とチッチが感心したように呟いた。

「それで、だ」チッチの呟きを小耳に挟んで気を良くしたリーダーが、ちょっと得意になって胸をそらし、話を続けた。もっとも彼は、組長のサムに教えられた通りを口移しに喋っているだけだったのだが。「さっきも言ったが、ケースのなかに入って手の出せないものが多い。が、そうでないのもある。たとえば、野菜や果物だ。これはむき出しのまま積み上げてあるからな。ただ、これはこれで問題がある。リンゴだのジャガイモだのを丸々一個、持って帰ることはできないだろ。かと言って、齧《かじ》りかけのもの、一部分だけ喰いちぎったものをここに残しておくことは、今言った理由でまずい。で、狙い目はゴミ袋だ。

ゴミ袋を探せ。人間どもはアホだから、まだ十分喰える美味しいものをぽいっと、平然と捨ててしまう。そして、いったん捨てたものには彼らは大して注意は払わない。いいな、わかったか？」

「はい、わかりました！」とチッチが元気良く答えたので、傍《そば》でタータは少々たじたじとなった。こいつ、もう〈渋竜会〉組員のつもりかよ……適応の早いやつ……。

「では、二時間後に、ここに集合ということにする。良いものを持って帰ってこいよ。よし、解散！」

その二時間は、タータにとってもチッチにとっても恍惚《こうこつ》と酩酊《めいてい》のひとときだった。いちどきに、一つの場所に、こんなにいっぱい食べ物があるなんて！　まるでお祭りみたいじゃないか。それでタータは、自分たちが通過してきたあの地上の雑踏の賑わいも、何だかお祭りをやってるみたいだったなと思い出した。都会というのは要するに、毎日毎日お祭りが開かれているようなところなのだ。

でも、毎日がお祭りっていうのもどうかなあ……。それじゃあ、疲れちゃうんじゃないかなあ、お祭りなんて、ごくたまにあるからこそ良いんじゃないかなあ——そんな思いがタータの頭にちらりと閃いたが、それも、何年ぶんもの食べ物を蓄えた宝蔵《たからぐら》に迷いこんだような甘美なめまいに、たちまち押し流されてしまった。

ともかく夢中になって、あれもこれもと目移りしながら走り回り、食べまくった。何しろこれだけ広いと、念を入れて探せば相当な収穫がある。人間はちゃんと掃除をしているつもりなのかもしれないが、食べ物屑はいくらも見つかったし、目立たないような小さな穴を開けてなかに潜りこめば、ゴミ袋はリーダーの言った通り宝の山だった。食品ケースも、不注意でぴっちり閉まっていない場合がある。果物はやめろと言われていたが、ターはようやく出回りはじめたはしりのサクランボを一個失敬して、美味しく賞味させてもらい、種とへたは売り台の下にそっと残してきた。

二時間ほど経って、六匹のネズミたちは、アジトに持ち帰るための食べ物を思い思いにくわえたり引きずったりしながら、集合場所に戻ってきた。リーダー以外の五匹は、この貴重な機会を逃すまじと、自分の腹にも目いっぱい詰めこんできたので、正直なところ体を動かすのも大儀なほどの状態だった。

「ちっ、おまえら、そんなぽてんぽてんの腹になって帰ってきやがって……。喰《い》いすぎるなと注意しておくのを忘れていたな。それでいったい全力疾走できるのか。往きと比べると帰りの方がはるかに大変なんだぞ」

「えっ？　来た道をそのまま戻るんじゃないの？」とチッチが言った。

「馬鹿だな。こういうものをぜんぶくわえて、排水管を昇ったり下ったりできるわけはないだろ。帰りは、朝になって扉が開くのを待って、表の道を行くしかないんだ。よし、試しに、くわえられるだけくわえてみろ。うん……そんなところだな。残りはゴミ袋に返してこい。くれぐれも痕跡を残さないようにな」

一行は、職員用の通用口の近くに移動し、その脇に置かれた台車の下で、じっと待った。すぐには身動きするのも苦しいくらいの満腹状態だったので、ゆっくり休憩できるのは有難かった。やがて始発電車の響きが伝わってきて、さらに時間が経つと、人間たちが活動しはじめた気配が何となく感じ取れるようになってきた。通用口が開錠《かいじょう》されたかちゃりという音に続いて、とうとう人間たちが入ってきた。売り場の店員が出勤してきて、開店の準備を始めたのだ。

「よし、行くぞ。この帰り道が、〈食糧隊〉の任務のいちばん危険な部分なんだ。周囲に気を配りながら、すばやく行動するんだぞ、いいな」

一行は、誰かがきちんと閉め忘れて扉に隙間ができるのを待ち受け、人間の気配が近くにないのをたしかめたうえで、そこからするりと抜け出した。壁のきわを、あるときにはそろりそろりと、あるときには猛然とダッシュしながら、通勤客が行き交いはじめた朝の地下鉄構内を、〈食糧隊〉の面々は帰途についた。これから始まる一日のことで頭がいっぱいの人間たちは、地下街の床面の端っこで何が起きているかにはどうやらあまり注意を払っていないようで、一行はうまく改札口を抜け、レールのきわに降り立ち、アジトまで無事に帰り着くことができた。

サム組長がほくほく顔で出迎えてくれた。一行が持ち帰ってきたパンやチーズのかけらはただちに食糧庫に収蔵された。

「お兄ちゃん、面白かったねえ、スリル満点で！」と、チッチ。

「うん、まあ……」とタータが曖昧に答えると、

「美味しいものをどっさり食べられたしさあ。ぼく、お腹いっぱいで、ほんと、幸せ……。今度はいつ〈食糧隊〉に入れてもらえるのかなあ、楽しみだなあ」

「あのねえ、チッチ、〈食糧隊〉とか何とか、ほんとを言えばこんなこと、してる場合じゃないんだよ。早く東京タワーに行かなくちゃ。今頃、ビス丸やマクダフがどうしてるか。それにタミーも……」

「あっ、そうだ、そうだよね、タミー……」はっと我に返ったように、チッチもたちまち引き締まった表情になった。

（下巻に続く）

本書は、単行本『川の光2　タミーを救え！』として二〇一四年二月に中央公論新社より刊行されました。

このたびの文庫化にあたり、『タミーを救え！　川の光2』と改題し、上下巻に分冊しました。

中公文庫

タミーを救《すく》え！ (上《じょう》)
——川《かわ》の光《ひかり》2

2018年7月25日　初版発行

著　者　松《まつ》浦《うら》 寿《ひさ》輝《き》

発行者　松田 陽三

発行所　中央公論新社
〒100-8152　東京都千代田区大手町1-7-1
電話　販売 03-5299-1730　編集 03-5299-1890
URL http://www.chuko.co.jp/

DTP　平面惑星
印　刷　三晃印刷
製　本　小泉製本

Published by CHUOKORON-SHINSHA, INC.
Printed in Japan　ISBN978-4-12-206616-8 C1193